The
NATURAL
HISTORY
of
SELBORNE

塞耳彭博物志

博 物 图 鉴 版

[英] 吉尔伯特·怀特——著
邢玮——译

http://www.hustp.com
中国·武汉

图书在版编目（CIP）数据

塞耳彭博物志：博物图鉴版 /（英）吉尔伯特·怀特著；邢玮译 . —— 武汉：华中科技大学出版社，2020.9

（蓝知了）

ISBN 978-7-5680-6457-6

Ⅰ.①塞… Ⅱ.①吉…②邢… Ⅲ.①书信集－英国－近代 Ⅳ.① I561.64

中国版本图书馆 CIP 数据核字 (2020) 第 140791 号

塞耳彭博物志：博物图鉴版 ［英］吉尔伯特·怀特 著
Sai'erpeng Bowuzhi: Bowu Tujianban 邢玮 译

策划编辑：	刘晓成
责任编辑：	林凤瑶
责任校对：	曾 婷
责任监印：	朱 玢
插图整理：	刘晓成 刘沁鑫 刘 琦
装帧设计：	璞茜设计

出版发行：华中科技大学出版社（中国·武汉）　　电话：（027）81321913
　　　　　武汉市东湖新技术开发区华工科技园　　邮编：430223

印　　刷：武汉精一佳印刷有限公司
开　　本：710mm × 1000mm　1/16
印　　张：20
字　　数：285 千字
版　　次：2020 年 9 月第 1 版第 1 次印刷
定　　价：69.80 元

本书若有印装质量问题，请向出版社营销中心调换
全国免费服务热线：400-6679-118 竭诚为您服务
版权所有 侵权必究

塞耳彭博物志

导读

少年时代,在约克郡的荒野上,我们记录了燕子南来北往的日期。为了看看那些形状奇特的鸟巢的主人,在野外躺了整夜,才堪堪等到它早上归巢,尽管因此受了严厉的责骂,却因发现了某种鸟的种属而喜不自胜。我们将所有微薄的零用钱存起来买了温度计,只为探寻附近溪流的温度与生活在其中的鳟鱼产卵时间变化的关系;我们在冬天发现了一群雌苍头燕雀;我们还学会了那些住在我们家周围山区的大多数野生动物的叫声,还能模仿它们的叫声。

单是提到这些简单的事实就足以让所有野外生活的爱好者明白,为什么从二手书摊买到的这本吉尔伯特·怀特的《塞耳彭博物志》能带给我们如此巨大的吸引力。当时我们正在苦苦挣扎,是坚守住约克郡人的自立,留下每周的十四先令来维持自己在伦敦的生活,还是把这恶臭的空气和克勒肯维尔街头小贩尖锐的叫卖声换成帚石南的香味和我们山丘上雄柳雷鸟所喜欢的小河。

这本书包含的是一个乡下人对另一个乡下人的诉说，说的是在丛林中叽叽喳喳、喋喋不休的蒲苇莺，在树顶上狡猾的林柳莺，是吵闹不停的家燕、尖叫的雨燕，也是嗡嗡叫的沙锥——将傍晚的空气在它原生的沼泽地上劈开，是那天不怕地不怕的槲鸫在摇曳的树枝上吹响的号角，真是一派迷人的景象。阳光洒满陡坡林地，我们在它的陡峭面看到了染着金色的大片树叶，我们走过遍地茅草屋的村庄，从泉头喝着清澈甘冽的泉水，直到肚子鼓鼓的再也喝不下。最后我们睡着了，抱着他的马镫，当他骑马时，便看着他那温良的面庞。我们踏上那条被洪水冲没的下陷小路去往奥尔顿，讨论我们都知道且喜爱的那些羽族的朋友，聊一聊它们的生活和习性，愉快地忘记了天气阴阴沉沉、路上熙熙攘攘又令人疲倦的伦敦。

有时人们会问我们，为何吉尔伯特·怀特的书能流传这么久。但是那些听过燕子在飞行时阖上喙或是在冬天的暴风雨中奋力展翅高飞的人是不会问这种问题的。因为他们知道，本书的作者对这些现象以及其他一百件发生在农村的景象的生动描写，将以它让人难以抗拒的魅力永久地吸引着那些热爱英格兰乡村的灵魂。他们感受得到那个男人的个性——那个将这些博物记载作为无价、甜蜜又光明的宝藏留给他族人的男人，并能发自肺腑地钦佩作者的一丝不苟、勤勉、原创性和一腔热忱。

在写给巴林顿的第十封信中，他写道："调查动物的生活和习性的确是一件要麻烦得多的事,而且面对的困难也更多。若不是常住在乡下、好动又富有好奇心的人,是无法获取这些知识的。"说出来不怕被读者笑话,我们自认为对这句话还算得上是感同身受。

作者所写的很多情境我们都亲眼看到过,而且可能比大多数人观察得都更仔细。我们读他这本"小鸟蛤壳(Cockleshell)一样的书"——一位编辑曾这么称它——的次数,比其他任何一本英语书都多,而且每次重读都会觉得心情更加愉悦也更加喜爱它。

要想充分感受吉尔伯特·怀特对大自然的深情,那就有必要去拜访一下他所挚爱的乡村。是谁在五月初的夜里独自坐在陡坡林地的顶部,听那欧歌鸫甜美的歌声和山毛榉树上蟋蟀柔柔的叫声落满叶梢,或是看那太阳升起时的金色光芒挥洒在六月蓊蓊郁郁的树叶上?他定是被这里迷住了,他的灵魂想必也不曾离开过这里。

尽管塞耳彭如今也满目都是可憎的现代铁丝网围栏和铁屋顶,但它仍是一个旧世界的汉普郡村庄,令人精神愉快。除了蒸汽机和汽车的隆隆声,这里几乎没有什么刺耳的音符,不过即便是在这位博物学家故居的神圣外墙内,也免不了停放着这种工业化时代的产物。这让我们忍不住畅想一番,若是他在一个美好的夏日清晨醒来,在花园里散步以后,坐上其中的一辆车与他的兄弟一起去弗利特街吃早餐,该是一个什么样的景象,而他又会怎么想。毫无疑问，这种快捷的交通方式在他那个年代是不可能的，但现在住在他故居——"韦克斯"——里的这些人却常常不费吹灰之力就能完成这样的壮举。

有人一定会问这样一本书为何会如此经久不衰，它俨然成为所有博物志作品中最广为人知的一本。据称《塞耳彭博物志》自怀特于1789年首次出版以来，迄今已出现了近百种不同的版本，价格从六便士到五几尼①不等。

读者手中的这一版本，还原了吉尔伯特·怀特本人首次出版这本博物志时的内容，其主要特征在于书中所配插图②。我们相信这一版本比迄今为止的所有其他版本都更能体现作者的精神。我们满心欢喜地拍摄了这些照片，尽己所能地呈现本书。无论今日的自然主义者们如何评判此书，我们都相信他一定能或多或少地感受到我们的坦诚和热忱——只为真实地呈现怀特小心翼翼且不辞辛劳地写就的博物志。

我们想知道，若是他能每天蹲在我们身边，跟我们一起躲在一块人造的假岩石中，连续观察一周距我们仅一臂之遥的环颈鸠，看它们夫妻喂养自己的幼鸟，等到希望几乎快消失的时候，借着绝望中迸发出的一缕阳光拍下它们的影像，他会说些什么。他会很快地观察到这样一个有趣的事实：当雌鸟带着食物归巢的时候，总会先叫几声给它的雏鸟们发送信号，而雄鸟则会悄然无声地回来。若是他看到雌环颈鸠为了避免阵雨淋到自己稚嫩的雏鸟而展开双翼悉心地护住它们，一定会十分钦佩

① 1几尼等于1.05英镑。

② 这里指的是当时的黑白配图。

这种鸟儿。若是他能躲在我们做的牛形玩具内,观察云雀喂它的幼鸟,观察胆小的小林鹞走回自己的窝里;若是他能通过我们放在羊形玩具胸部的相机观察到穗鹏和矶鹬的一举一动,那他会给彭南特写出一封什么样的信来呢。

若是看到我们这种可两面翻转的帽子和夹克,不知他会做何感想。它们一面是暗草褐色的,一面是鲜活的草绿色。这样在不同的色彩环境下仍能观察周围的动物,且又不会被它们发现。

从字里行间,我们看得出怀特十分热爱真理,想必他一定会喜欢这些精确的好照片。尽管有时他可能会温和地告诫我们,不要因为一腔热忱就罔顾安全问题——因为他是一个非常谨慎的人,但我们确信,他永远不会问我们那些看到我们在田野上探寻的人在做些什么有保障的工作,问我们这些辛劳是否值得、付出是否有回报。从纯粹的商业意义上来说,也许我们付出的辛劳与回报并不成正比,但在能力和轻松之外应当看到更高的理想。那些给同伴生命里增添了一丝健康的、快乐的人,或者增加了一小部分知识的人,并不会是最穷的。

我们在脚注中尽可能地增添有价值且有趣的信息,希望它们与作者的意愿一致。

吉尔伯特·怀特于 1720 年 7 月 18 日出生在塞耳彭村的韦克斯。他在贝辛斯托克的托马斯·沃顿牧师大人手下接受了早期教育,并于 1739 年进入牛津奥里尔学院求学,在 1744 年成为研究员,于 1746 年硕士毕业。他于 1793 年 6 月 26 日在他出生的那座房子里过世，终生未婚。尽管他本可以在大学里谋得教职，且他也不是个富人，但他还是选择了回到家乡。坦白说，为此我们心存感激，正是他选择回去从事一个轻松的文职工作，才使得他能够继续进行博物学研究，并且这一无意之举还为英国文学贡献了一部经典作品。

托马斯·彭南特是一位独居的绅士，他出生于弗林特郡的唐宁，比怀特年轻六岁。他是当时的一位伟大的博物学家，并写了许多当之无愧的流行著作，其中最重要的一本就是《不列颠动物志》（*British Zoology*）。

戴恩斯·巴林顿先生是第一位巴林顿子爵的第四个儿子，他比吉尔伯特·怀特年轻七岁，是一名职业律师。他对古文物和博物志有浓厚的兴趣，并且他在自己的著作中经常感谢怀特对他的帮助，他将自己的所思所感都归功于他们之间的通信。

在此我们要感谢几个不同版本《塞耳彭博物志》的编者：R.鲍德勒·夏普博士、詹姆斯·埃德蒙·哈廷先生和威克斯先生。

理查德·基尔顿

于凯特勒姆瓦利，1902年11月

广而告之

本书作者擅作主张，冒昧地把他对本地博物的观察呈现在诸位读者的面前。他认为博物志不仅应涵盖本地的物产和自然现象，还应囊括本地的古迹和风俗。他还认为，若是当地居民能擦亮慧眼好好地观察周围的风物，并能把他们的所思所想记录下来，那么当地的地方志一定能写得十分详备。英国很多郡都缺少自己的郡志，譬如南安普敦郡。

在此，本书作者要抓住机会——尽管有些迟了——对以下人士表示最诚挚的谢意：尊敬的牛津大学校长大人以及牛津大学莫德林学院的各位尊敬的董事和研究员。感谢他们允许他这样一位市民来借阅馆藏的资料进行他的博物研究，这些资料中有关于他所在的塞耳彭区以及塞耳彭小修道院的信息。同时他还要感谢那位先生和他的助手，他们的付出和观察实在是无愧于他们的天赋。此外还有许多人需要感谢，在此不一一细表。

上述文件的真实性是毋庸置疑的，因为它们是在修道院被拆除时，从那儿原封不动地搬到莫德林学院的，各种契约和记录都是原件。我在莫德林学院把它们依原样誊抄了下来，因此其真实性是可以保证的，且因为这些资料此前从未公开过，所以现在出版一可以满足古物研究者的好奇心，二可以保留下可靠的地方志。

作者的这本书若是能引导读者更多地关注大自然的奇迹——常常被人们忽视为是寻常事件，或是他的研究能起到扩充历史学和地志学知识的作用，再或者他的文章能解释通一些古老的风俗和礼仪，尤其是那些跟修道院有关的，那么他就不算枉费功夫了。但是，就算这本小书没有起到以上任何一项作用，他也会感到宽慰。因为他的追求让他的身体和心灵得到了锻炼，这冥冥之中的天意，亦有助于他的健康和精神的愉悦，即使到了晚年，也让他精神矍铄。况且，他的研究也让他怡然自乐，还使他得以与一群绅士进行思想上的交流，而他们也为他提供了很多很有价值的信息。故而对本书的作者而言，单是能与他们相交便是一件幸事，让其心满意足并日进有功。

吉尔伯特·怀特

于塞耳彭，1788年1月1日

Contents

目 录

| 001 | 致托马斯·彭南特先生的信 |

- **003** 　第一封
- **007** 　第二封
- **010** 　第三封
- **011** 　第四封
- **013** 　第五封
- **016** 　第六封
- **021** 　第七封
- **024** 　第八封
- **027** 　第九封
- **030** 　第十封
- **034** 　第十一封
- **038** 　第十二封
- **041** 　第十三封
- **046** 　第十四封
- **047** 　第十五封
- **050** 　第十六封
- **055** 　第十七封
- **060** 　第十八封
- **062** 　第十九封
- **063** 　第二十封

066	第二十一封
068	第二十二封
072	第二十三封
074	第二十四封
079	第二十五封
081	第二十六封
084	第二十七封
086	第二十八封
088	第二十九封
090	第三十封
092	第三十一封
093	第三十二封
095	第三十三封
097	第三十四封
098	第三十五封
100	第三十六封
101	第三十七封
102	第三十八封
103	第三十九封
107	第四十封
111	第四十一封
115	第四十二封
116	第四十三封
118	第四十四封

123	**致戴恩斯·巴林顿先生的信**
125	第一封
131	第二封
139	第三封
141	第四封
142	第五封
146	第六封
148	第七封
154	第八封
157	第九封
162	第十封

165	第十一封
167	第十二封
168	第十三封
169	第十四封
172	第十五封
177	第十六封
182	第十七封
186	第十八封
191	第十九封
192	第二十封
196	第二十一封
203	第二十二封
206	第二十三封
209	第二十四封
210	第二十五封
212	第二十六封
215	第二十七封
216	第二十八封
220	第二十九封
222	第三十封
225	第三十一封
226	第三十二封
227	第三十三封
228	第三十四封
229	第三十五封
231	第三十六封
233	第三十七封
237	第三十八封
242	第三十九封
243	第四十封
245	第四十一封
249	第四十二封
253	第四十三封
257	第四十四封
259	第四十五封
261	第四十六封
264	第四十七封
266	第四十八封
268	第四十九封
271	第五十封

272	第五十一封
273	第五十二封
274	第五十三封
277	第五十四封
278	第五十五封
280	第五十六封
283	第五十七封
285	第五十八封
287	第五十九封
289	第六十封

291	第六十一封
295	第六十二封
298	第六十三封
302	第六十四封
303	第六十五封
304	第六十六封

致托马斯·彭南特先生的信

欧洲山毛榉
European beech

第一封

塞耳彭区地处汉普郡的最东角，毗邻萨塞克斯郡，离萨里郡也不远。往伦敦西南方向走上约 50 英里①到北纬 51 度线上，差不多在奥尔顿镇和彼得斯菲尔德镇的中间，就到塞耳彭了。塞耳彭区面积大而辽阔，与其接壤的区就有 12 个，其中有两个区属于萨塞克斯郡，即特罗顿和罗盖特。自南向西，这 12 个接壤的区依次是：埃姆肖特、牛顿瓦伦斯、法灵登、哈特利莫德维、大沃德勒罕、金斯利、海德利、博拉姆肖特、特罗顿、罗盖特、利斯和格雷特姆。② 塞耳彭区的土质种类丰富，一如该区的景色和地形般多变。该区西南部地势较高，有一片广阔的白垩质山地，比整个村庄高出 300 英尺③。这块高地包括一片可供牧羊的有草开阔高地、一片高耸的树林和一片叫陡坡林地的带状陡坡林。这片高地上生长的大多是山毛榉，无论从树皮的光滑度、枝叶的亮泽度，还是从枝条摆动的优雅性上看，山毛榉都可称得上是最可爱的林木了。那片可供牧羊的有草生长的开阔高地从山地边缘向外延伸，向下逐渐融入平坦的平原。整片丘陵长约 1 英里，宽约半英里，景色宜人，从坡上俯瞰，犹如

① 1 英里约合 1.6093 千米。

② 这些地名以及文中怀特提及的一些其他地名，由于各种原因与现今地名多有不同。——基尔顿注

③ 1 英尺约合 30.48 厘米。

一个怡人的公园，丘陵、山谷、林地、灌木丛生的荒野、水流，各种景色尽收眼底。向东南面和东面望去，尽是连绵起伏的山，这片山地名为萨塞克斯丘陵地，靠近吉尔福德镇的叫吉尔德丘陵地。在东北面，环绕多金镇的叫多金丘陵地，在萨里郡境内的叫拉伊盖特丘陵地。这些丘陵地与奥尔顿和法纳姆两镇外的旷野连成一线，勾画出一幅广阔壮丽的景象。

塞耳彭就在山脚下，离那山地只有一步之遥。村里只有一条街道，弯弯曲曲，长约 0.75 英里。这条街道与陡坡林地平行，掩映在有树荫遮蔽的山谷中。村舍和小山由一片硬黏土（很适宜种小麦）隔开，屋子坐落在一片白色岩石上。从外表上看，这些白色毛石和白垩相差无几，但好像又截然不同，因为它们不像那些石灰岩白垩一样无法承受高温。不过很显然，这片毛石还是具有一些类似白垩的特性，因为这里的山毛榉长势繁茂，铺满了整片毛石地。它们随毛石延伸而下，坡势陡峭，石地铺到哪儿，山毛榉就长到哪儿，一如生长在白垩上。

以村中的街道为界，两边是截然不同的两种土壤。西南边是极其肥沃的黏土，需要多年劳作才能让它变松软。东北边则都是园子，园子后边是小围场。这儿的土壤温和而呈碎块状，适宜种植早熟作物，被称为黑泥灰岩，而且土壤里似乎还施了很多动植物肥料。这里可能就是镇子的原址，当初的树林和灌木丛可能都延伸到对面的山坡上了。

① 1781 年的夏天十分炎热，当年春季和上一年的冬季又很干旱，但在 9 月 14 日的时候，这处水源每分钟的出水量却能达到 9 加仑，每小时可达 540 加仑，每一个自然日即 24 小时达 12960 加仑即 216 大桶。而此时，很多其他的水源都已经绝水了，山谷里的池塘也都干涸了。

整个村子呈东南西北走向，两端各有一条小河流出。西北端的那条经常干涸，而东南端的却四时涌流，很少受旱涝季的影响，人们称其为河源。① 这处河源出水的地方，是一片与诺尔山相连的高地。

诺尔山是一座白垩质大山，形如岬角，十分雄奇，尤以发源了两条河流而闻名。这两条河最终汇入了不同的大海，一条向南，成为阿伦河的支流——阿伦河经阿伦德尔镇汇入英吉利海峡；另一条向北，即塞耳彭河。塞耳彭河是韦河的一条支流，在海德利与黑冈河交汇，而后在蒂尔福德桥与奥尔顿和法纳姆河交汇，最终形成一条水势浩大的大河，自戈德尔明镇段起，船只便可以在河道中航行了。从戈德尔明镇向下，流经吉尔福德镇，在韦桥汇入泰晤士河，最终在诺尔注入日耳曼海。

村里的水井，平均深度在 63 英尺左右，一般挖到这个深度就不会枯竭了。从井里汲出的水清澈而甘洌，凡喝过这纯净井水的人都对它赞不绝口，只是这种水不容易打出肥皂泡罢了。

村子的西北部、北部和东部分布着一圈圈围场。围场里的土壤叫白泥灰岩，是一种风化石灰石或毛石。当这种岩石裸露在外遭到霜侵雨蚀后，就会腐化碎烂，变为土壤的肥料。①

① 这种土壤能种出上好的小麦和车轴草。

白车轴草
white clover

从村子的东北方向继续往前,地势变得比村子低一些。这儿是一片白色的土地,这块土壤既不是白垩土也不是黏土,既不适合放牧也不适合耕种,但适合种啤酒花。在这毛石地里,啤酒花的根能扎得很深,它的枝茎能做燃料,十分方便。这片白色的土壤里能种出最好的啤酒花来。

塞耳彭继续沿东北方向向下倾斜,延伸到沃尔默林地。在黏土和沙土的交界地带,有一片肥沃的土地,土壤湿润多沙,以出产的木材著称,但那儿的路却十分难走。坦普尔和布莱克穆尔出产的栎木素来受木材供应商的青睐,造军舰的木材也多取自此处。然而尽管这片毛石地上的树木长得很高大,却非常脆,常常一锯下去就碎裂成片,木匠们管它们叫"嘎嘣脆"。越过这片沙质沃土就是贫瘠的沙土了,这片沙土一直蔓延到林地的边缘,如果不借助椴树和芜菁,

啤酒花
common hop

是绝对种不出什么东西的。

第二封

在村子的西北部,即那片白泥灰岩上,坐落着一个叫诺顿的农场。在过去的 20 年中,农场住宅的院子里一直挺立着一棵阔叶榆树,也叫光叶榆,雷①称其为 "*ulmus folio latissimo scabro*"。这棵榆树很大,尽管在 1703 年的一场大风暴中失去了一根大主枝,但

① 约翰·雷(John Ray, 1627—1705),英国博物学家。他发表了大量植物学、动物学及自然神学方面的著作。在其专著 *Historia Plantarum* 中对植物的分类是现代分类学历史中重要的一步。——译者注

光叶榆
wych elm

余下的部分大小仍与一棵中等的树相当。当它被砍倒之后，所得的木料装满了八辆车。因为它的体积实在太过巨大，马车装不下，人们只好从根部上方七英尺处把它锯成两段，截面的直径有近八英尺。我之所以提到这棵树，是为了让大家看看栽种的榆树竟也能长这么大；因为从它周围的环境来看，这棵榆树一定是人工种植的。

村中央靠近教堂的是一块四四方方的地，周围环绕着农舍。这块地俗称运动场①，过去广场中间长着一棵大栎树，矮矮的，枝干却很粗壮，巨大的枝条横向生长，几乎要伸出广场的边缘。这棵古树的四周当年还有石阶，石阶上设有座位。每当夏日夜幕降临，老少都来这儿作乐，老人们坐在石阶上进行严肃认真的辩论，而小孩子们则在老人们跟前嬉戏打闹手舞足蹈。要不是1703年的那场大风暴把它瞬间连根拔起，这棵树可能还会继续存活很久。村民们都对此感到万分惋惜，当时的牧师拿出几镑钱雇人又把古树种回老地方。只可惜，他的努力还是付之东流了，那棵栎树吐出新芽只活了一段时间，旋即枯萎死掉了。与上文一样，我之所以提这棵树，也是为了让大家看看栽种的栎树竟也能长这么大。这棵栎树一定是人工种植的。后面当我讲到塞耳彭古迹时，会再次提到这个广场，到时候便有证据表明它是人工栽种的了。

布莱克穆尔庄园里有一小片林地，只有几英亩大，名叫罗塞尔林地。近来那片林地新栽了一批栎树，它们长得很高大，还颇具价值。这些栎树的树干长得很高，下粗上细呈锥形，看起来倒与冷杉有几分神似。但因为栽得太密了，所以树冠很小，只有一些小树枝，没什么大枝。大约二十年前，汉普顿宫附近那座位于托伊的桥朽掉了，需要找树来修复。修桥的树得长约五十英尺，还不能有树枝，就连细的那头直径都得有十二英寸才行。木材商就是在这片小林地里找到了二十棵符合这些要求的树。这批难得的良木中还有很多高

---

① 原本叫戏耍场或耍闹场。——基尔顿注

渡鸦
common raven

达六十英尺,每棵售价二十英镑。

　　在这片小树林的中央曾长有一棵很奇特的栎树。这棵树整体看来高大挺拔,但树干的中部却隆起了一个巨瘤。一对渡鸦在这棵栎树上搭了巢,一住就是多年,于是大家便给这棵树取名为渡鸦树。住在附近的很多孩子都想上去掏雏鸟,也都试了很多次,可越是难掏,孩子们就越起劲儿,每个人都跃跃欲试,雄心勃勃地想完成这一壮举。可是每当他们爬到半路遇到这个凸起的巨大树瘤,就无法再继续往上爬了。他们的双臂远不够环抱这个巨瘤,最后连那些最大胆的孩子都不得不知难而退了,只好承认这项伟业实在太过危险。从此,那对渡鸦就高枕无忧了,它们搭了一个又一个的巢,直到有一天整个树林都要被夷为平地,它们才始觉大难降临。砍树的时候正值二月,是渡鸦们抱巢的时候。从树的根部开锯,楔子也嵌入了切口,槌子敲击的声音在整个树林里回荡。这棵栎树摇摇晃晃地倒了下来,但母鸦却仍然蹲在巢里不忍离开。最后,栎树轰然坠地,母鸦也被甩出了窝。尽管它无私的母爱应有好的回报,但世事难料,它未能躲过那根根树枝,终被打落,死在地上。①

① 很多编者都无视了渡鸦这无私奉献的母爱,只强调了它们的勇敢,而没有提及它们的智慧和羞怯的性情。所有了解渡鸦性情的人都明白这一事例的奇妙之处。——基尔顿注

第三封

  本地区的贝壳化石和各种石头我都观察过,自然得就此说点什么。我首先必须要提的这一件是个非常珍奇的标本。村民们在那片有草开阔高地附近翻耕白垩土田地时发现了它,看它外形古怪,遂拿给了我。对那些毫无好奇心的人来说,这个标本看起来就是一条石化了的鱼,长约 4 英尺,轴节部分充作脑袋和嘴巴。但其实这是一种双壳类动物,林奈将其归为贻贝属下的鸡冠牡蛎种,利斯特称其为耙齿贝,鲁姆菲乌斯称其为小褶皱牡蛎,达尔让维莱称其为耳形贝或鸡冠牡蛎,而那些收藏者们则称其为"鸡冠"。我曾向几位在伦敦的收藏家们求助过,但迄今为止也没见过完整的标本,纵使在书本里,也遍寻不到完整的画。我还曾获许去莱斯特家的大收藏室①里找寻这种贝壳的化石,但却一无所获,我大失所望,好在我看到了几种保存完好的其他贝壳,还是颇为欣喜的。这种双壳类动物只生活在印度洋里,附在一种名为柳珊瑚的植形动物上生存。我手里的这一块化石呈弧形,表面有奇特的褶皱,接缝相互啮合,凹槽相间其中,比起文字,图画更易展现其全貌。为此我特意找了人摹画它,并把它刻出来。②

  村子里四处可见菊石。我们曾修过一条通往陡坡林地的坡路,修路的工人挖土的时候常常会在山坡上发现菊石,它们就掩在土壤下的白垩里,个头还都挺大。河源往上的小道和通往埃姆肖特的路上,也都有很多菊石,它们就在路边坡的浅黑色泥灰土里,大多又小又软。再走远一点是克莱塘,人们常常把池塘里的淤泥挖出来晒在一边,好用作肥料。在这些淤泥里,我有时也会发现菊石,个头

---

① 一个近一个世纪前就被拆掉的自然历史博物馆。——基尔顿注

② 这不是鸡冠贝的化石,而是裂片牡蛎(*Ostræa carinata*)的化石。在地质学术语中找不到相对应的词,也找不到其来源。它不是白垩化石,是在上层海绿石砂中发现的。——基尔顿注

都很大，直径能有十四或十六英寸长。但因为它们是由土石或硬化黏土构成的而不含硬石成分，所以一经风霜雨露就会慢慢腐烂。由此观之，这些菊石是新近才形成的。在陡坡林地西北头的白垩坑里，有时能发现大个的鹦鹉螺。

村民在毛石地最厚处挖井，当挖到深处时，就常会看到大扇贝。这些扇贝的两片外壳上都有很深的纹路，脊沟交错分布。这些扇贝的构成成分可以说几乎完全是采石场的石料。

第四封

前边有一封信里曾提到过塞耳彭的毛石，但只是一笔带过。下面我要详细介绍一下它。

这种毛石常常被拿来做壁炉或灶台，用来砌石灰窑也很合适。因为砌窑的时候，工匠都不用砂浆而是用沙质亚黏土①，它遇高温即可熔化成液态，覆盖石灰窑的整个表面，最后釉化形成玻璃状保护层，十分坚硬。这种保护层可以使石灰窑经受风雨而不至被损坏，用上个三四十年都不成问题。把毛石用凿子凿平以后，可以用来砌房屋的前脸，十分雅致，那颜色和纹理都不输巴斯石，而且更胜一筹的是毛石不会因干燥而剥落。毛石也很适合拿来做壁炉台，它的纹理比波特兰产的石头还密还精美。它还可以拿来铺地板，但它质地太软，不是很适合。因为毛石是易切的砂岩，所以从各个方向都可以落刀，但又因其原本的纹路是水平的，所以摆放时宜把它从采石场里采出来时的原态展示出来，而不把人为切面露出来②。这种耐火岩石不适合拿来铺屋子外

① 用来烧制石灰的白垩土里可能也含有一定比例的沙子，因为几乎不存在至纯不含沙的白垩土。——基尔顿注

② 普劳特博士说把石头的切面朝外，就是不把它本原的一面摆出来（《牛津郡志》p77）。但若是如此摆放，石头就没法嵌进墙里，所以砌烤炉的时候我们也不会这么摆，尽管他说泰宁顿石这样摆最合适。

① "耐火岩石含盐量很高，但不含硫黄。纹理一定很细密，没有什么空隙。没有什么东西比盐还耐火，但盐分高的石头不耐湿，一飞霜落雨就毁了。"（普劳特《斯塔福德郡志》，p152）

的路，大致是因为这种石头本身含有一定的盐分，一被雨淋石板就会碎成块①。尽管这种石头十分坚硬，不会被醋腐蚀，但只要落在无机酸里，无论是白色的软性岩石还是青色的硬质岩石，都会发生剧烈的化学反应。虽然白色的毛石不能受潮，但在采石场不时就会挖到一层薄薄的青色硬质岩石，这种岩石能经得住雨水和霜露，而且它非常适合用来给马房、小路和庭院铺地，给陡坡砌干墙；它还是很好的筑围墙和修路的材料，所以在村子里随处可见。这种硬质岩石粗糙不平又很坚硬，无法切出光滑的平面来，但却非常耐用。由于这种岩石的岩层很薄又埋得很深，所以无法大量开采，除非下大本钱。在这些青色的硬质岩石之间有一些黄色或铁锈色的块状物，这些块状物几乎与青色硬质岩石一样结实。此外不时还能发现一些易碎的球状物，像铁锈一样，人们称其为"锈球"。

在沃尔默御猎场我只见过一种石头，工匠们称其为"沙石"或"林石"。这种石头一般呈铁锈色，兴许也能当成铁矿石用呢。它质地非常坚硬，又重又密实，由圆形结晶质小沙砾构成，一种含铁的棕色土将小沙砾们黏合在一起，使它们很难被切断，用铁器击打也不容易冒出火星。这种石头一般又宽又平，很适合用来铺房子周围的小路，即使被雨淋被霜打也不会让人打滑；它还是砌干墙的上好材料，有时人们也会用它来盖房子。在这片荒原上，很多地方的地表就散落着这种石头。但在威弗冈那片有草的开阔高地上，只有往地下挖才能看见这种石头。威弗冈是一片很大的高地，就在沃尔默御猎场的东头。那里的矿坑很浅，岩层也很薄。这种石头就像真理一样不朽。

为了把墙砌得更加优雅美观，石匠们在进行最后一道工序之前会把这种石头削成大钉子头那么大的小块儿，然后沿着毛石墙的接缝，把这些小块儿插进湿砂浆中。经过这样一番装饰，墙壁看上去就变得古怪了。有时常惹得异乡人开玩笑地问我们，我们的墙是不是用三英寸长的钉子钉起来的。

第五封

提到塞耳彭的独特之处，有两条凹陷的石头路值得一说：一条通往奥尔顿，另一条通往沃尔默御猎场。这两条路从泥灰岩中穿过，因为多年来人来车往，加之雨水侵袭，早已开始凹陷。第一层的毛石已经磨透了，第二层的部分岩层也被侵蚀了，因而这两条路现在看起来更像是水道而不是路，而且路底还露出了长达数浪[①]的硬质岩石。路面好几处地势要比路边的田地低上十六至十八英尺，每逢洪水或是下霜的日子，路面都会变得一片狼藉，树根纠缠交错地夹在岩层间，奔流从破碎的路边冲刷下来。到了天寒地冻之时，这些奔流就会变成冰柱挂在路边，那造型尤为奇特。那些从上面的小道上经过的女士们探头往下看的时候，总能被这幅崎岖又阴森的景象吓到，而那些在这条路上骑马的人，要是胆子不够大，也会被吓得直发抖。唯独博物学家们喜欢这两条路，因为路两旁生长着各种各样的植物，特别是还长了很多罕见的蕨类植物。

塞耳彭庄园就处于山间，山坡上植被覆盖率很高，当初若是管理得当，应该是有很多野物的。哪怕是现在，野兔、山鹬和环颈雉也不少，以前这里还有很多丘鹬。这儿的鹌鹑倒是不多，因为比起这种围场，它们还是更喜欢开阔的地带。丰收季节过后，还不时能见到几只长脚秧鸡。

要是算上周围大片林地的话，塞耳彭区的面积也不算小了。那

[①] 长度单位，等于1/8英里或201.17米。——译者注

些雇来勘测地界的人，若想绕着这儿走上一圈都得花上三天的时间。他们最后算出，算上迂回曲折的部分，这一圈边界线的总长度超过了三十英里。

那片陡坡林地就像一道屏障，为村子挡住了西风。这儿的空气很湿润，周围大量树木散发的气息让村子变得愈加潮湿，而且这种环境有利于人的身体健康，且不会有疟疾。

在这样一个树木茂盛群山环抱的地方，塞耳彭的降雨量算是很大的了。可惜我测量降雨量的时间比较短，无法给出权威的年均降雨量。^①我只记下了这些数据：

① 有位非常有智慧的先生跟我说（他以他 40 多年的经验做担保），不管测哪儿的降雨量，你不在那儿待上很长一段时间是测不出来的。他说："如果我只测了从 1740 年到 1743 年这头 4 年的降雨量，那我可以说林登的年均降雨量是 16 又 1/2 英寸；如果测的是 1740 年到 1750 年的年均降雨量，那我则会说是 18 又 1/2 英寸。1763 年以前的年均降雨量是 20 又 1/4 英寸，1763 年以后的则变为 25 又 1/2 英寸。1770 年到 1780 年间的又是 26 英寸。如果只测了 1773 年、1774 年、1775 年这 3 年的，那么林登的年均降雨量就又变成了 32 英寸。"

灰山鹑
grey partridge

	英寸	英担①
1779 年 5 月 1 日—1779 年末降雨量为	28	37！
1780 年 1 月 1 日—1781 年 1 月 1 日降雨量为	27	32
1781 年 1 月 1 日—1782 年 1 月 1 日降雨量为	30	71
1782 年 1 月 1 日—1783 年 1 月 1 日降雨量为	50	26！
1783 年 1 月 1 日—1784 年 1 月 1 日降雨量为	33	71
1784 年 1 月 1 日—1785 年 1 月 1 日降雨量为	33	80
1785 年 1 月 1 日—1786 年 1 月 1 日降雨量为	31	55
1786 年 1 月 1 日—1787 年 1 月 1 日降雨量为	39	57

① 重量单位，1 英担约合 50.80 千克。——译者注

塞耳彭村、一个叫栎树林的大村子，外加几处单独的农场和一些散落在森林边上的农舍，总共住了超过六百七十名居民。② 我们这里穷人不少，但很多人都勤劳节俭。他们住在石头或砖砌成的结实房子里，窗户都装了玻璃，卧室在二楼，生活十分舒适，土坯屋村里是没有的。除了下地干农活，男人们还会伐木、剥树皮和打理啤酒花。塞耳彭村确有不少种植啤酒花的园子，春夏两季，女人们下地给庄稼除草，到了九月就去摘啤酒花，享受第二茬丰收带来的喜悦。以前每

② 塞耳彭区居住情况（1783 年 10 月 4 日统计）
住户或家庭数量为 136 户
住在街两边的居民有 313 人。
住在其他地方的居民有 363 人。
合计 676 人，平均每户近 5 人。
尊敬的吉尔伯特·怀特先生于 1727 至 1728 年间去世，当年他做塞耳彭区牧师的时候，这里住的居民总数约为 500。（基尔顿注：1921 年塞耳彭的人口数为 2004。）

六十年中年均受洗婴儿数

年份（含首尾两年）	男婴数	女婴数	总计
1720–1729	6.9	6	12.9
1730–1739	8.2	7.1	15.3
1740–1749	9.2	6.6	15.8
1750–1759	7.6	8.1	15.7
1760–1769	9.1	8.9	18
1770–1779	10.5	9.8	20.3

受洗男婴总数为 515，女婴为 465，合计 980。故 1720 年至 1779 年这 60 年间出生的婴儿总数为 980。

六十年中年均死亡人数

年份（含首尾两年）	男性人数	女性人数	总计
1720–1729	4.8	5.1	9.9
1730–1739	4.8	5.8	10.6
1740–1749	4.6	6.6	3.8
1750–1759	4.9	8.1	5.1
1760–1769	6.9	8.9	6.5
1770–1779	5.5	9.8	6.2

去世男性的总数为 315，女性为 325，合计 640。故 1720 年至 1779 年这 60 年间去世人口的总数为 640 人。
受洗人数比死亡人数多不止 1/3。
受洗男婴比女婴多 1/10。
女性死亡人数比男性死亡人数多 1/30。
从上述数据中可看出，在本地区出生并长大的人平均寿命都能达到 40 岁以上。
双胞胎 13 对，因为很多双胞胎都夭折了，拉低了本地居民寿命的平均值。
男性和女性的平均寿命大致相当。

1761 年 1 月 2 日至 1780 年 12 月 25 日塞耳彭区洗礼、葬礼和婚礼情况一览表

	洗礼			葬礼			婚礼
	男	女	总计	男	女	总计	
1761	8	10	18	2	4	6	3
1762	7	8	15	10	14	24	6
1763	8	10	18	3	4	7	5
1764	11	9	20	10	8	18	6
1765	12	6	18	9	7	16	6
1766	9	13	22	10	6	16	4
1767	14	5	19	6	5	11	2
1768	7	6	13	2	5	7	6
1769	9	14	23	6	5	11	2
1770	10	13	23	4	7	11	3
1771	10	6	16	3	4	7	4
1772	11	10	21	6	10	16	3
1773	8	5	13	7	5	12	3
1774	6	13	19	2	8	10	1
1775	20	7	27	13	8	21	6
1776	11	10	21	4	6	10	6
1777	11	10	21	7	3	10	4
1778	7	13	20	3	4	7	5
1779	14	8	22	6	5	11	5
1780	8	9	17	11	4	15	3
	198	188	386	123	123	246	83

在这 20 年间，男性的出生人数比女性多 10 人。
男性和女性的死亡人数相同。
出生人数比死亡人数多 140 人。

① 沃尔默林地即沃尔默御猎场。——译者注。

到寒冬萧瑟的时候，女人们就会忙着纺羊毛，好做成巴拉贡（barragon）——一种雅致的凸纹织物，当时夏天很时兴穿这种料子做成的衣服。巴拉贡的主产地是临镇奥尔顿，织布的是一些贵格会教徒。但时过境迁，业已没人织这种布了。村子里黄发垂髫，怡然自乐，人们都健康长寿，儿童嬉戏成群。

第六封

沃尔默林地①的 3/5 都在塞耳彭，所以我要是不详细介绍一下这片林地，那我对塞耳彭的记述就算不得完整。这片林地里有各种奇妙的动植物，不管是打猎还是观察博物都其乐无穷，让我流连忘返。

沃尔默御猎场长约 7 英里宽约 2.5 英里，占地颇广，几乎是南北走向。从南到东与它毗连的地区依次是：萨塞克斯郡的格雷特姆、利斯、罗盖特和特罗顿，以及其他郡的博拉姆肖特、海德利和金斯利。这片御猎场其实是一大片长了石南和蕨类的沙地，间或能看到几个小山和谷地。整片猎场见不到一棵树的

影子。①山谷的谷底水不流通，形成了许多泥塘，从前人们认为那里的地下埋了大片树。虽然普劳特博士非常肯定②地说："南部诸郡的沼泽里根本没藏有什么倒下的树。"但他此言差矣，因为在这片荒野边上，我曾亲眼见过一些木屋，屋子是用一种黑色的硬木盖起来的，这些硬木看起来像是栎木。木屋的主人们非常明确地告诉我，这些是他们从泥塘里挖出来的。他们用铁锹之类的工具在泥塘里东挖西铲，翻出了这些木材。但后来人们把泥塘里的泥炭都挖没了，沼泽都仔细找遍了，再也没有发现过这样的树。③除了栎木外，还有人给我看过几片颜色更浅一些、质地更软一些的木头化石。当地人认为那是冷杉，但我仔细检查了一下，又用火烧了烧后发现，这些木头化石里根本不含树脂。所以我推断，它们应该是柳树或桤木或一些水生树木。

这片御猎场虽然人迹罕至，但却有很多野禽光顾，可谓是野禽们的乐园。它们不仅冬天经常来这儿，夏天也会来这儿繁育后代，譬如凤头麦鸡、沙锥和绿头鸭，近几年我还发现有绿翅鸭。遇到合适的季节，御猎场的边上就会孵化出大量的小山鹬，它们非常喜欢去御猎场里远足。尤其是 1740 年、1741 年及随后几年，由于夏季气候很干燥，山鹬多得简直数不胜数。以至于引来了许多蛮横无理的捕猎者，他们一天就能猎杀了 20 对甚至 30 对山鹬。

但以前这片御猎场里还有一种更为名贵的猎物——雄黑琴鸡，可惜现在已经绝迹了。老人们跟我说，飞射狩猎流行以前，黑琴鸡

① 如今已经不是如此了。19 世纪初这里便开始植树了。尽管这里不时会着大火，但很多地方都已经有植被覆盖了。——基尔顿注

② 见其著作《斯塔福德郡志》。

③ 老人们跟我说，在冬季的早晨，他们常常通过观察泥塘里的白霜来找这样的木材，因为凡是底下藏了木头的泥沼，表面白霜的痕迹都比周围那些没藏木头的长。这可一点也不是瞎说，是有一定科学依据的。黑尔斯博士说："地下一定深度处土的热度有助于解冻，并且会促使天气发生变化，使气温从上冻变为解冻。这一点可以从 1731 年 11 月 29 日的观察中看出来。那天夜里下了一场小雪，第二天上午 11 点的时候，地上的雪大部分都融化了，只有布希公园（bushy-park）里的几个地方还有雪。这是因为这几处的地下都开挖了排水道，挖完又用土盖上了，尽管不知道排水道里还有没有水，但总之这几处地面上的雪都没有融化。同样，地下埋了榆树的地方也会这样。这很清楚地表明，排水道隔断了地下的土壤，使得热量无法继续上升。因为地表下四英尺多深埋了排水道的地方，雪是没有化的。同理，茅屋屋顶、屋瓦上，以及墙顶上，雪都没融化。"见黑尔斯《止血剂》第 360 页。这些观察是否可以应用到家庭生活里譬如借以发现房子周围那些已经废弃的排水道或水井呢？或者是否可以借以在罗马时代的驻营地处发现人行道、浴室、坟墓，或其他埋藏于地下的古董呢？

还是有很多的。记得在我还小的时候,父亲的餐桌上时不时就会出现一只黑琴鸡。想来35年前人们猎杀的那些黑琴鸡就是最后一群了吧。最近十年间只出现过一只雌黑琴鸡,当时几条小猎犬正在御猎场里搜寻兔子,不想惊起了这只黑琴鸡。狩猎者们大喊:"一只雌野鸡!"不过当时旁边正好有一位常在英格兰北部见到黑琴鸡的先生,他很肯定地跟我说,那是只雌黑琴鸡。①

① 这种鸟是野化放归的品种。尽管它们在一段时间里繁殖良好,但最终数量还是不断消减了。有理由相信它们已经再度在此处灭绝了。——基尔顿注

黑琴鸡的绝迹还不是塞耳彭动物群的唯一缺憾,塞耳彭的生物链里还少了另外一种美妙的生物,那就是马鹿。18世纪初的时候,马鹿还有约500头,一起出没的时候它们可谓气度不凡,蔚为壮观。有位叫亚当斯的御猎场老看守人现在还在世,他们家祖孙四代接力,从他曾祖父(1635年巡视勘界时还提到过他)开始就是沃尔默御

黑琴鸡
black grouse

欧洲马鹿
red deer

猎场的看守人头领，如今已经过了一百多年了。亚当斯跟我说他父亲常告诉他，安妮女王当年沿朴次茅斯大道去往别墅时曾路过此地，她丝毫不觉得这片御猎场过于荒凉配不上她的圣鉴。因为女王行至御猎场附近的利波克镇时下了大道，在一个山坡上休息。这个山坡其实还专门为此平整过，它就位于沃尔默塘东面约半英里处，至今还被人们称为"女王坡"。当时御猎场的看守人把整个鹿群赶到山谷里，好让女王从山上观赏这 500 来头马鹿，女王看后十分满意，玩得非常尽兴。这是何等的景象，能让女王为之动容！不过亚当斯后来又说，因为沃尔瑟姆偷猎者的出现——或者用他自己的话说，这些人一开始黑猎①——鹿群的数量很快就只剩下约 50 头了，并且还在不停地减少，直到最后在那位坎伯兰公爵时代。30 年前，公爵派来了一名猎人和六名骑兵侍卫，命他们活捉御猎场里所有的马鹿，再用马车运去温莎。那些骑兵侍卫都穿着猩红色的上衣，衣服上饰有金色的带子，手里还牵着猎鹿犬。那年夏天，他们抓走了所有雄鹿，其中有几个人身手非常不凡，抓捕场面给人们带来了不少乐趣。第二年冬天，他们把雌鹿也抓走了。如此盛大的捕猎现场在往后的岁月里，依然让村民们津津乐道、啧啧称奇。我曾亲眼见过一名骑兵侍卫把一头雄鹿从整个鹿群中支出来。不得不说那人身手之矫健是我先前从未见过的，就连阿斯特利先生的骑术学校里的所有骑手也无人能出其右。马鹿相逐，各显神通，那景象远远超乎我的想象。尽管要是单论速度，马是远胜于鹿的。要抓捕的那只鹿一从鹿群里脱离出来，他们就会掐着表，让它先跑个 20 分钟——用他们的话说这叫宽限期，而后再吹响号角放出猎犬去追，一场壮观的捕猎好戏随之拉开帷幕。

① 偷猎者将面部涂黑作为伪装。——译者注

第七封

  虽然鹿群大了会为害乡里，但是对村民们来说，庄稼上的损失反而可以忽略不计，它们导致的道德上的损害才是更长久的。偷猎的诱惑实在是难以抵挡。因为大多数人生来就是猎手，本性里就带有狩猎的因子，所以纵使再三明令禁止也很难克制这种天性。在18世纪初的时候，这里的所有人都在疯狂地偷猎马鹿。这里的年轻人，要是不是一个猎手的话——他们都喜欢这样自诩，那在别人眼里，就算不得是个堂堂的男子汉。由于沃尔瑟姆偷猎者们实在罪大恶极，最后政府不得不插手颁布了一项十分严苛血腥的法案——《黑匪法》[①]。这项法案里所设的重罪数量之多，史无前例。[②]因此当有人劝一位已故的温切斯特主教为沃尔瑟姆狩猎场[③]补充猎物时，这位主教毅然回绝了，说："它惹的事已经够多了。"可谓世事洞明，不愧是主教。

  以前那些偷猎过鹿的老村民，还有几位至今仍然在世。不久前，几杯酒下肚以后，他们还借着酒劲吹了吹年轻时的"丰功伟绩"。比如去鹿窝边看着母鹿产崽，等小鹿一落地，他们马上就用小刀去削小鹿的蹄子直到切到肉，以防它逃跑，然后等小鹿长大养肥以后，就把它杀掉；比如趁着月光去芜菁地里偷猎，结果错把邻居看成了鹿开了一枪；再比如搭进去一条猎狗，但是损失狗的故事却很不寻常。有几个偷猎者怀疑母鹿把刚产下的崽藏在了某处蕨草茂盛的地方，就带了条杂种猎狗[④]去找它，打算搞它个出其不意。结果哺崽的母鹿突然跳出灌木丛，收紧四蹄，腾空而起，一蹶子踢到猎狗的脖子上，猎狗当即身首异处。

  另一个导致村民们不务正业只愿打猎的诱因是当地兔子多。漫山遍野，凡是有小山和干燥土壤的地方就有野兔。但是这些野兔喜

[①] 乔治一世第九条法令第22章。

[②] 该法案于1827年废止。——译者注

[③] 这个狩猎场至今也没有补充猎物。这位主教是霍德利博士。

[④] 偷猎者常使用的一种经训练后能悄悄地捕捉猎物的杂种猎狗。——译者注

欢挖洞，公爵派来的那些人觉得太难捕了，所以他们抓走马鹿以后，就任由村民把野兔都消灭了。

这些诱使人为非作歹的马鹿消失以后，这片御猎场和荒原就成了村民的了，这对家就住御猎场边上的村民来说获益良多。泥炭和草皮可拿来生火，柴火可拿来烧石灰肥，炭灰可拿来做草的肥料，还可以把家鹅或小牲畜拉到这儿来养，几乎不用花他们一分钱。

我在一份出自伦敦塔的老记录上读到，格雷特姆区的农庄获准在适当的季节，可将所有牲畜放进御猎场里放养，但是羊除外。①我推断，羊除外②的原因应该是羊太能吃草了，它们能把最好的草都吃光，会影响鹿的生长。

虽然威廉与玛丽第四条和第五条法令第 23 章规定："在圣烛节与施洗约翰节之间，任何人如果在任何荒原焚烧欧石南、帚石南、荆豆、蕨类，将一律处以鞭刑，并送往教养院监禁。但是在沃尔默御猎场，每年三四月的时候——具体月份视当年当季气候的干旱度而定——总有人焚烧石南，燃起熊熊大火。大火常常会吞没无主的荒地、树篱，有时还会蔓延到林下灌丛、矮林和树林里酿成大祸。烧荒的人会辩说，只有烧掉老一茬石南什么的，新一茬的才会抽芽，牲畜们才有新鲜的嫩草吃。但有的老荆豆长得很大，一烧起来，火焰就会顺着荆豆的根烧到地下，把方圆数百英里都烧得一干二净，放眼望去只看得到令人窒息的浓烟和片片焦土，整片土地看上去就像是覆了一层火山渣。土壤也被烧得养分尽失，一连数年寸草不生。每逢烧荒的季节总能赶上刮东北风或东风，村民颇受浓烟之害，还时不时得担心会被大火吞没。让我记忆犹新的一回烧荒是有一位家住安多弗镇的先生来看我那次。他从家里出来走了 25 英里，等爬上安多弗镇和温切斯特之间的那片开阔高地时，却看到浓烟滚滚，

---

① 农场主要想享受这一特权，每年必须向国王上供 7 蒲式耳（1 蒲式耳约合 36.4 升）的燕麦。

② 霍尔特直到最近还养了一园子的黇鹿，至今也不许放羊。

帚石南
common heather

四叶欧石南
crossleaf heath

火气袭人。他大吃一惊,以为奥尔斯福德着火了。但走到奥尔斯福德后却发现那里并没着火了,便觉得一定是下一个村子着火了。就这样,他一路走一路担心,直到抵达此行的终点。

御猎场最高的两处高地上,各立着一座栎树枝搭成的棚架,或者说是凉亭,一个叫沃尔登小亭一个叫硫黄石小亭。每年一到圣巴拿巴节护亭人就会翻修凉亭,他们会拿走换下的旧料聊作回报。本区的布莱克穆尔农庄负责为沃尔登小亭找翻修用的柱子和树枝,而格雷特姆区的那几个农庄则轮流负责为硫黄石小亭提供这些翻修材料。按照要求,所有翻修凉亭用的木材都必须是现砍现运的。这个风俗可能由来已久,所以我特意提一下。

第八封

御猎场现今已经被圈了起来，它的边缘处是三个大湖。其中两个位于栎林村，没有什么特别之处可提。另一个叫为宾湖或比恩湖①，倒是很值得博物学家或捕猎者们注意。这个湖的北部长满了柳树、丛薹草②，形成了一个安全又舒适的庇护所，绿头鸭、绿翅鸭、沙锥等都喜欢在这里繁衍生息。冬天的时候，狐狸们也常光顾这片树林，有时环颈雉也会来。湖边的沼泽中生长了很多稀奇古怪的植物。（详情参见致巴林顿先生的第四十二封信。）

我手边正摊着沃尔默御猎场和霍尔特御猎场当年巡视勘界时绘制的勘测图，它绘于 1635 年，即查理一世十一年。从图中可以看出沃尔默御猎场占地颇广。先抛开它远处的那一边不谈，毕竟我对那里不是很了解。光是塞耳彭这一边，在过去就很广大。御猎场的

① 早已干涸，湖床现在被用来畜牧了。——基尔顿注

② 我指的是那种能长得很高被猎场看守人称为"torret"的草丛。我觉得 torret 是 turret（塔楼）的误写。笔记：1787 年的夏初，政府曾派人对沃尔默御猎场和霍尔特御猎场进行了勘测。

绿翅鸭
Eurasian teal

边界经过宾斯特德延伸至沃德勒罕园地的水渠处和哈特利莫德维的边缘——人称莫德维入口。沃德勒罕园地里还耸立着洛奇山和奇妙的约翰王山。此外，御猎场当时的范围还覆盖了肖特荒野、栎林村和栎树林。这片区域面积十分广大，尽管曾经是皇家领地，现在已经成了私人财产。

出人意料的是这卷羊皮纸长卷里竟从未提到"森林边缘空地"（purlieu）[1]这个词。除巡视勘界的勘测图以外，这卷羊皮纸里还粗略估算了林木的价值。当时霍尔特御猎场里可生长了相当多的林木，价值十分可观。当时负责这些邻接林地的所有看守人，无论职位高低全都记载在这卷羊皮纸里了，还有他们的薪金和津贴。而沃尔默御猎场不管在当时还是现在，里面都没有什么树。

[1] 指原属王家林苑范围现仍在狩猎等一些方面受森林法制约的森林边缘空地。——译者注

御猎场如今的界限内有三个大湖：霍格默湖（Hogmer）、克兰默湖（Cranmer）和沃尔默湖（Wolmer）。[2]这些湖里都有很多鲤鱼、丁鱥、鳗鱼和鲈鱼。但因为水里没有养分，湖底又都是不毛的沙子，所以鱼长得都不肥。

[2] 正如贝尔所说，这三个湖的名字取自英国早已灭绝的野生动物，即野猪（hog）、鹤（crane）和狼（wolf）。——基尔顿注

丁鱥
tench

还有一件事虽然不是这些湖泊所独有的，但我实在不能不提。一到夏天炎热的时节，所有的牛无论是公牛、奶牛、牛犊、还是小母牛，都会出于本能长时间地泡在水里消暑。水边飞虫少，还有清凉的水汽，它们上午十点就会来到湖边，泡在齐肚深或只没过半条腿那么深的湖水里，惬意悠然地反刍，直到下午四点才回到岸上去吃草。它们每天在湖里泡这么长时间，自然也留下了不少的粪便，昆虫们在牛粪里安了家，这也就给鱼儿们提供了食物。所以说，要是没了这些偶发事件，鱼儿们断然是要饿肚子的。所以说大自然可真是个伟大的经济学家！一种动物的消遣就这样变成了另一种动物的食粮。①擅长观察大自然的汤姆森当然没有放过这等趣事，在《夏天》一诗中，他这样写道：

① 可以说牛群帮了鱼儿们大忙了，但比起文中所说，它们更大的贡献是用脚将湖床或是河床下边的昆虫搅起来，让它们暴露在鱼儿的视线中。——基尔顿注

　　一群群牛羊

　　——在芳草岸边

　　或卧身反刍，或站着

　　半身入水，不时躬身，啜饮

　　泛着涟漪的湖水。

我想沃尔默湖之所以被称为湖，主要是为了凸显它是这一片的大湖。它周长2646码，近1.5英里，西北岸和对岸长约704码，西南岸长约456码。这个数据是我请人专门精心测量过的，十分准确。由此算来，即便不算东北边那个狭长而不规则的大港湾，这个湖的面积也有约66英亩。

到了冬天，因为没有捕猎者，所以这片广阔的水域上终日都有大量的绿头鸭、绿翅鸭、赤颈鸭等各种飞禽出没。它们在这儿梳理羽毛、惬意地休憩，一直待到太阳落山才三三两两地拍拍翅膀飞去

赤颈鸭
Eurasian wigeon

小溪和草甸里觅食（毕竟从本质上讲它们都是夜间活动的鸟儿），第二天拂晓时分再归来。要是这片湖有一两个长满密林的水湾（现在它还是光秃秃的一片），那一定是个不错的捕猎场。

然而让这片湖出名的，既不是它面积的辽阔、水质的清透，也不是飞禽之奇、种类之多或牛群汇集的如画景色，而是因为约四十年前在湖底发现的大量铸币。[1]但鉴于这个发现更适合放入本地考古这类话题里讨论，所以我就不在此赘述了。等到日后写跟本村和本地区历史有关的信时，再专门细细讨论吧。

[1] 这些硬币是铜制的，同一时期发现的还有一些勋章，都是罗马帝国时期的。怀特有幸得到了几十枚，其中的一些是马可·奥勒留和他的女皇福斯蒂娜的所有物。——基尔顿注

第九封

关于沃尔默御猎场，先前遗漏了一点，这里再另写一封信稍作

① 斯佩尔曼的术语表将其命名为"艾尔斯霍特"。

② 这位亲王还是凹版印刷术的发明者。

补充，还请您不要介意。沃尔默还另有一片姊妹猎场叫艾尔斯霍尔特。据旧时文书记载，它又名"爱丽丝霍尔特"①，是数年前因皇室转赠而变成私人所有的。

据文书作者所述，受赠者为伊曼纽尔·豪将军及其夫人露珀塔（鲁珀特亲王和玛格丽特·休斯的私生女），一位出身彼得伯勒家族的莫当特先生（娶了彭布罗克伯爵遗孀），及亨利·贝尔森·莱格及其夫人。现在这片土地的受赠者还有斯陶威勋爵和他的儿子。

豪将军的夫人非常长寿，她丈夫去世以后她依然健在。她去世后留下了许多精妙的小机械，均出自她父亲之手。她的父亲既是名杰出的机械师，也是个艺术家②，还是位战士。他还做过一个非常复杂的钟，近来被萨里郡法纳姆的著名狩猎画家埃尔默先生收藏。

虽然这两片猎场只隔了一道窄窄的封地，但两边的土壤却截然不同。霍尔特土壤肥沃多泥沼，草质优良，遍布高大的栎树；而沃尔默却是一片贫瘠的荒野，沙质土壤，寸草不生。

整个霍尔特都位于宾斯特德区内，南北长约两英里，东西亦有两英里。猎场里有许多林地和草场，受赠人的大房子掩映其中，还有一个叫古斯格林的小房子。猎场毗邻金斯利区、佛林斯罕区、法纳姆区和本特利区，这四个区都有权使用这片猎场。

有件事尤其值得注意，那就是尽管霍尔特历来有很多黇鹿，且猎场除了有一道普通的篱笆外，没有设过任何栅栏或围墙，但这些黇鹿却从没跑到沃尔默猎场去过。同样，沃尔默的马鹿也从来没去过霍尔特的灌木林或林间空地。

尽管霍尔特猎场里有无数守林者奋力保护鹿群，政府也制定了严酷的惩罚措施来惩戒偷猎者，还常常有被抓到的偷猎者按法律规定受了鞭刑，但仍有夜间偷猎者不断来侵扰鹿群。如今霍尔特猎场里鹿的数量大大减少。可见无论是罚款还是监禁都无法阻止偷猎的

黇鹿
fallow deer

人。想来狩猎大概是人类的天性,很难根除。

豪将军当年曾在自己这片猎场放过一些德国野熊和野猪,让周围的村民大为惊恐。还有一次,他放了一头野牛进去,但村民们联合起来把它们猎杀了。

今年春天(即1784年),霍尔特猎场砍倒了大量树木,其中约有一千棵栎树。据说这些木材的五分之一都属于受赠者斯陶威勋爵。他还宣称枝梢材也都归他,但宾斯特德区、佛林斯罕区、本特利区和金斯利区的穷人们却说这些小树枝该归他们,遂一哄而上,他们还真就粗暴地全抢回了家。还有个人领了一队的人来抢,最后他分回家的树枝有四十多捆。这伙抢树枝的人最后有 45 个都被勋爵告了。这批树都很高大挺拔,砍于二三月间的封冻期,那时树皮还没把树干都裹起来。旧时霍尔特猎场离水道即泰晤士河边的彻特西镇约计18英里。不过，如今因为魏河已通航至萨里郡的戈德尔明镇了，所以到水道的距离已经减少了大半。①

① 贝辛斯托克运河的长度已经缩短到了七英里。
——基尔顿注

第十封

1767 年 8 月 4 日

我自小痴迷博物学，可惜从未有幸能碰到志同道合的邻居。因为少了能互相砥砺、相互促进的同伴，所以我现在取得的进步都很微不足道。

关于在怀特岛或国内任何地方冬眠的家燕，我还从未听过任何值得参考的解释。但曾有一个天性好问好奇的牧师信誓旦旦地跟我说，他年少的时候，一年早春，有几个工人在拆一座教堂钟楼的雉堞，拆完后在废墟里发现了两三只雨燕。乍一眼看去它们好像死了，但拿到火炉边后，它们就又活了过来。他还说，因为太想养这些雨燕了，所以就把它们装进一个纸袋挂在了厨房的炉火边，结果却把它们都闷死了。

还有一个聪明人跟我说，当他还在萨塞克斯的布赖特埃姆斯通②上学的时候，在一个多风暴的冬天，一块巨大的白垩悬崖断落，掉在了海滩上。很多人在那堆碎石里看到了家燕。而当我问他有没有亲眼看到这些燕子的时候，他却说没有。这让我大失所望，但是他说别人十分肯定地告诉他他们看到了。

今年 7 月 11 日就能看到小雏燕出巢了，而白腹毛脚燕还留在巢里长羽毛。这两种燕子还会在年内再产一回雏鸟。据我去年的动物志所载，雏燕出巢时间很晚，9 月 18 日才出来。这些晚出生的

② 布赖顿的旧称。
——基尔顿注

小雏燕，比起迁徙会不会更愿意就地隐藏起来呢？答案是否定的。去年直到 9 月 29 日还能看到伏在巢内的白腹毛脚燕，但到了 10 月 15 日，就一只也见不着了。①

虽然雨燕看起来跟家燕和白腹毛脚燕的生活习性完全相同，但奇怪的是，雨燕不到八月中就会离我们而去。而家燕和白腹毛脚燕则常常会待到十月中旬。有一次都到 11 月 7 日了我还见到了许多白腹毛脚燕，它们与红翼田鸫②在天空中并肩齐飞。冬鸟和夏鸟共聚一堂，也实为罕见了。

高高的树梢上仍有一只小黄鸟（可能是林鹨，不过更像是欧柳莺）在歌唱，发出阵阵咝咝的震颤音。③而雷命名为 stoparola 的鸟，在您的《动物学》中被当作鹟鸟④（在我们这里，它还没有学名）。这种鸟有一个细小的特点，似乎大家都没注意到。那就是它捕食的

① 有时候它们实在抱窝抱得太迟了，就把它们抛弃在了鸟巢里。——基尔顿注

② 这里应该指的是白眉歌鸫和田鸫。——基尔顿注

③ 根据后文，无疑，小黄鸟说的是林柳莺。——基尔顿注

④ 在系统分类学中，它被称为斑鹟。——基尔顿注

叽喳柳莺
common chiffchaff

时候总会站在竿子顶上，一见到猎物就猛地跃身而起，在空中捉住蚊虫，几乎从不沾地，随后又回到那根竿子上。就这样反反复复若干次。

据我观察这里的柳莺肯定不止欧柳莺这一种。在雷的《哲学书简》里德勒姆先生说他发现了三种柳莺。所以这又是些十分常见但却没有名字的鸟儿。①

斯蒂林弗利特先生很怀疑黑顶林莺到底属不属于候鸟，我却觉得这没什么好怀疑的。因为到了四月，天气一好转，它们马上就成群结队地全都回来了，而到了冬天，却一只都别想见到。它们唱起歌来也都十分美妙。

每年夏天，都会有很多沙锥来到塞耳彭边上的沼泽地里繁衍后代。到那时人们就会看雄鸟们鼓翅而飞，它们还会唱起婉转的歌，曲调时高时低，着实有趣。

之前我在城里跟您提过的那种老鼠，我至今都还没有亲眼见过。上次给我送老鼠的那个人说到了丰收的季节才会有很多，到时候我一定留心多抓一些，并尽量搞清楚它们到底是不是未经分类的品种。

水鼩应该有两种，对此我颇为怀疑。雷说水鼠的后脚是蹼状足，林奈也赞同这种说法。②但我却刚在我们村的小溪边发现了一只没有蹼状足的水鼠，尽管如此，它仍然很擅长游泳和潜泳。这种情况正符合林奈在《自然体系》中对水鼩的描述，即："它们可以在沟堑中游泳和潜水。"要是能得到一只有蹼状足的水鼩，我一定会非常高兴。说起 *Mus amphibius* 时候，林奈似乎非常困惑，不知道它与 *Mus terrestris* 有什么区别。如果真如雷所说"水鼩头大身子短"，那不管从大小、构造，还是生活习性上来说，两者应该截然不同。

① 这里说的鸟儿是林柳莺、欧柳莺和叽喳柳莺。——基尔顿注

② 雷和林奈都被维路格比（Willughby）误导了。英国只有一种水鼩。人们常会把褐家鼠误以为是水鼩，实际它们的长相相去甚远。——基尔顿注

水䶄
European water vole

至于我在城里提起的隼,我会亲自给您送去威尔士。对您来说,它可能是稀松平常之物,但对我来说却颇为稀奇。所以,若有唐突冒犯之处,还请您见谅。尽管这只隼有残缺之处,但相信您"窥一斑,便能知全豹"了。

它常常在一片沼泽地里猎食绿头鸭和沙锥,但它被射中时,它正在撕碎一只刚扑落的秃鼻乌鸦①。查证之后发现它既跟英国的鹰类对不上,也跟陈列在春园里的各色鸟类标本对不上。我是在一间谷仓里发现它的,当时它正被钉在屋子尽头的墙上。谷仓真可谓是乡下人的博物馆。

我住的塞耳彭区地势十分陡峭又很不平坦,山和树都很多,因而鸟类也多。

① 我们曾看见一只野游隼俯身攻击一只小嘴乌鸦。它的翅膀拍击发出了很大的声音,它的猎物立刻逃进树林里躲起来了。——基尔顿注

第十一封

塞耳彭,1767 年 9 月 9 日

我一定会耐心地等待您对那只隼的看法。我当时要是把它的体重和身长等信息都记下来就好了。不过根据我残存的记忆它大概重两磅八盎司,两翼展开后的长度有 38 英寸。它的蜡膜①和脚都呈黄色,眼睑那一圈则为亮黄色。因为已经死去好几天了,所以它的眼珠已经凹陷了,我没法好好观察它瞳孔和虹膜的颜色。

在这片地区我见过的最不寻常的鸟当属一对戴胜了。它们是几年前的一个夏天来到这儿的,经常去光顾我家菜园边上那块种了花草的地,逛了能有好几个星期。那时,它们常昂首阔步地走着,样子气派极了,还一边走一边觅食,一天来回巡视好多次。而且看那样子,它们似乎还打算在我的菜园里产蛋。但有几个闲来无事的男孩却不肯让它们优哉游哉闲适地生活,总会去捣乱,最后把它们吓跑了。②

① 指鸟类喙的基部。——译者注

② 这种偶尔造访的鸟类当然会在英国繁衍后代,它们之前就曾这样做过,但它们总会遭人猎杀。——基尔顿注

戴胜
Eurasian hoopoe

八角鱼
hooknose

鲂杜父鱼
European bullhead

几年前的一个冬天,我的园子里还来过三只锡嘴雀。当时我用枪打了一只。从那时起,每到寒冬腊月就时不时能见到一只这样的鸟儿。

去年,我们村有人打死了一只红交嘴雀①。

我们这儿的溪流水量大都很小,只有在村头和村尾水位才稍微高一点。溪里鱼的品种不多,只有鲂杜父鱼、褐鳟、鳗鱼、七鳃鳗和三刺鱼。②

我们村离海边有 20 英里远,离另一条大河也差不多是同样的距离,所以很少见到海鸟。至于野禽,只能在沙锥繁衍生息的沼泽地里看到几群鸭子。到了酷寒的季节,则可在林间的湖泊里见到许多赤颈鸭和绿翅鸭。

我倒是见过几次一只被驯养的灰林鸮,发现它会像鹰一样把老鼠的毛和鸟的羽毛团成圆球再吐出来。等它吃饱了,就又会像狗一样把吃剩的藏起来。

养小仓鸮可不是件容易的事,因为得不停地喂它们新鲜的老鼠肉。但是小灰林鸮就好养活多了,喂什么吃什么,不管是蜗牛、老鼠、

① 这种不常见的鸟儿通常四处漫游,它们在英国和爱尔兰的很多地方都会零星产下后代。——基尔顿注

② 对于初到塞耳彭拜访的游客来说,这种说法着实会让人迷惑。"我们这儿的溪流"指的是塞耳彭河的两条分支。一条起于泉头,而另一条则是在村子的另一头,部分沿着格里希斯街往下流。两条支流相会于多顿小屋上边。——基尔顿注

猫崽、狗崽、喜鹊，还是其他动物的腐肉和下水，都来者不拒。

白腹毛脚燕还在产卵，还有一些羽翼未丰的雏燕。我最后一次看见雨燕大约是在 8 月 21 日，那应该是一只掉了队的家伙。

现在还有红尾鸲、斑鹟、灰白喉林莺和 *reguli non cristati*①，但是黑顶林莺却有些日子没见了。

忘了说，有一次在牛津大学基督教会学院的四方形院子里，我看见一只白腹毛脚燕飞来飞去，最后落在了低矮的挡墙上。那是个阳光十分明媚又很温暖的上午，但其实时节已经很晚了，都 11 月 20 日了。

目前我所知道的蝙蝠只有两种，即普通蝙蝠（*Vespertilio murinus*）和普通长耳蝠（*Vespertilio auritus*）。②

去年夏天，有一只驯养的蝙蝠给了我很多乐趣。它能从人的手上取食飞虫。你一给它拿吃的，它就会张开双翼护住脑袋，像猛禽

① 应该是黄眉柳莺。

② 理查德·莱德克（Richard Lydekker）在他关于英国哺乳动物的著作中说，尽管英国有十五种蝙蝠，但只有十二种是纯英国种。伦纳德·杰宁斯（Leonard Jenyns）牧师大人是第一位指出怀特犯了错的人。怀特将我们这里的普通伏翼（*vesperugo pipistrellus*）误以为是欧洲大陆的普通蝙蝠（*Vespertilio murinus*）。——基尔顿注

灰白喉林莺
common white throat

普通长耳蝠
common long-eared bat

扑食一样盘旋而至。给它喂飞虫,它通常是不吃的,但却会非常灵巧地截下飞虫的翅膀,那身手真是看得我乐此不疲,很值得观察。它最爱吃的似乎是昆虫,但喂它生肉,它也不拒绝。所以蝙蝠会顺着烟囱飞到家里去偷吃熏肉的说法似乎也不仅仅是坊间传言。人们总说蝙蝠一旦落到平面上就无法再飞起来了,这简直是一派胡言。我兴致盎然地观察这种神奇的四足动物的时候,就几次见它轻轻松松地从地面上飞身而起。我还观察到它跑起来的时候脚上十分利索,这点是我之前没想到的,但是那样子却极其滑稽怪诞。

蝙蝠和家燕一样,也会边飞边饮水,它们只需在掠过池塘和溪流时轻啜水面即可。它们喜欢在水面上飞来飞去,不仅是因为可以喝水,还因为那里有大量的昆虫。几年前,在一个温暖的夏夜,我从里士满乘船去森伯里,当时天色已晚,我记得这两地沿途有很多蝙蝠。泰晤士河的沿线飞满了蝙蝠,一眼望去能看到成百上千只。

此致。

第十二封

1767 年 11 月 4 日

阁下：

得知那只隼①不是常见的品种让我十分高兴。但我必须承认，要是您说您先前也不曾见过我送来的这只鸟，我估计会更高兴一些。不过您太博闻强识了，想考到您也得颇费脑筋。

我先前信中提到的那种老鼠，我已经得了几只：一只幼鼠和一只怀孕的母鼠。我把它们都泡在了白兰地中保存了起来。从它们的颜色、体形、大小和筑巢方式来看，我敢肯定，这是一种还没被分过类的品种。它们比雷说的那种中等体型的家鼠要小得多和瘦得多，毛的颜色更接近松鼠或睡鼠。它们的肚子是白色的，身侧有一条直线，腹部和背部的色调泾渭分明。这种老鼠是不会自己跑进屋里来的，它们是被捆进了麦子里，扛进禾堆和谷仓的。丰收的时节随处可见这种老鼠，它们会在地上的玉米秸秆堆中筑窝，有时也会在蓟草丛中筑窝，它们一窝能产八只崽，产下的崽子都放进草叶或麦叶

① 这是一只游隼，一个变种。

睡鼠
edible dormouse

结成的小圆巢里。

今年秋天我就收获了这样一个鼠巢。它是由麦叶编成的,十分精巧,通体浑圆,只有板球那么大。巢口封得十分巧妙,根本找不到在哪儿。这个巢筑得非常坚固、紧实,所以哪怕是把它放在桌面上滚来滚去,也不会惊扰到里面装着的八只没睁眼还光秃秃的小老鼠们。不过这巢装得如此满当,母鼠是怎样把奶头一一送到每只小老鼠嘴中的呢?或许它会在不同的地方开口,等喂完了再把开口封好。但是它应该无论如何都无法挤进巢里跟幼鼠们待在一起,更何况幼鼠们还在长大。

这个装满幼鼠的摇篮真是展现了本能优雅精妙的一面。人们是在麦田里发现它的,当时它正挂在一棵蓟的枝头。[①]

① 怀特是第一位描述漂亮的小巢鼠（harvest mouse）的外貌和习性的英国博物学家。尽管说是蒙塔古先在威尔特郡发现它的。——基尔顿注

一位好鸟的绅士写信给我,说他的仆人在去年一月天气极端恶劣时打到了一只鸟,他觉得我肯定不认识这种鸟。今年夏天的时候我去拜访了他,也不知道等着我的是什么。但当我一拿到那只鸟,看到它五根短飞羽末梢上那五个独特的绯红色圆点时,就喊出了它的名字。那是一只雄太平鸟[②]。我觉得这种鸟无论如何都算不得是只英国鸟。但雷在《哲学书简》里说,1685 年冬天,我国境内就出现了大群太平鸟,它们以山楂为食。

② 它是一种冬季会造访英伦诸岛的鸟儿,鲜少会成群结队飞来。——基尔顿注

说起山楂倒提醒我了,今年野生山楂普遍歉收,鸟国的居民因而少了口粮。今年晚春的天气依然恶劣,所以那些娇嫩而稀奇的树所结的果子全都被料峭春风打落了,不过那些更耐寒和普遍的树所结的果子也没幸免于难。

最近村里总能看到一些鸟儿,它们跟槲鸫厮混在一起,还啄食红豆杉上的浆果,看它的样子我觉得很像书里提到的环颈鸫。我曾雇了些人帮我抓这种鸟,却未能如愿以偿,见第二十封信。

我有个问题,如果春天的时候把金丝雀的蛋放在和它同科的鸟的巢里,譬如红额金翅雀或金翅雀等,那么它们在长大的过程中能慢慢适应这里的气候吗?等到冬天来之前,它们可能就已经长结实了,可以自由迁徙了。

大约十年前,我曾经每年都会在汉普顿宫附近的森伯里待上几周。森伯里可谓是泰晤士河畔最宜人的村庄之一。秋天的时候能看到聚集在这里的各色燕子,它们给我带来了无限的乐趣。但让我印象最深的是,它们一开始集合,晚上就不再住在烟囱和屋舍里了,而是栖息在河心小岛的柳林里。到了那个季节还要去河边,这种栖息方式似乎在某种程度上证实了如今一些北方博物学家的奇怪观点,那就是它们其实是在水下栖息的。瑞典有个博物学家对此深信不疑,他在自己的《植物历法》中谈到,燕子会在9月初去水下栖息,他陈述这件事的语气,就像在说他的家禽会在日落前休憩一样。

欧金翅雀
European greenfinch

金丝雀
Atlantic canary

伦敦有一位擅于观察的绅士曾写信告诉我，说去年10月23日的时候他在伯勒看见一只白腹毛脚燕在它的巢中飞进飞出。去年10月29日，我正好在牛津游历，也看到四五只燕子时而在天上盘旋，时而降落在郡医院的屋顶上。①

是否有可能：在那深秋时节，这些或许才刚出生几周的可怜小鸟，还会试图从这陆地深处远飞到赤道附近的戈雷或塞内加尔？②

所以我完全赞同您的观点，即在冬季尽管大多数燕类都会迁徙，但还是会有一些留下来，藏在我们身边过冬。

至于那些一到春天便成群结队飞到这儿来的短翼软喙鸟，我就不是很了解了。今年我仔细观察了它们，发现它们的大部队会一直待到米迦勒节前后。它们不敢公然生活在我们身边，还能避开那些好奇者的双眼。尽管我们说它们冬季就藏在我们身边，但又没人敢说真的在冬日见过冬眠的它们。但要说它们真的迁徙去了南方，也很难证明！如此柔弱不擅飞翔的鸟，真的有能力飞越大陆和汪洋去享受非洲那更为温和的气候吗？毕竟在夏天，它们也不怎么飞翔，顶多就是从这片篱笆跳到另一片篱笆上。

① 奇怪的一点是，年轻的雨燕、家燕和白腹毛脚燕在离巢的时候比其他任何一种我们所熟悉的雏鸟飞得都要好。——基尔顿注

② 见亚当森的《塞内加尔航海纪》。

第十三封

塞耳彭，1768年1月22日

阁下：

您之前曾在一封回信中说，因为我住在最南端的郡，所以信里常提到一些您之前不知道的奇闻逸事，让您觉得十分有趣。这让我

感到十分荣幸,这次也有些有趣的事跟您分享。而且居住在北方的您,想必也知道很多我闻所未闻的事,定也能满足我的好奇心。

据我多年观察,每每临近圣诞节田野里就会出现大群的苍头燕雀。我过去常常想,这么多的苍头燕雀不可能是在一个地方孵化出来的。但等我仔细观察了一番之后,惊奇地发现,它们好像几乎都是雌鸟。[1]我把我的疑问告诉了几个聪明的邻居,他们煞费苦心地观察了一番后也说这些苍头燕雀好像确实几乎都是雌鸟,雌雄的比例至少在50∶1。这种非比寻常的怪事不禁让我想起了林奈的话:"入冬前,所有雌苍头燕雀都会经荷兰迁徙到意大利。"所以我非常希望有哪位有好奇心的北方人能告诉我,冬季北方是不是也有大批苍头燕雀,以及它们主要是雌鸟还是雄鸟。由此,我就有可能判断我们这里的这些雌鸟是从本岛的另一头飞来的,还是从大陆迁徙来的。

[1] 我们在英格兰北部也看到了同样的情况,且非常疑惑雄鸟去了哪儿。我们还观察到,并不是每年冬天都会出现这种情况,有时雌鸟和雄鸟都会留在这儿。——基尔顿注

一到冬季,我们这还会出现很多常见的赤胸朱顶雀。数量之多,我想也不可能是一个地方能繁殖出来的。据我观察,随着春天的临近,这些鸟儿就会聚集在一些能照到阳光的树上,叽叽喳喳地低声叫着,仿佛是在宣告它们就要离开冬日的居所到那舒适的夏日栖息地去一样。至少燕子和田鸫动身离开前聚在一起轻声鸣叫这一点是众所周知的。

有一点我可以向您保证,黍鹀冬天是不会离开本村的。1767年1月,在一个霜冻天里,我在安多弗附近丘陵地带的灌木丛中看到了几十只黍鹀。要知道在我们这片封着林木的区域,这种鸟是很罕见的。

不管是白鹡鸰还是黄鹡鸰[2],它们一整个冬天都会待在这里。鹡鸰则会蜂拥前往南部的海岸,人们常会特意到那里捕杀它们。

[2] 无疑,这里说的是白鹡鸰和灰鹡鸰,据怀特所说,它们都是夏候鸟。——基尔顿注

黍鹀
corn bunting

斯蒂林·弗利特先生在他的《自然史散论》中写道:"穗䳭即便不离开英国,也肯定会迁徙到别的地方。因为之前还随处可见的大量的穗䳭,一到丰收季节,就都无影无踪了。"这一点也很好地解释了为何一到那个时节,人们就能在刘易斯附近的南冈捉到很多穗䳭。在那里,它们可是一道美食。有可靠消息称,在那一带有牧羊人专门设陷阱来捉穗䳭,一季能赚不少钱。尽管人们在那一片捉了不少穗䳭,但我每次却只能看见两三只待在一起(我可是非常熟悉那一带的),因为它们向来不好群居。总的来说,它们可能是候鸟,所以它们才一到秋天便迁徙到萨塞克斯海岸。但我很确信,它们也不是全都迁徙,因为一年四季我都能在许多郡看到失群的穗䳭,尤其是在猎苑和采石场里。

眼下在海军里我还没有熟人,但我有个朋友在最近的一场战争中做过随军牧师。我写了信给他,问他能不能翻翻以前的笔记,查查他们进出海峡时,有没有鸟曾栖落在索具上。哈塞尔奎斯特对此的描述尤其值得称道:出了我们的海峡,北上至列万特的航程中,经常会有短翼的小鸟落在他的船上,尤其是在

白鹡鸰
white wagtail

风暴来临前。

关于西班牙，我认为您的推测十分在理。安达卢西亚冬季气候十分温和，所以那个季节离我们而去的软喙鸟，很有可能是去了那儿，那里可是有很多昆虫的，能让它们吃个够。

有钱有闲身体健康的年轻人应该秋天去西班牙旅行一回，并在那儿住上个一年，好好考察一下那片广阔土地上的自然历史。威洛比先生①就曾为了解当地的风物，进行过这样一次旅行，但他似乎只是粗浅地游历了一周，情绪也欠佳，对西班牙人粗野放纵的风气也颇为反感。

① 见雷的《游记》，第466页。

如今，我没有朋友住在森伯里了，所以既无从打听那些栖息在泰晤士河中小岛的燕子们的情况，也无法再听到那些我怀疑是环颈鸫的鸟儿们的消息了。

关于那些小老鼠，我倒还有些别的东西可说。尽管它们把哺育幼鼠的巢留在地面上，即挂在尚未收割的庄稼上，但我却发现，一到冬天，它们就会在地上挖洞，并用草铺出一个温暖的窝。

而它们的豪华幽会地却似乎是谷堆，毕竟在丰收时节它们是被谷堆夹着带进谷仓的。前不久有一个邻居在给燕麦垛搭棚子的时候，发现草垛下边聚集了近百只老鼠。它们大多数都被捉住了，我还见到了其中几只。我还测量了它们的大小，发现它们从鼻子到尾巴只有二又四分之一英寸长，而单尾巴就有两英寸长。把两只老鼠一起放在天平上，也只有半便士的铜币那么重，按常衡制即三分之一盎司左右。所以我猜，它们大概是本岛最小的四足动物了。我发现，一只成年的中型家鼠足足重一盎司，比上面那种老鼠重六倍多。它从鼻子到臀部长约四又四分之一英寸，尾巴差不多也是这个长度。

这个月，我们这里的霜冻十分严重，积雪也很深。有一天，我的温度计显示，室内温度都已经降到-14.5度了。柔弱的常青植物遭受了极大的摧残。好在老天开眼没有刮大风，地上只是铺着厚厚的积雪，否则大片植物都要遭殃。基本上可以说，有几天的气温达到了 1739 年至 1740 年以来的最低温。

此致

敬礼！

第十四封

塞耳彭，1768 年 3 月 12 日

阁下：

如果有哪位好奇心旺盛的先生弄到了一只黇鹿的头，并将其解剖，他将会发现黇鹿鼻孔两侧还有两个气孔，或称呼吸孔；①这大概就类似于人类头上的泪点（puncta lachrymalia）。鹿口渴的时候，会像一些马一样，一鼻子深深扎进水中。因为它们会长时间这样埋头喝水，所以为了方便呼吸，它们就会张开分别位于两个内眼角并与鼻子相通的两个呼吸孔。大自然真是神奇的造物主，这个设计真的非常值得我们关注，但据我所知，目前还没有哪个博物学家注意到这点。想想看，虽然这些动物的口鼻都被封住了，但它们看上去并没有因此而窒息。对于喜好奔跑的野兽来说，头部的这一神奇构造一定十分有用，因为这能让它们畅快地呼吸。毫无疑问，它们狂奔时，这两个额外的鼻孔一定是打开的。②据雷先生观察，在马耳他，那些干重活的驴子通常都会被主人切开鼻孔。因为它们的鼻孔天生又细又小，

① 解剖后发现，这两个气孔并不与鼻孔相连，它们是用来分泌某种气体，以便选择伴侣的。——基尔顿注

② 对于我的这段描述，彭南特先生做出了如下既奇妙又中肯的回复："您提到鹿身上的这一奇妙器官，我也在羚羊身上见过，这让我十分吃惊。这动物的两只眼睛下面都长了一条细长的、可以随意开合的缝。拿着一只橘子凑到它跟前就会发现它不仅会用鼻子闻，还会张开那两条缝凑过去闻，它似乎也可以通过这两条缝闻到味道。"

在那样炎热的天气下运东西或劳作，吸入的空气是远远不够的。而且我们也知道，马夫和赛马场的先生们都明白，狩猎和骞跑用的马都要找那种鼻孔大的，越大才越好。

希腊诗人奥比安在下面的诗中，似乎也提到了牡鹿有四个气孔：

<blockquote>
四个气孔，四条呼吸道。

——《论狩猎》
</blockquote>

那些喜欢互相抄袭的作家们居然说亚里士多德曾说过山羊用耳朵呼吸。但其实，亚里士多德原话的意思恰恰相反："奥克迈翁断言山羊用耳朵呼吸，着实是谬论。"（见《不列颠动物志》，第一卷，第十一章）

第十五封

塞耳彭，1768 年 3 月 30 日

阁下：

一些聪明的村民认为，我们这里除了伶鼬、白鼬、蒙眼貂和鸡鼬以外，还有一种鼬。它是种淡红色小兽，比田鼠大不了多少，但却比田鼠要长得多，村民们管它叫蔗鼬①。这种说法的可信度不高，但也许可以做进一步查证。

① 某些地区仍用这个名字来指代雌鼬，它们的体型只有雄鼬的四分之三大。——基尔顿注

本村有个先生家里有个巢，里边住了两只乳白色的秃鼻乌鸦。后来被一个呆子马车夫瞧见了，它们还没来得及飞走，就被他抓住

扔在地上摔死了。主人知道之后十分痛惜，他本可以开开心心地把这对有趣的鸟儿好好地养在结巢处的。我亲眼见到了这两只鸟，它们被钉在谷仓尽头的墙上。它们的喙、腿、脚和爪子都是乳白色的，这让我很惊讶。

今年冬天，有个牧羊人说他觉得他在我家房子上头的开阔高地上看见了几只白色的鸫鸟。这不正是在《不列颠动物志》里叫雪鸫①的吗？绝对是！

① 尽管它们跟田鸫和白眉歌鸫一样都是冬天才来英国，但今年在本尼斯山和安斯特岛（设德兰群岛的最北边）都发现了它们的巢穴。——基尔顿注

几年前，我见过一只养在笼子里的雄红腹灰雀。从田里捉回来的时候，它的羽毛就已经全都变成彩色的了。过了一年左右，它的羽毛开始渐渐变得暗淡，随后一年又一年颜色变得越来越黑，四年后，竟然黑得像炭一样。它的主要食物是大麻籽。食物对动物皮毛颜色的影响竟有这么大！家养动物毛色多斑驳杂乱，应该是跟吃食太多太杂又不太常规有关。

根据我多年的观察，一到大雪天，扎着树篱笆的旱坡上，疆南星的根常常会被刨出来吃掉。经过我和其他人的细细观察，我们发现刨根的是某种鸫鸟。疆南星的根可是非常辛辣的。

大群雌苍头燕雀还没有离我们远去，但乌鸫和欧歌鸫、槲鸫却因一月的严寒飞走了很多。

二月中旬，我在我家高高的篱笆上发现了一只小鸟，它勾起了我很高的兴致。它呈黄绿色，像是 *salicaria* 种鸟，我觉得它应该是软喙鸟。它不是山雀，应该也不是戴菊，因为它太长太大。看起来与它最像的是最大个的柳莺。它有时会背朝下倒挂着，但它平衡性不好，无法老老实实待在那儿。我拿枪射它，但它老是动来动去，根本没法儿射中它。

有些作者说欧石鸻是一种罕见的鸟，这让我十分费解。因为在汉普郡和萨塞克斯郡的平地，这种鸟随处可见。我想，它们整个夏

红腹灰雀
Eurasian bullfinch

天都在产卵繁殖,直至深秋时节还在哺育幼鸟。在这个季节的傍晚,它们就已经开始鸣叫了。我觉得雷先生称它们为"盘旋于水上的鸟"是十分不合适的。因为它们在我们这儿,只出现在最干燥、最开阔的高田和牧羊场,离水边远远的。至少白天是这样,至于它们夜里可能会在哪儿,我就不知道了。它们最常吃的食物是虫子,但也会吃蟾蜍和青蛙。

 我把新得到的老鼠做成了标本,可以拿几个好的给您看看。林奈可能会把这个品种叫小鼠。

第十六封

塞耳彭，1768 年 4 月 18 日

阁下：

欧石鸻的来历如下：欧石鸻通常一次产两枚蛋，最多不会超过三枚。它们不筑巢，就把蛋产在田间裸露的地面上。所以当农人犁休耕地的时候，常常会弄碎它们。它们的雏鸟会像山鹬之类的鸟儿一样，一破壳就会飞快地从壳里跑出来，跟着雌鸟躲进燧石地里，那些石头间的缝隙就成了它们的最佳藏身之所。

欧石鸻
Eurasian stone curlew

因为它们羽毛的颜色跟这些布满灰色斑点的燧石十分相像，所以哪怕是最眼尖的观察者，只要不与雏鸟眼神相接，就发现不了它们。欧石鸻的卵又短又圆，表面呈土白色，间或有暗红色的斑点。尽管我可能没法儿给您捉到一只欧石鸻，虽然我有心去捉，但是在这儿每天我都能带您看到它们。每天傍晚，您都可以听见它们在村子周围鸣叫，其叫声之喧闹，在一英里之外都听得到。因为它们的腿肿得就像痛风患者一样，所以其别称"肿腿鸟"也是颇为贴切和传神的。① 丰收过后，我曾循着指示犬示意过的位置，在芜菁地里射到过几只。

① 当年的幼鸟都有这种特点，这也是它们得名的原因。——基尔顿注

我认为柳莺有三种且对此毫不怀疑，其中有两种我非常熟悉，但第三种我却从来没有得到过。我熟悉的那两种，叫声非常不同，可以说再也没有别的鸟叫得跟它们一样差出个十万八千里了。其中一种鸟叫声欢快自如又满带笑意，而另一种却粗粝刺耳。头一种鸟的体型也比后者大，身长比后者长四分之三英寸，体重也比它重两打兰②半，后者只重两打兰。所以善歌的柳莺比啁啾乱叫的重五分之一。据我的日记记载，啁啾乱叫的这一种（它是夏天最先开始叫的鸟儿，不过蚁䴕有时会赶在它前面）三月中就开始鸣叫了，翻来覆去的两种调子，从春天唱到夏天，再一直唱到八月末。这两种鸟体型大一点的那种，腿是肉色的，体型小一点的腿是黑色的。③

② 1打兰等于1.7718克。

③ 无疑，怀特这里指的是欧柳莺和叽喳柳莺，怀特所说的第三种柳莺实际上是林柳莺。很奇怪，怀特没有提到它们的巢和卵的区别。——基尔顿注

上周六，林鹨便开始在我的田里嗞嗞鸣叫。世上最引人入胜的就是这种小鸟的私语声了。尽管它离你有一百码远，那声音听上去也像近在耳畔，不过就算它真凑到你耳旁，那叫声听起来也没比之前大多少。要不是因为我对昆虫还算略知一二，晓得此时蝗虫类的昆虫还没被孵化，我根本无法相信在灌木中低声呜咽的居然是林鹨。不过你要是告诉村民这是鸟在叫的话，那他们定会笑话你。这种鸟可以算是最狡猾的生物了，它们常躲在最茂密的灌木丛中，要是藏

林鹨
tree pipit

得好了，在距人仅一码远的地方它们就会鸣叫。为此我只得请人绕到它常出没的篱笆那头去抓它。但人一过去，它就会立刻逃走，趁我们还在一百码外时，就赶紧像老鼠般偷偷穿过荆棘丛的根部。它从不在人前现身，只有在无人打扰的清晨，它们才会跃上枝头一展歌喉，打打哈欠，抖抖翅膀。雷先生本人对这种鸟一无所知，他的描述是引用了约翰逊先生的话。然而，约翰逊显然又将其与 reguli non cristati 混为了一谈。其实两者差别很大。关于这一点，参见雷的《哲学书简》第 108 页。

斑鸫还没有出现，它常常在我的葡萄藤上孵卵。红尾鸲已经开始歌唱了，它的曲调虽然短促且不那么动听，但却会一直伴随我到六月中旬。柳莺（小一点的那种）简直是花园里的"大害虫"。它们会毁掉豌豆、樱桃和红茶藨子等，但它们性子驯服且不怕人，拿枪都吓不走。

本地出现过的夏季候鸟一览表，按其出现的先后顺序排列：

林奈命名法

小个柳莺[1] Motacilla trochilus

蚁䴕 Jynx torquilla

家燕 Hirundo rustica

白腹毛脚燕 Hirundo urbica

崖沙燕 Hirundo riparia

大杜鹃 Cuculus canorus

欧歌鸲 Motacilla luscinia

黑顶林莺 Motacilla atricapilla

灰白喉林莺 Motacilla sylvia

中等柳莺[2] Motacilla trochilus

普通雨燕 Hirundo apus

欧石鸻 Charadrius oedicnemus？

欧斑鸠 Turtur aldrovandi？

林鹨 Alauda trivialis

长脚秧鸡 Rallus crex

大个柳莺[3] Motacilla trochilus

欧亚红尾鸲 Motacilla phoenicurus

欧夜鹰 Caprimulgus europaeus

斑鹟 Muscicapa grisola [4]

[1] 即叽喳柳莺。——译者注

[2] 即欧柳莺。——译者注

[3] 即林柳莺。——译者注

[4] 有五种鸟的学名现在都变了。如哈丁所言，由于缺少拉丁名字，怀特此处将叽喳柳莺、欧柳莺和林柳莺都命名为 Motacilla trochilus，意指"柳莺的一种"。——基尔顿注

我的乡邻们经常说起一种用喙啄枯树枝或老木栅栏，发出嘎嘎声的鸟儿，并称它为嘎鸟。我得到过一只被打落的这种鸟，发现它其实是普通鸸。雷先生说，那些小斑啄木鸟也爱

① 浪,英制单位,1浪等于1/8英里。
——译者注

② 正如怀特所言,沙锥在降落时会嗡嗡叫,但起飞时并不会。若在草地里仔细观察,便可发现,它们在嗡嗡叫的时候,羽毛与尾羽之间会形成一个特定的角度。——基尔顿注

这么干,而且它们啄的声音更大,一浪① (furlong)以外都能听到。

想好好观察短翼夏候鸟就只能趁现在,因为叶子一长出来,这些闲不下来的鸟儿就很难觅到踪影了,也无法观察了。而且雏鸟一旦开始出巢,场面就更混乱了,完全无法辨别其种属、类别和雌雄。

繁殖季节,沙锥常在沼泽里玩耍,它们时而尖叫时而嗡鸣,通常它们下落时会嗡嗡叫。它们是和火鸡一样靠腹部发出嗡嗡声的吗?有人怀疑那是它翅膀振动发出的声音。②

今天早上,我看到了一只戴菊,它的冠部光彩夺目,好似磨得锃亮的黄金。这种鸟经常

欧亚红尾鸲
common redstart

欧斑鸠
European turtle dove

背朝下倒挂在枝头上,像山雀一样。

此致

敬礼!

第十七封

塞耳彭,1768年6月18日

阁下:

我周三终于收到了您6月10日的来信,读起来真是一大快事。得知您仍然在热情不减地研究博物且又积极投身于爬行类动物和鱼类研究,我十分欣喜。

爬行类动物种类不多,我对它们也不太了解,所以有关它们的博物志,我也很想了解。关于这一纲的动物是如何繁殖的,还有很多疑点和模糊不清的地方,不过它们应该有些类似隐花植物的繁殖方式。有些鱼的繁殖方式也是如此,比如鳗鱼等。①

蟾蜍的产卵和生育方式,尚不太明确。有的作者说它是胎生的,但雷却将它归于卵生类②。而其生育方式,却无人提及。或许它们跟极北蝰一样,都是"先将卵产在腹内,孵化出来后再把幼仔排出体外"。

青蛙会交尾(或者说至少表面看来会,因为斯瓦默丹已证明雄蛙没有内生殖器),这点众人皆知。因为到了春天,我们就会看见一只蛙伏在另一只蛙背上,长达一个月。但我从没亲眼看到过或在书上见到有人记载过蟾蜍也这么交尾。而且蟾蜍到底是否有毒,目前也尚无定论,这也太奇怪了。但很显然对某些动物来说,它们是

① 鳗鱼会和其他的鱼一样排卵。——基尔顿注

② 蟾蜍是卵生的。——基尔顿注

欧亚鵟
common buzzard

① 在英国的很多地方，人们仍然认为蟾蜍是有毒的。每当看到我们对它们爱不释手的时候，人们总会觉得很恶心。之所以会有这种迷信，是因为这些爬行动物受惊以后，身体就会分泌出一种酸性液体。据说这种分泌物会刺激鸟类和爬行动物的消化器官。但据我们观察，那些以普通蛇和蟾蜍为食的爬行动物，并不会因为这些分泌物而对它们生厌。——基尔顿注

无毒的，因为据我所知，鸭子、鵟、猫头鹰、欧石鸻和蛇等吃了蟾蜍后都安然无恙。而且我清楚地记得，有一次一个江湖骗子曾当着本村村民的面儿吞下了一只蟾蜍，而后还喝了油，旁观者全都目瞪口呆，虽然这事儿不是我亲眼见到的（但是当时有很多人在场）。①

据可靠消息称，有些贵夫人（您会说是品位独特的那些贵夫人）喜爱蟾蜍，每年夏天都会喂它。年复一年，直到蟾蜍越长越大，体型惊人，身上都长了蛆，还化成了麻蝇。每天夜里，蟾蜍都会从花园台阶下的一个洞里爬出来。晚餐后，就会有人把它抱到桌上，给它喂食。终于有一次，它刚探出头，就被一只家养的渡鸦给盯上了。渡鸦用粗硬的喙狠狠地啄掉了它的一只眼睛。从此以后，这个家伙日渐憔悴，不久就死了。

雷的《上帝造物中的智慧》（第 365 页）中有一段德勒姆先生对青蛙迁离出生池塘情形的精彩描述。阁下博览群书，想必知道我说的是哪一段。德勒姆先生的这段记述一举颠覆了有关天雨蛙的愚蠢观点，尽管蛙们蠢蠢欲动，但因为贪恋阵雨前的凉爽和潮湿，所以不断推迟行期，不见雨点落下是不会出发的。虽然此时的青蛙还是蝌蚪形态，但几周后，这些不过我小指甲盖大的迁移者便会布满村里的巷子、小径和田野。雄蛙是在什么情况下用何种方式让雌蛙怀上卵的，斯瓦默丹都详细地记录了下来。看着这些可怜虫的四肢，不禁慨叹上帝造物真可谓精简而又物尽其用！当蛙还是水栖形态时，是没有腿的，但是有鱼一样的尾巴，等到腿一长出来，尾巴随即因无用而退废掉，蛙便可以上岸了。

我敢说雷认为欧洲树蛙是种英国爬行动物，是大错特错的。德国和瑞士随处可见这种生物。

值得一提的是，雷所谓的普滑欧螈或水栖蝾螈经常咬钓鱼者的饵料，所以总会被钩住。过去，我一直想当然地认为普滑欧螈一生都在水中度过，不管是孵化、生活还是死亡都在水里。但皇家学院院士约翰·埃利斯先生（人称珊瑚埃利斯）在 1766 年 6 月 5 日致皇家学会的一封信中谈起大鳗螈（一种来自南卡罗来纳州的两栖蜥）时，断言水栖蝾螈只是陆栖蝾螈的幼体，就跟蝌蚪之于青蛙一样。为避免有人怀疑我误解了他的意思，我还是直接引用他的原话吧。他先是提到大鳗螈的鳃盖骨，随后他这样写道："英国蜥蜴，也被当成蝾螈。前段时间我观察过它的幼生体，即水栖形态。我觉得大鳗螈的羽状鳃盖骨与这些幼生体身上的十分相似，都是用来盖住腮的，在水栖状态下，它们还会在游动的过程中当鳍来用。我自己养过一段时间大鳗螈，据我观察，等它们脱离水栖形态成为陆栖生物后，便会连同尾鳍一起，退掉这些鳃盖骨。"

林奈在他《自然体系》一书中，也曾不止一次隐约提到过埃利斯先生的这一观点。

上帝也算是很溺爱我们了，全英国所有蛇类爬行动物，只有极北蝰有毒。鉴于您著书立说的目的之一是为了有益于世人，所以有一点您一定要提，

蛇蜥
blindworm

① 种名 *fragilis* 来自 fragile，有"脆的、易碎的"之意。——译者注

即常用色拉油是治疗极北蝰咬伤的特效药。至于蛇蜥（*Anguis fragilis*①，之所以叫这个名字是因为它被轻轻打一下之后就会立马断成两截），我仔细观察后发现它是完全无毒的。我的邻居里有一位是自耕农（他常常会带给我一些有价值的线索，对此我十分感激），他在5月27日左右打死了一条母极北蝰，还剖了它的肚子。他发现里边塞满了如乌鸫卵大小的蛇蛋，有11枚。不过，那些蛇蛋都还没有成熟，看不见幼蛇胎基。虽然极北蝰是卵生动物，但称之为胎生也未尝不可，因为它们是在肚中孵化幼蛇再将其产出的。每年夏天，蛇就会到我的瓜田里产一排的卵，尽管我的人千方百计地阻止它们进来，但都毫无成效。根据我多年来的经验，这些卵要到来年春天才会孵化。一些聪明的村民曾信誓旦旦地跟我说，他们见过极北蝰在遇到突发情况时，张开嘴让无助的幼蛇躲进喉咙里的情形。这点跟母负鼠一样，一遇到紧急情况，就把幼崽藏进腹下囊袋里。但是伦敦的极北蝰捕手们却言之凿凿地对巴林顿先生说从没发生过

水游蛇
grass snake

这样的事儿。①我相信，蛇类一年只进一次食，或者说一年中它们只在一个季节里进食。村民们常谈起一种水蛇，我虽然没有什么真凭实据，但十分肯定确有此物。因为常见的水游蛇都喜欢玩水，但它们爱水，或许是为了捉水里的青蛙和其他食物吧。

阁下是如何分出 12 种爬行类动物的，这我还真猜不出，莫非是算上了其他的物种,或者是我们蝎虎的变种吗？雷倒是曾列举过 5 种不同的蜥蜴。我一直没有机会来确认此事，但清楚地记得以前曾在萨里靠近法纳姆的那些阳光明媚的沙洲上见过几只漂亮的翠绿蜥。雷说在爱尔兰也有这种蜥蜴。

① 英国很多地方的很多人仍然深信，遇到危险时，母蛇会把小蛇吞进胃里保护起来。特格特米尔先生曾在几年前证实了事情并非如此，但仍无人相信。之所以会有这种误解，无疑是因为（1）母蛇只有在小蛇发育好之后，才会把它们带出来，而杀死怀胎的母蛇后，人们常会在它的输卵管里发现小蛇，所以就把它误以为是胃了；（2）当出现危险时，母蛇会张大嘴应敌，而小蛇会躲在它的身体下边；（3）最重要的一点是，绝大部分不专业的观察者，对爬行动物遇到危险时的应急反应都本能地抱有方案，所以观察地并不仔细，他们看到的信息也不可靠。——基尔顿注

第十八封

塞耳彭，1768 年 7 月 27 日

阁下：

我已经收到了您 6 月 28 日的来信，既雅致又坦诚。但我收到信时正在一位绅士家做客，手边既没有书本可查阅，也不得闲暇可以坐下来回复您的诸多提问。外加我又想尽己可能地给您最好的答复，所以时至今日才给您回信。

我已经派了一个人去村里的小溪找鱼了，但没找到九刺鱼之类的鱼，不过却看到不少三刺鱼。今天早上，我装了一些湿苔藓在一个小陶罐里，还将几条刺鱼（雌雄都有，雌鱼体形较大，肚子里满是卵）、七鳃鳗和鲍杜父鱼，一并放进了一个篮子里。但是鲶鱼，我却一条也没捉到。我把罐子放到了篮子里，今晚八点它就能送到弗利特街。希望梅泽尔[①]明天早上收到的时候，它们还能保持新鲜和光彩。我还随之附了一封信，需要雕刻师注意的细节都一一说明了。

有一次外出，我发现自己离安姆博莱斯伯里镇不远，就派一个仆人到那弄了几条活泥鳅来，做标本用。不久他就用一个玻璃瓶装了几条活蹦乱跳的回来。它们都是从一条为浇灌草场而挖的水渠中抓到的。关于这几条泥鳅（身长大多在二至四英寸之间），我曾这样记述它们："这些泥鳅总的来说纹路看上去还很清晰。它们的背上有不规则的小黑点，它们稍稍没过体侧线，背鳍、尾鳍上也是这样。两眼处各有一条延伸到鼻子的黑线。它们的肚子是银白色的，上颚比下颚长，包住下颚，身侧有六条触须，两边各三条。它的胸鳍很大，腹鳍却很小；肛门后的腹鳍小，但背鳍很大，还长有八根脊骨。

① 彭南特的雕刻师。——基尔顿注

纵带泥鳅
European weatherfish

花鳅
spined loach

须条鳅
stone loach

尾巴与尾鳍相连的地方非常宽,且并没有渐渐变尖细。尾鳍宽大且末端方正,这正是这种鱼的特点。从其宽大而又肌肉强健的尾巴可知,泥鳅应该是一种活跃而敏捷的鱼。"①

我那次出行离亨格福德镇也不远,所以也没忘记打听一下用蟾蜍治癌症的神奇方法。我发现绅士和牧师们中的一些聪明人,都对报纸上的说法深信不疑。我曾跟一位牧师一起吃过饭,他似乎也对这种说法信以为真。但仔细听过他讲述这位女士用此法治疗的事后,我觉得其中的一些细节可以清楚地表明这件事并不可信。她说自己"苦于癌症的折磨,于是去了一个有很多人的教堂。当她正准备到长凳上坐下来的时候,有一位素不相识的牧师叫住了她,跟她说话。那位牧师先是对她的处境表示了同情,然后告诉她如果按某种方法使用活蟾蜍(如她之后所讲的那样),即可痊愈。"世上每天都有成

① 让我们十分好奇的是,有一日当我们在水下拍摄泥鳅的时候,我们碰到了一条大头鱼,它足足有三英寸长,它刚刚抓到一条比它身体的一半还长的泥鳅。尽管这条泥鳅的三分之二已经进了大头鱼的嘴和食道,但它仍然还活着,这就证明了它是刚刚被抓到的。这种行动缓慢的大头鱼竟然能抓到像泥鳅这样灵活的鱼着实让我们感到惊讶。有些编者认为怀特此处所说的鱼是花鳅,有的则认为只是普通品种——须条鳅。必须一提的是,须条鳅不同个体间大小和特点千差万别(即使它们都生活在同一条河里),就像鳟鱼一样。——基尔顿注

千上万的人受可怕的癌症的折磨，但这位不知名的绅士为何似乎并不关心他们，却独独对这位女士关爱有加呢？他为什么不去拿这无价的秘方赚钱？或者，至少也应该想方设法把它发表出来，并将它公之于众，造福人类啊。总而言之，这位女士（在我看来）自称"治癌博士"，不过是用这些玄之又玄的神秘故事愚弄乡人罢了。

据我观察，至少从表面上看，水栖蝾螈是没有腮的。因此它得不断地浮出水面，呼吸新鲜空气。①我其实曾经解剖过一只大肚子的水栖蝾螈，发现它腹中满是卵。但即便如此，也无法证明它们不是陆栖蝾螈的幼虫。因为昆虫的幼虫体内也都是卵，这些卵要到它们发育的最后阶段才会排到体外。我们在桶里盛了水栖蝾螈，但它总是爬出桶沿，四处乱窜。每年夏天，人们都能看见许多水栖蝾螈爬出它们出生的池塘，登上干燥的河岸。水栖蝾螈种类繁多，颜色也各不相同，有的尾巴和后背上还长了鳍，有的则没有。②

① 基尔顿注：成年水蜥只是不时会这样做，间隔大概五到十分钟。幼年还处于蝌蚪状态的水蜥还保有鳃。

② 在繁殖季，雄性的尾部和背部的膜会增厚很多。——基尔顿注

第十九封

塞耳彭，1768 年 8 月 17 日

阁下：

现在我敢说我能分辨出三种不同的柳莺了，它们的叫声向来不同。但同时我也得承认，阁下提到的那种"柳云雀"③我确实是一无所知。在我 4 月 18 日写给您的信中，我说自己知道您说的那种柳云雀，当时还没见过就这样说实在是太过武断了。但当我抓到一只后才发现，无论怎么看它都是只柳莺。只不过是体型比另外两种

③ 见《不列颠动物志》，1776 年版，第 381 页。

柳莺大些而已，且它上半身的黄绿色更为鲜丽，肚皮也更加白亮。现在这三种鸟的标本我都有了，现在就摆在我眼前。我能清楚地看到它们的个头逐渐递减，最小的那只腿是黑色的，另外两只的腿则是肉色的。颜色最黄的那只个头最大，翻羽和次级飞羽末梢呈白色，其他两种则没有。这一种柳莺只出没在高高的榉树树梢，不时会频频发出类似蝗虫的吱吱声，鸣叫的时候还会轻振羽翅。现在，我倒是有把握说它就是雷所说的柳莺（Regulus non cristatus）了。他说，这种鸟"叫声沙厉似蟋蟀振翅"，但是这位伟大的鸟类学家却从未想到过，这种鸟其实还分三个不同的品种。①

① 正如我们之前说过的，这种最大最黄的鸟是林柳莺，最小且呈黑色的是叽喳柳莺——怀特所说的"黑腿"，剩下的则是欧柳莺。这三种鸟的翻羽差别很大。但我们不建议为了进行区分而猎杀它们。——基尔顿注

第二十封

塞耳彭，1768年10月8日

阁下：

我发现，动物界和植物界是一样的，四处的物种都很齐全。勘察得最仔细的地方，找到的物种也就最多。几种据说只见于北方的鸟，在南方似乎也常能看到。今年夏天，我在我们村子就发现了三种这样的鸟，有些作者说它们只见于北部诸郡。我得到的第一种鸟（在5月14日）是矶鹬。它是一只雄鸟，常出没于村子附近几个池塘的岸边。它有个伴儿，所以无疑它们是打算在水边育雏的。此外，池塘主人告诉我说，他记得前几年的夏天，他的池塘边也有一些这样的鸟儿。

我得到的第二种鸟（5月21日）是只红背伯劳。击落它的邻

居说，要不是灰白喉林莺和其他小鸟叽叽喳喳的尖鸣声引得他看了那片灌木丛，那躲在那儿的那只爪中攥满了甲虫腿和翅膀的红背伯劳，可能轻易就逃过了他的眼睛。

第三种罕见的鸟儿是（我上周才得到）环颈鸻。

这周一位在伦敦待了 12 个月的绅士来到我们这儿，他拿了杆枪出去找乐

红背伯劳
red-backed shrike

子。他告诉我们,他在一片长着浆果的老红豆杉篱笆上,发现了几只长得很像乌鸫脖子上还有一圈白纹的鸟。当时附近的一位农民也看到了它们。但是因为没有弄到样本,所以便没再怎么留意。我在 1767 年 11 月 4 日写给您的信中也提到了这件事(但因为我没有亲眼见到这些鸟,所以您也没怎么在意)。不过上周,前面提到的那位农民,看到了一大群这种鸟,有二三十只。他打下来了两只雄鸟和两只雌鸟,并回忆说,他记得去年春天在天使报喜节前后,也见过这种鸟。当时,它们似乎正在回北方去。但是现在看到的这些环颈鸫,应该不是来自英国北部,而是来自欧洲更北边的地方。它们可能是在寒霜来临之前离开了那些地方,等到严寒退去,春天到来的时候,再返回那里去繁育下一代。如果真的是这样,那么来这儿越冬的候鸟,就又多了一种。因为它们的迁徙情况,之前的作者们都没有提及过。倘若它们是从英国北部飞来的,那就是多了一种英国境内迁徙的候鸟,总之这也是前人未提过的。至于它们会不会飞离英国,往更南边去,还未可知,但这种可能性极大。不然的话,它们在英国南方各郡待了这么长时间却没有人注意到,也太不合逻辑了。这种环颈鸫体型比乌鸫大,以山楂为食,但是去年秋天(这里没有山楂)它们吃的是红豆杉的浆果;春天,它们会吃常春藤的浆果,这种果子每年仅在三四月间成熟。

有件事我定不能忘了告诉您(鉴于您最近在研究爬行类动物),最近我的人拿桶到我那口 63 英尺深的井中打水时,总会时不时打上来一条长着尾鳍的黄肚皮大黑蜥蜴[1],身上长满了疣子一样的东西。那么深的井,它们是怎么下去的?要不是被人打上来,它们又该怎么上来?这些我还真不知道。

您不辞辛苦仔细检查了雄鹿的头,这让我深深地感激。就您目前的发现来看,它们似乎已经能大大证实我的怀疑了。我希望某个

[1] 即北冠螈(*Triturus cristatus*)。

先生能对此做出合理解释来证实我的判断。我想这样一来，我们就能将大自然提供的这一非同寻常的生物，变成说明上帝造物智慧的又一新实例了。

关于欧石鸻的身世，我还不是很清楚。所以我要请一位在萨塞克斯的绅士（秋天会有大群的欧石鸻聚集到他家周围）仔细观察一下，它们会何时离开（如果它们会离开的话），又会在春季的何时返回。我最近见了这位绅士，还看到了几只离群索居的欧石鸻。

第二十一封

塞耳彭，1768 年 11 月 28 日

阁下：

关于欧石鸻，我打算尽快给我住在奇切斯特附近的那位朋友写信。似乎这种鸟在他家附近最为常见。我将敦促他特别留意一下它们开始集合的时间，之后再仔细观察它们是否会在严冬时节撤离那里。待我得知了这方面的信息之后，就能搞清楚欧石鸻的身世了。我希望结果能让您满意，而且我相信，这一结果一定十分接近事实。这位绅士有一个属于自己的大农场，而且他每天都早出晚归，所以非常适合帮我们观察这些鸟的动向。此外，我还劝他买了本《博物学者日志》（看完后他非常满意）。所以，我相信他一定会把日子记得非常清楚。如您所见，在我们这儿十分寻常的鸟儿，您那儿竟然一只也没有，真是太神奇了！

上次我去刚才提到的那位绅士家做客时，他给我讲了一件轶事，想来，在这会儿讲给您听再恰当不过了。事情是这样的，有一个养兔场与他家出口相连，每年都有许多寒鸦在地下的兔子洞里筑巢。小时候，他和他的兄弟们会去掏这些鸟巢。他们先在洞口仔细聆听，如果听见雏鸟的叫声，就会拿根带叉的棍子

转动着把巢拉出来。据我所知，一些水鸟（比如海鹦）会这样孵卵。但我从来没想过，寒鸦居然会在平地上的洞中结巢。①

另一个看似不可能，实际上被寒鸦拿来筑巢的地方是巨石阵。在这片令人惊奇的古迹上，在立柱和拱石间的缝隙里四处可见寒鸦们筑的巢。淘气的牧羊童们常在这儿转悠，但鸟巢筑得很高，他们完全无可奈何。单由此一例，便可知那些立柱真是高得惊人。

① 在艾尔萨岩和其他的岛屿上，这两种生物都有。我们还曾见过海鹦赶走兔子，企图占有它们的洞穴好繁衍后代。我们曾看到死掉的半大的兔子，无疑是被那些羽族杀手残害了。麻鸭和欧鸽也会将不用的兔子窝来繁衍后代。我们还在兔子窝里看到了穗䳭的巢和知更鸟的巢。前者不止三英尺长，后者则不到十二英寸。——基尔顿注

北极海鹦
Atlantic puffin

寒鸦
western jackdaw

上个周六，即 11 月 26 日，我的一个邻居在绿树成荫的山谷里发现了一只白腹毛脚燕。在暖阳下，这只鸟轻快地追逐捕食飞虫。冬天它们并不会全部离开本岛，这让我非常欣慰。

关于蟾蜍治癌症的疗效，我觉得您审慎之下做出的判断是非常正确的。因为不管人们对这件事怎么想，我们都得承认人类有欺骗和被骗的癖好。因此，对于任何传闻，尤其是刊印出来的，我们若是四处传播却不假思索、毫不怀疑，就是不妥的。

我对环颈鸫迁徙的新发现得到了您的认可，这让我得到很大的满足。看来您与我一样，也怀疑它们是作客此地的外国鸟。只希望您千万别忘了帮我调查那些环颈鸫是否会在秋季离开您那儿的岩石区。最让我困惑的是，它们在我们身边停留的日子实在太短了，只有三周。我很好奇它们是否会像去年一样，在春季的返程途中再次造访此地。对此我将好好留意一下。

我想了解更多鱼类学方面的知识。如果能有幸住在大海边或是某条著名的大河边，我对博物的热爱一定会促使我很快熟知水中的生物。然而，因为我几乎一直都住在内陆，而且还是在丘陵地区，所以我所知的鱼类，便仅限于我们村子的溪流、湖泊中所出产的寻常品种了。

此致。

第二十二封

塞耳彭，1769 年 1 月 2 日

阁下：

对于我们身边的寒鸦在兔子洞里结巢的癖性，您已经给出了部分解释，因为本地几乎没有高塔或尖塔。诺福克郡可能是个例外，但汉普郡和萨塞克斯郡的教堂，就几乎跟国内其他任何郡的教堂一样简陋了。国内有许多每年领着两三百镑薪资的教士，但他们的礼拜堂却像鸽舍一样简陋。我第一次看见北安普敦郡、剑桥郡、亨廷登郡和林肯郡的沼泽时，就被四周尖顶高塔的数量惊呆了。①作为一个素来喜欢美景的人，我自然十分希望我的村子也能有这样的景致。任何高雅之地，塔都是必不可少的。

① 寒鸦非常喜欢在教堂的尖塔上繁衍后代。我们曾看到过一对寒鸦在埃克塞特教堂的新尖塔上做了窝，当时脚手架都还没拆掉。——基尔顿注

您提到的驯养蟾蜍一事，让我十分好奇。古代有位作家，虽不是博物学者，但有句话说得极好："所有走兽、飞禽、爬行动物以及海中的生物，都可以也已经被人类成功驯服了。"②

② 《雅各书》，第三章，第七节。

很高兴有人在德文郡为您捉到一只翠绿蜥，因为它能佐证我的发现。多年前，在萨里郡法纳姆附近一个阳光明媚的沙洲上，我也发现过这种翠绿蜥。我非常熟悉德文郡南部的小镇子，想来，这种南方地区很适合翠绿蜥生存，在那儿它们的颜色应该也是最漂亮的。

既然整个冬季环颈鸫都没有离开您那儿的那片大山，③那么我们怀疑米迦勒节前后飞到本村的鸟并非英国本土的品种，而是受霜寒的驱赶来到这儿的欧洲更北部品种，就显得更为合理了。若是阁下费点苦心探究一下它们从何地而来，又为何只停留如此短的时间，也是值得的。

③ 这里怀特说错了。环颈鸫不在不列颠群岛过冬。毫无疑问，怀特把环颈鸫和河乌搞混了。——基尔顿注

您提到您弄混了两种鹭，还描述了一下克莱西府的鹭鸟，这不经意间让我觉得十分有趣。这种神奇的景致，我怕是一生都求而不得。八十个鹭巢挂在一棵树上，可以说相当罕见了，哪怕相隔着两倍的路程，我也一定要骑马去看一看。请您务必在回信中告诉我，克莱西府是在哪儿，离哪座小镇比较近。④我一直都觉得对于那片广阔沼泽，人们的探索并不充分。假如有六个绅士带上几只体力好

④ 克莱西府在林肯郡的斯波尔丁附近。

欧夜鹰
European nightjar

的水猎狗，好好地在那片沼泽里走上一个星期，一定会发现更多以前没见过的物种。

说到鸟类的习性，我研究得最多的当属夜鹰了，它是一种很奇妙而又古怪的鸟。但我经常发现，虽然据我所知它有时会在飞的时候喳喳鸣叫，但一般是坐在枝头的时候才会发出那刺耳的叫声。每当它坐在枝头上震颤下颌，我就会盯着它观察，一看就是半个小时，今夏尤甚。它一般都是栖落在光秃秃的树枝上，头垂得比尾巴还低，正如您在《不列颠动物志》让绘图师所画的那样。这种鸟每到日暮时分便会放声高歌，十分准时。准到我曾不止一两次听到它的叫声跟朴次茅斯的降旗炮同时响起。在寂静的天气里，那炮声清晰可闻。依我之见，它发声的原理一定跟猫叫一样，即由部分气管发力带动器官振动。接下来给您说件事，您可一定要相信。有一回，我的邻居们正聚在陡坡上我们平常喝茶的一个茅庐里，突然飞来了一只这种夜鹰。它落在了这个茅屋的十字架上，随后就叫了起来，还叫了好一会儿。这么小的动物，一叫起来，居然能让整个茅屋都随之轻颤！真是让我们惊讶不已。这种鸟有时还会吱吱叫，每次会叫上个四五遍。据我观察，当雄鸟在枝头间追逐雌鸟嬉戏时，常会发出这种叫声。

纵使您捉到的那只蝙蝠是个新品种，也毫不足奇。毕竟在我们的邻国，已经发现了五种不同的蝙蝠。我之前提到的那个神奇的品种，肯定还没被著录。那种蝙蝠今年夏天我就只见到了一只，而且还没能抓到它。

您对印度草的描述非常有趣。我本人不是个钓客，但问那些垂钓者们这部分渔具是由什么制成的，他们答曰"蚕肠"。

尽管我算不上精通昆虫学，但也并非对此一无所知。或许时不时我还是能为您提供一点这方面的信息。

我们两地的大雨大约在同一时间停了。打那以后这里的天气一直很好。有三十年测雨经验的巴克先生，在最近的一封信里说，打他观察降雨以来，尽管1763年7月至1764年1月的降雨量比今年任何七个月的量都多，但从年降雨总量来看，属今年的最多。

第二十三封

塞耳彭，1769 年 2 月 28 日

阁下：

　　说根西蜥蜴与我们的翠绿蜥大概是同一种，也不是没有可能。我对它的唯一了解就是下面这件事：几年前，牛津大学彭布罗克学院的花园里曾放养过好些根西蜥蜴。它们在那儿生活了好一阵子，看上去也十分怡然自得，但是并没有在那里繁衍生息。至于这种情况能说明什么，我不好妄下定论。

　　感谢您给我讲述克莱西府的事。但想起来十分遗憾，1746 年 6 月，我曾在斯波尔丁整整待了一个礼拜，当时却没人告诉我在不远处就有这样一番奇景。请您务必在下一封信里告诉我那是棵什么树，竟能受得住这么多鹭巢。此外，也请告诉我鹭鸟孵卵的巢是遍布整片树林，还是就在几棵树上。

　　我们对夜鹰的看法十分一致，这让我深感快慰。我想努力证明的是，这种鸟在栖落和飞行中总会喳喳叫，正是一点。所以，它发出的声音是靠器官震颤主动发出的，而非嘴喉之间的凹陷因受风阻而产生的。

　　我真见过的迁徙，得数去年米迦勒节那天了。那天我要外出，一早就动身了。起初，有很大的雾，但等离开家朝海岸走了七八英里之后，太阳突然出现，冲散了雾气，天气顿时晴暖。那时，我们正走至一片开阔的石楠地，还是一块公地。随着雾气渐渐消散，我看见了一大群家燕聚在低矮的灌木丛里，仿佛它们已经在那儿歇了一宿。天空一晴好，它们便立刻振翅而起，轻快地朝南飞向大海。自那以后，除偶见一只失群鸟以外，我再未看到过任何燕群。

　　有人断言说，家燕是三两成群逐渐离开的，就跟它们来时一样。我不赞成这种说法，因为那一群家燕看上去是同时离开的，只有一些失群的家燕，才会久久滞留不去。而且我有充足的理由相信，这些掉队的鸟儿是不会离开本岛的。家燕似乎会长时间潜伏不出，直到天气暖和了才骤然露头，就像消失了数周的

普通雨燕
common swift

蝙蝠,总会突然在某个温暖的夜晚涌现一样。一位德高望重的绅士曾信誓旦旦地跟我说,在一个异常炎热的中午,他跟几个朋友走在莫顿墙下,当时不是十二月的最后一周,就是一月的第一周,突然看到学院一扇窗的线脚处,挤着三四只家燕。我曾经常说,牛津的燕子总是比别处出现得晚。是因为这里庞大的建筑?还是因为周围多水?抑或是因为什么别的原因呢?

去年秋天,我常常早晨起来后,去看聚集在周围茅屋烟囱和屋顶上的家燕和白腹毛脚燕。那时我总不禁生出一种略带难过的窃喜之感。喜的是,这些可怜的小鸟如此热情而准时地遵从着强烈的迁徙本能,或者说伟大的造物主镌刻在其心中的印记。难过的是,回想起来,不管我们如何辛苦求证,仍不能确定它们到底迁徙去了何处。①而且,一想到还有一些雨燕压根就没离开过这儿,就愈发让我觉得尴尬了。

① 家燕在非洲过冬,从十一月到来年的二月,非洲大陆的西部和南部有很多家燕,但白腹毛脚燕就没有那么多了。——基尔顿注

这些感想久久萦绕在我心头,故写成了一篇文章,下次若再有幸给您写信,我将文章一并呈上,兴许还能为您带去片刻欢乐。

第二十四封

塞耳彭，1769 年 5 月 29 日

阁下：

因为见过云鳃金龟子的标本，所以我对它很熟悉。但我从未在野外看到过自然状态下的它。班克斯先生告诉我，他觉得这种金龟子，或许在海边可以找到。

春秋两季，人们可以在牧羊冈上看到正北上或是南下的环颈鸫。4 月 13 日那天我去到那里，果然在老地方附近看见三只环颈鸫，这让我高兴坏了。我们击落了一只雌鸟和一只雄鸟，它们羽翼都很丰满，长得很健壮。雌鸟体内只有一些刚成形的小卵，说明这是一对晚育的鸟。① 而那些一整年都在

---

① 1902 年春天，直到 4 月 4 日我们都还在萨里山上看到了环颈鸫，5 月 29 日还在威斯特摩兰郡看到了羽翼丰满的小环颈鸫。——基尔顿注

环颈鸫
ring ouzel

我们身边的鸫属鸟，在这以前，雏鸟的羽翼就已经丰满了。这对环颈鸫的嗉囊里，几乎没剩什么可以辨认的食物，只可依稀分辨一些似乎是刚消化的植物叶子一样的东西。秋天，它们以山楂和红豆杉的浆果为食，春天则以常春藤的浆果为食。我动手烹了一只这种鸟，发现它多汁又美味。不可思议的是，这种鸟春天来的时候仅会停留数日，但在米迦勒节的时候却又会待上两周。我观察环颈鸫已经有三春加两秋的时间了，发现它们返回的时候最准时。那些认为它们不会出现在南方诸郡的作家们，一定是没有注意到它们这条新的迁徙路线。

最近有个邻居送了我一种 salicaria 鸟。起初，我还在想这是不是您说的那种"柳云雀"①，但更加仔细地查看了一番之后，我发现它的特征更像您在林肯郡里夫斯比击落的那种鸟。我对这种鸟做了如下记录："它的个头比林鹨小。头、背和蔽覆羽翮基部的羽毛呈暗褐色，没有林鹨身上常见的那种暗色斑点。两只眼的上方都有奶白色的一道。下颌和喉咙呈白色，身体下半部分呈黄白色，尾部则呈茶褐色。它尾巴上的羽毛还尖尖的，喙也是尖尖的，还呈暗黑色。腿亦是这种颜色。后爪又长又弯。"打下这只鸟的人说，它的叫声太像芦鹨了，所以才误以为是它，将它打了下来。他还说这种鸟会整夜鸣叫，但这点还有待考证。②我本人则认为它是另外一种蝗莺，在雷的《书简》第 108 页中德勒姆博士依稀提到过。这个打鸟的人还曾给我捉过一只林鹨。

① 关于 salicaria，参见 1769 年 8 月 30 日的那封信。

② 毫无疑问，这种鸟是蒲苇莺，它们非常善于模仿其他鸟的叫声，连认真务实的鸟类学家都会被它们骗到。——基尔顿注

您提的那些关于美洲独有动物品种的问题，即它们是如何、从何处抵达那里的，我同样疑惑不解，也常常思考，对此感到好奇。纵使去寻找相关的著述，也往往找不到想要的信息。那些善于取巧的人不用费多大力气，就能轻松地找出看上去有道理的论据，来支

蒲苇莺
sedge warbler

黑斑蝗莺
common grasshopper warbler

持他们得出的结论。结果不幸的是,每个人的论证都跟别人的一样天衣无缝,因为它们都是以假设为基础的。近来研究这些话题的作者,无一例外都因循前人的理论。我记得,他们先是把动物从非洲西海岸和南欧运到美洲,然后再切断连接大西洋的地峡。但这得用多大一个机器,才能完成这种壮举啊!难度之高,非得请出一位神仙来才够用!"拿不出证据来的事,我可不信。"

博物学者的夏夜漫步

(我深信它们中有神的智慧。——维吉尔《农事诗》)

当西下的斜阳洒下柔和的光,
蜉蝣①便现身于小溪或池塘之上;
当猫头鹰静静地掠过青翠的草地,
胆小的野兔便蹦跳着出来觅食;
是时候该悄悄走下山谷了,
去听听那游荡的大杜鹃②的故事;
听听石鸻吵闹的求偶声,
或是听温柔的鹌鹑轻诉它的苦痛;
看家燕匆忙掠过暮色中的平原
晚归,去哺育它的雏儿;
看雨燕飞快地绕着
教堂的尖塔,那羽翼翻飞;
多有趣的鸟儿啊!——告诉我你躲去了哪里
在寒霜肆虐,暴雨侵袭之际;
受本能指引的你,又从何而来,
在春风和煦,百花盛开之际?
遍寻不到你的踪影,嘲弄人们的傲气,

---

① 垂钓者的蜉蝣,林奈称其学名为 *Ephemera vulgata*。这种昆虫在傍晚六点左右脱离蛹态,浮出水面,当晚十一点左右就会死去。所以它的蚊态只有五六个小时。它通常出现在6月4日左右,在之后约两个星期的时间里,都能看到它们。参见斯瓦默丹、德勒姆和斯科波利等人的著作。

② 游荡的大杜鹃,之所以这样说,是因为它从不受孵卵或养育雏鸟的牵绊,无拘无束地四处游荡。

自然之神才是你的秘密指引！

渐浓的暮色遮住了白日的面庞

让我们去到那边的长凳，在树荫掩映下，

直到黑暗朦胧，万物无法分辨，

所有的景致也隐匿于夜色里；

听那昏昏欲睡的金龟子掠过

嗡嗡振翅，或听蟋蟀①尖鸣；

看那捕食的蝙蝠擦过树林；

听远处急流落水的声音；

醒来的夜鹰倒挂在崖上

悠长的鸣唱划破静谧的夜空；

高高的天上，展开双翼，

晕踪影难觅，却能听见林百灵②柔美的歌声：

这些是大自然的杰作，让好奇者醉心，

激起欢愉，抚慰怃郁；

随着幻想愈加演进，一种甜蜜的痛苦

偷偷爬上脸颊，让全身的血液为之战栗！

乡村的每一片景象、每一种声音、每一种气味都混在一起；

羊铃的叮当声，或母牛的呼吸声，

新刈干草的味道熏染了阵阵微风，

还有农舍的烟囱在树林里升起袅袅炊烟。

清凉的夜露降下：回去吧，休息吧；

看啊，萤火虫已经亮起了炽烈的情火！③

① 即田蟋蟀（*Gryllus campestris*）。

② 在炎热的夏夜，林百灵常常直飞云霄，悬在高空鸣唱。

③ 雌萤火虫（常常爬到草茎的上端，好让自己更显眼）发出的光是给雄虫的信号。雄萤火虫体型更修长、颜色更暗。

于是，早在夜幕半掩天际之时，

这性急的姑娘就已将她的灯高高挂起了：

接收到讯号，被爱的流星指引，

利安德急急赶向海洛的睡床。①

此致。

① 参见希腊神话中海洛和利安德的故事。

第二十五封

塞耳彭，1769 年 8 月 30 日

阁下：

得知您喜欢我对环颈鸫迁徙情况所作的描述，让我很是欣喜。您真敏锐，问题直戳要害。您问我如何得知它们秋天是向南方迁徙的。作为一个研究自然史的博物学者，若不是秉承了坦率真诚的作风，我一定会像那狡猾的注释者对待经典著作中晦涩的段落一样，故意视而不见。但我率直的性格让我不得不坦白承认，我其实也只是通过类比得出的。这样说来，也是颇为惭愧。因为秋天飞来我们这里享受此地暖冬的其他鸟儿，都是从北方迁徙来的，它们会等到严寒消退后，重返北方。因此，我推断环颈鸫也是如此，一如它们的同属田鸫。尤其是当有人说看到过环颈鸫经常出没在寒冷的山区后，更让我坚定了自己的推断。但我也有充分的理由怀疑，它们也可能是从西边飞到我们这里来的。因为据可靠消息称，它们在达特穆尔高地繁衍生息。且它们离开那片蛮荒之地的时候，就是造访此处的时候。它们会一直待到来年晚春，才返回。

为了您那只 *salicaria*，和我的这只眼睛上方有一道白色、尾部呈黄褐色的 *salicaria*，我着实下了不少功夫。不管是活体的还是死掉的，我都观察得很仔细，还弄来了几个标本。我非常确定

（我敢说不久之后您也会相信），它肯定就是雷所说的那种 *Passer arundinaceus minor*，分毫不差。不知为何《不列颠动物志》里竟完全没提到这种鸟。原因之一可能是因为雷的分类太奇怪了，他把它归在了 *picis affines*。但毫无疑问，这种鸟其实应该归在 *aviculae caudâ unicolore* 里；若按照您的分类，那就是同属的细嘴小鸟。要是让林奈来分，那估计最适合归到鹡鸰属（*Motacilla*）里，他在《瑞典动物志》中提到的 *Motacilla salicaria*①与之最相近。它并不是什么罕见的鸟，有树丛的池塘和小河边，以及沼泽的芦苇和莎草丛里，都能经常看见它们。有些地方的乡下人称其为"莎草鸟"。在繁殖的季节，它们会模仿麻雀、家燕和云雀的叫声，日夜不停地鸣叫，它的叫声急促，非常奇怪。我的标本跟您描述的那只击落于里夫斯比的 *salicaria* 最为相像。雷先生对它的特征做了极为准确的描述："鸟喙大，足长，与体型极不相称。"参见1769年5月29日那封信。

① *Passer arundinaceus minor* 和 *Motacilla salicaria* 应该指的是蒲苇莺（*Acrocephalus schoenobaenus*）。——译者注

我为您找到了一枚欧石鸻的卵，是从一片光裸的休耕地里捡来的。其实本来是有两枚的，但是发现者一开始没看到它们，不慎就踩碎了一枚。

去年我写信跟您说起爬虫动物，希望我当时没忘了说蛇的一项自卫技能，那就是放臭气。我知道有位绅士养了一条蛇，还驯服了它。当它心情好又未被惊扰时，会跟其他任何动物一样温和、甜美。但一旦有陌生人或是猫狗进来，它马上就会咝咝叫，同时放出令人作呕的臭气，恶不可闻。因此，雷在《四足动物纲要》中称其为 squnck 或 stonck，平时温和无害，但被狗或人逼急了，就会喷出这种恶臭的毒气和排泄物，真是可怕至极。

② 这是有关林鹍伯劳的最早记载，这种鸟鲜少造访不列颠群岛。但基本可以肯定，它们从在我们这儿繁衍过两三回。——基尔顿注

最近，有位绅士送了我一个品相完好的标本，是雷说过的白肩有斑点的灰白色伯劳鸟。②您出版

《不列颠动物志》前两卷时，还未见过这种鸟。但是，您根据爱德华绘制的插图做的描述，已经十分贴切了。

第二十六封

塞耳彭，1769 年 12 月 8 日

阁下：

　　您从苏格兰回来时寄来的信，让我甚是满足。感觉您在那儿待了不少时日，够您好好探索一番那片辽阔王国里的自然珍宝了。不论是岛屿还是高地，想必您都没有漏下。这类考察最易毁于匆忙，因为即便时间充裕，人们也鲜少会拿出一半的时间来干该做的事。他们总是提早定好归期，从一个地方赶往另一个地方，好似在途中的急件，完全不似考察自然之杰作的哲学家那般仔细。毫无疑问，您一定发现了不少东西，为将来《不列颠动物志》的再版积累了不少素材。或许不曾有人如此仔细地勘察过大不列颠的这一地区，所以纵使您这次费了很多心血，将来也一定不会后悔。

　　田鸫和欧歌鸫、槲鸫与乌鸫同属一科，却从不像它们一样在英格兰产卵，我对此颇感惊异。它们竟不觉得苏格兰高地寒冷、更偏北，还全都躲到了那儿，这一点就更为怪异和神奇了。既然您发现有终年都驻足在苏格兰的环颈鸫，那么我们就有理由推断：每年秋天都在我们身边短暂停留的候鸟，并非来自那里。

　　还有一件事我觉得也很适合在这里提一下。今年秋天，这些迁徙途中的候鸟又像往常一样准时来到了我们身边，时间是在 9 月 30 日左右。但这次鸟群的规模较以往大，且停驻的时间也较以往长。这些鸟儿若是像它们的同属鸟一样，陪我们度过整个冬天，来年春天再离去，那我也不会对这一现象感到惊异。因为它们本来就跟其他那些来这里越冬的候鸟差别不大。但是当我在米迦勒节

雪鹀
snow bunting

观察了它们两个星期,然后又在四月中旬观察了约一个星期后,就不禁疑惑起来,非常想知道这些过客从何处来,又要到何处去。因为它们似乎只把我们这里的小山当作是休息或打尖的地方。

您对雪鹀的描述非常有趣。如此短翼的鸟,竟然也会喜欢飞越北冰洋这种危险的旅程,真可谓是一桩怪事!冬天的时候,一些乡下人时不时就会告诉我说他们在我们的高地上见到了两三只雪鹀。但我细想了一下之后,就开始怀疑这些鸟应该是我们正谈论的这种鸟的失群者,可能它们在南飞的途中掉了队。

苏格兰的山地有许多雪兔,而且您又说它们不是常见的品种,这一发现着实让我欣喜。不列颠的四足动物太少,但凡发现新的物种,都称得上是大收获了。

若是能证明这英姿勃勃的雕鸮是我们这儿的,那真是太为本地动物界增光添彩了。我之前从未听说过野鹅的繁殖地在哪儿。

关于我证明了您击落的那只 salicaria 就是雷所说的"小芦鹀(lesser reed-sparrow)①"一事,您也表示了赞同。这个结论一

① 即蒲苇莺。
——译者注

定不会错，您大可放心。因为为了证明它，我也是颇费了一番工夫的，还找来了一些品相不错的标本。但由于保存不当，现在标本都已经腐烂了。不过，您的著作再版时，一定能找到合适的位置将其插入其中。这些新增的图注一定能给您的著作增色不少。我知道德·布丰曾描述过水鼩鼱，但得知您在林肯郡发现了它，我依然很高兴。至于原因，我在那篇写雪兔的文章里提到过。

我有个邻居最近在翻耕一块离水很远的干燥白垩田时，翻出了一只水鼩。翻出它时，它正姿势奇怪地蜷在一个特意用草叶编织成的越冬巢里。洞穴的一头，整齐地码着一加仑多的土豆，供它越冬。但让我费解的一点是，这个水鼩为什么会到离水这么远的地方来越冬。是因为碰巧发现这里有土豆就留下来了吗？还是因为水鼩通常在较冷的月份都会去一个远离水边的地方？

尽管我向来不喜欢类比推理，因为知道这种方法在博物学中是靠不住的，但是在下面要说的这个例子中，我还是忍不住认为这种方法可能会有助于解释我之前说过的一个难题，即雨燕撤退的时间总是比它同属的鸟早上好几个

水鼩鼱
Eurasian water shrew

星期。不仅这里的雨燕如此，安达卢西亚的雨燕也是这样，都是在八月初左右就开始撤退。

夏天，大蝙蝠①（顺便一提，在英国，它还是一种未经著录的动物。我至今都没能抓到过它）很早便开始撤退或迁徙到别处了。它们找寻食物的时候往往飞得很高，在高空捕食，所以我才一直没法捉到一只。雨燕也是如此，它们捕食的时候，飞得比其他品种的燕子高，鲜少会看到它们在近地处或水面上捕食飞虫。我由此推定，这些燕科鸟和大蝙蝠以飞得高的蚊虫、金龟子或蛾子为食。但这些昆虫的寿命都不长，因此这些"旅人"之所以停留时间短暂，皆是由于食物匮乏。

从我的日记来看，欧石鸻一直啼鸣到 10 月 31 日。在那以后我便再没见到它们，或是听见它们的叫声了。直到 11 月 3 日，都还能见到家燕。

① 小蝙蝠几乎一年十二个月都能见到，但在四月底前或七月之后，我却从未见到过大蝙蝠。它们在六月最常见，但数量并不多。算是我们这儿的罕见物种。

第二十七封

塞耳彭，1770 年 2 月 22 日

阁下：

我的园子和地里有很多刺猬，它们以我草径里车前草的根为食。它们吃东西的方式十分奇特：将上颚（比下颚要长很多）拱进车前草的底部，从下往上吃。但那长叶子的茎，它们却连碰都不碰。从这点来说，它们还是挺有用的，因为它们可以毁掉这种讨人厌的杂草。但是它们这样会在地上钻出很多小圆洞来，②小径看起来未免有点不太美观。从

② 在怀特时代刺猬就已经被正名了，这些淘气的事儿不是它们做的。这些小洞是出自那些夜间出来觅食的毛虫。——基尔顿注

它们排泄在草皮上的粪便来看，它们可是吃了不少甲虫。去年六月，我得到了一窝小刺猬，有四五只，大概只有五六天大。我发现它们和小狗一样，刚出生的时候是无法视物的。所以到我手里的时候，它们还看不见东西。毫无疑问，它们刚出生的时候，刺都很柔软，可以弯曲，不然的话，那可怜的母刺猬在分娩的时候，可就要遭罪了。但是显然要不了多久，这些刺就会变硬。因为我手里的这几个小家伙，背上和身侧的刺已经很硬了，摆弄时若是稍不留神，我的手就会被扎破。这个年纪的小刺猬，身上的刺都是雪白的。另外，它们还长着一对耷拉着的耳朵，我记得老刺猬身上是没有的。这个岁数的小刺猬，已经可以扯下皮肤遮住脸了，但还不能像成年的刺猬那样，为了防御而把身体团成一个球。要我说，很可能是因为那些能让它们团成球状的肌肉还没发育完全，不够强韧。冬天的时候，刺猬会用树叶和青苔在地下做一个温暖的越冬巢，好躲在里边过冬。其他四足动物大都会存贮一些过冬的粮食，但奇怪的是，我发现刺猬却没有这个习惯。

我发现了一件关于田鸫的轶事，觉得很奇特。这种鸟虽然白天栖息在树上，多从山楂树篱上取食，巢还都筑在很高的树上——这点可参见《瑞典动物志》——但我们这儿的田鸫，却总是在地上歇息。在天快黑的时候，总能看见成群结队飞来的田鸫。它们会降落到林中的石南丛里，并在那里宿夜。另外，那些夜里拉网捕雀的人，还常常会在麦茬子地里捉到它们。不过用木棒捉鸟的人，虽然能在树篱里逮到不少白眉歌鸫，却连一只田鸫也抓不到。这些田鸫为什么在栖息的方式上与它的同属鸟，以及与它们白天的行为方式差别如此之大？对此，我还无法想到合理的解释。

关于驼鹿，我还多少有点信息要跟您分享。但总的说来，我很少碰到外国动物。我这些浅薄的博物知识，都仅源于我对我家乡这个小地方的观察。

第二十八封

塞耳彭，1770 年 3 月

1768 年米迦勒节那天，我在古德伍德设法看到了里士满公爵的母驼鹿。可是我很失望，因为在我赶到那里的时候，发现它在苟延残喘了一段时间后于前一天早晨断气了。但当我得知它还没被剥皮后，便前去仔细观察了一下这种罕见的四足动物。我在一个旧温室里看到了它。绳子从它的腹部和下颌绕过，将它吊成站立的姿势。虽然它刚死没多久，但已经开始腐烂了，恶臭让人难以忍受。这个驼鹿跟我见过的其他鹿相比，最大的不同在于它腿的长度。它的腿很长，以至于身体像高脚类的鸟一样前倾。我用人们量马的方式量了一下它。发现从地面到它肩隆部的高度，刚好有五英尺四英寸，折算一下是十六掌，马都很少能长到这个个头。但它的脖子出奇地短，不超过十二英寸，与腿的长度形成了鲜明的对比。因此，它在平地吃草时，得一脚前一脚后地叉开腿，头费

驼鹿
European elk

劲地埋在两腿之间。它的耳朵很大还下垂,与脖子一样长;它的头长得很像驴子,长约二十英寸。它的上唇比我之前见过的所有动物的唇都厚实,鼻孔也很大。旅行者们说,它们的唇在北美洲可是一道佳肴。我们推测这种动物主要靠树上的嫩叶和水中的植物为食,是非常合理的,长腿和厚唇一定十分有助于它们这样生存。我在什么书上读到过,它很喜欢吃睡莲。经测量,从它的后腿到肩后的腹部,有三英尺八英寸长。它的前后腿之所以这么长,全因为胫骨长得出奇。然而,由于我忙不迭地想要摆脱那股恶臭,所以忘了仔细测量它的关节。它那黑灰色的短尾大致有一英寸长,鬃毛约四英寸长。前蹄直立齐整,后蹄则平且前窄后宽。春天的时候,它才不过两岁,所以它很有可能还没有长开。由此观之,那成年的雄鹿得多么庞大啊!有人跟我说,它们甚至能长到十英尺半那么高!一开始还有另外一头母驼鹿与它做伴,可惜那只驼鹿也在去年春天死了。这个园子里还有一头年轻的雄鹿,是头马鹿。人们本还期望它们能结合育崽,但由于它们俩一高一矮,身高极不相称,阻碍了这段姻缘。我本来很乐意细细观察它的牙齿、舌头、嘴唇和蹄子等处,但那腐败的恶臭断了我的好奇心,让我不得不作罢。那护园人告诉我,去年冬天,这头驼鹿在严寒的霜冻天里似乎还过得十分怡然自得。他们带我去房子里看了一头雄驼鹿的角。这对角前段很平很平,没有角枝,只有边缘处有些小叉枝。母驼鹿的主任里士满公爵,打算把它的遗骸做成一副骨架。

如果我所见的这头母驼鹿跟您见过的一样,请您一定要告知我意声。另外,您依然认为北美洲人所说的 moose 和欧洲人所说的 elk 是同一种动物[①]吗?

敬颂

崇祺。

[①] 它们确实都是驼鹿。——译者注

第二十九封

塞耳彭，1770 年 5 月 12 日

上个月，我们这里连遭冷空气的侵袭，霜冻、大雪、冰雹和暴风雨一顿狂轰滥炸，原本到了露头时节的夏鸟，也都没了踪影，它们的迁徙节奏全被打乱。有些鸟，譬如黑顶林莺和灰白喉林莺，比往常晚来了好几个星期（反正此间我们都没听到过它们的叫声）。还有些鸟，譬如林鹨和这个时节也该出现的那种最大的柳莺[①]，至今也没听到其鸣叫。连斑鹟都还没露头，纵使它是最晚到的鸟，到这个时候还没现身。然而，在这狂风暴雪的寒天里，有两只家燕早在 4 月 11 日便冒着霜雪来到了这里。但它们很快就撤退了，一连几天都不见踪影。向来比雨燕迟来一步的白腹毛脚燕，这次也是直到五月才出现。

那些单配的鸟儿，有的过了交配期后，会单飞，雌鸟雄鸟都有。但是这种独身生活是出于自愿，还是出于某种需要，就不得而知了。每当家麻雀驱赶我的白腹毛脚燕，企图霸占它们的鸟巢时，我就会射杀它们。打死一只后剩下的那只，不论雌雄，要不了多久，马上就会再找到新的伴侣。好几次了都是如此，我知道有一对仓鸮常去骚扰一个鸽棚，给幼鸽带去浩劫。人们发现后马上便射杀了其中的一只，而活着的那一只转眼间就找到了新伴侣，继续来祸害鸽棚。过了一段时间，直到这对新结伴的仓鸮双双被射杀后，这桩麻烦事才终于消停。

我还记得一件事，是关于一个狩猎者的。他见猎物就起杀心，对狩猎的痴迷大大超越了他的慈悲之心。交配期一过，所有成对光顾他田地的山鹑，雄的那只都会被他射杀。因为他觉得雄鸟之间争

① 即林柳莺。——基尔顿注

黑顶林莺
Eurasian blackcap

① 我们曾看到一只巢里还有雏鸟的小嘴乌鸦，在前夫过世不到二十四小时，就找到了新伴侣。同样不为死去的伴侣长时间守节的还有渡鸦、老鹰等其他物种。四处可见落单的生物，雌雄均有，因此它们总能找到新的伴侣。但对于那些罕见的海雕来说，就不是如此了。丧失了伴侣的海雕会在旧窝处徘徊上一两年而不找新伴侣，在设德兰的富拉岛和布雷塞岛就有这样的鸟。丧失了伴侣的雄性海雕，当然也会通过决斗找到新伴侣。——基尔顿注

风吃醋会妨碍山鹑的繁殖。过去他常说，虽然他让同一只雌鸟做了好几回寡妇，但却发现它总能找到新欢。而那新找的雄鸟，又总会随它来到这片田地。①

我还认识个喜欢设圈套的狩猎者，岁数很大了，经常跟我说，他常常一收完庄稼，就会去抓一小窝只有雄鸟的山鹑。他总是很风趣地管它们叫"老光棍"。

普通的家猫有一个非常明显的习性，那就是它们极其喜欢鱼。鱼看上去就是它们最喜欢的食物。然而对它们来说，自然只是赐予了它们这一癖好，却从不帮它们满足愿望。因为，在所有的四足动物中，猫是最不亲近水的。只要是能避开水，它们就绝不会屈尊弄湿爪子，更别说跳进水里了。②

② 我们曾看到一只猫被弄去抓鱼。它发现山泉里会有一些深夜出来觅食的鳟鱼，这些鳟鱼会跑到浅水区，后背常常会露出水面。只要趴在岸边等着，它们一冒出来，猫就会跳上去抓住它们。——基尔顿注

会捕鱼的四足动物都是两栖的，譬如水獭，它们天生就会潜水，给水里的居民们带去了不少祸患。我本以为我们这里溪浅，应是没有这样的动物的，所以当有人拿来一只雄水獭时，简直把我高兴坏了。这只水獭重21磅，是在普莱奥利下面溪流的岸上射到的。而那条小溪也正是塞耳彭和哈特利林地的分界线。

第三十封

塞耳彭，1770年8月1日

阁下：

总的来说，我觉得法国人写的博物志都极其冗长。关于昆虫，

林奈曾说过这样一句话:"这模糊残缺的世界,实在是本领域的灾难。"这话对其他任一个分支都很适用。

不知您如何评价斯科波利的新作。因为我很欣赏他的《昆虫学》,所以也很想看看这一本。

上封信里有件事我忘了说(当时也是没有地方再说了),在北美洲,雄驼鹿为了求偶会在发情期从湖中或河中的一座小岛游向另一座小岛。我那位随军的牧师朋友,便见过一头在求偶途中被杀死在圣劳伦斯河里的驼鹿。他告诉我说,那头鹿真是个体型庞然的家伙。不过,他并没有测量过它的尺寸。

上一次进城的时候,我们的朋友巴林顿先生十分热情好客,带我去看了很多珍奇的东西。当时您正好写信给他,询问鹿角的事。他便带我去看了许多稀奇古怪又很奇妙的鹿角标本。我记得,在威尔顿彭布罗克勋爵家里,有一个专门放兽角的房间,里面有三十多对各种各样的兽角。但我最近还没去过那里。

巴林顿先生向我展示了许多来自世界各地的鸟类藏品,有活的,也有死后

灰鹡鸰
grey wagtail

制成标本的，都令我啧啧称奇。我好好观察了一番那些活着的鸟，发现那些来自天南海北的鸟，譬如来自南美洲和几内亚海岸等地的，几乎都是交嘴雀和燕雀属之类的厚喙鸟，而鹟鸲属和鹩属的鸟类，却一只也没看见。我细想了一下，发现原因其实很显而易见。因为厚喙鸟以种子为食，很容易带上船。而那些软喙鸟则是以蠕虫、昆虫或它们的替代品诸如新鲜生肉等为食的，根本经受不得漫长而乏味的旅程。食物的匮乏，导致了我们藏品（虽然它们都很奇特）的缺憾，使得我们无缘见到一些最精巧、最活泼的鸟类。

　　此致

敬礼！

第三十一封

塞耳彭，1770 年 9 月 14 日

阁下：

　　从您的来信中得知，您再次在环颈鸫出生的峭壁上见到了它们，还断定了它们整年都待在那片寒冷的区域。那么这些环颈鸫是从哪儿来的呢？它们每年九月非常规律地开始迁徙，次年四月又会再次出现，好似是在归途中。今年它们来得比往年要早，本月的 4 号就有几只出现在它们惯去的山上了。

　　一位观察细致的德文希尔郡绅士告诉我，它们常去光顾达特穆尔高地的某些地区，还在那里繁衍。它们会在九月底或十月初左右离开那里，并在来年三月底左右返回。

　　另一位智者跟我保证说，有大批环颈鸫在德比峰繁衍生息。当地人把它们叫作"突岩鸫"。它们会在十月、十一月离开这里，等到春天再回来。这一消息，似乎更有助于解释我们本地这些新移民的动向。

我看了斯科波利的新作①（刚拿到手），书中的内容很有价值，他确认了蒂罗尔和卡尔尼奥拉一带的很多鸟。我认为，不管一位专著作者来自哪里，他质疑博物学爱好者的某些观点和结论，至少都是有道理的。因为没有哪个人能独立研究完大自然的所有作品。所以这些术业有专攻的作者，在其专业领域里的发现，应该比一般的作者更准确，错误更少。所以兴许这样一步步就能为写一部准确的博物志打下坚实的基础了。然而斯科波利在观察鸟类的生活和习性时，并不如我想象的那般仔细和充分，书里颇列了一些错误的事实。比如他说白腹毛脚燕"从来不在巢外喂雏鸟"。因为我今年夏天反复观察了白腹毛脚燕，所以知道他说的这一点是错误的。尽管白腹毛脚燕的这一习性不如家燕那般常见，但它们的确会在空中边飞边喂雏鸟。而且它们这一套动作完成得非常快，所以要是观察得不仔细的话，是根本看不到的。他还说了其他一些（要我说）不可靠的观察，比如丘鹬"在躲避敌人的时候，会用喙衔起雏鸟"。坦白说我不能确定他这么说是错的，毕竟我没有亲眼见过。但我想说的是，丘鹬的喙又长又笨拙，在鸟类中它应该是最不该用这种方法来表达护犊之情的吧。②

此致。

① 《博物志》。

② 我们曾在摩尔岛见过将幼崽护在腿间的丘鹬，在空中飞的时候，会用两脚的脚趾和爪子抓住幼崽。据很多目睹过这一情景的观察者说，不同的鸟儿会用不同的姿势完成这一壮举，除了上述的这种方法，还有的会用两条大腿夹住雏鸟。——基尔顿注

第三十二封

塞耳彭，1770 年 10 月 29 日

阁下：

我遍寻了林奈和布里森等人的著作，却未果。这不禁让我开始

岩燕
Eurasian crag martin

怀疑我兄弟的那只命名为 *Hirundo hyberna* 的燕子似乎就是斯科波利发现的新品种——岩燕（*Hirundo rupestris*），见第 167 页。因为他对岩燕的描述与我兄弟的那只燕子完全吻合："上半身是鼠灰色，下半身是浅白色；尾羽内侧的边上有卵形的白斑；脚是黑色的且无毛，喙也为黑色，翮羽和尾羽的颜色均比背羽深。鸟尾上有豁口，但并不呈剪形。"不过，他接着又说这种鸟"跟白腹毛脚燕一样大"，且"林奈给崖沙燕下的定义放在它身上也很贴切"。这样说未免有些前后矛盾了。至少，他突然给人一种他只是在凭记忆对这两种鸟进行比较的感觉。因为我将这两种鸟做过对比，发现它们在身型、大小和颜色上都截然不同。不过，既然您马上就会拿到标本，那我就乐得听一听您对此事的看法。

不论我兄弟发现的这种鸟之前是否有被著录过，但仅凭发现它们会在直布罗陀海峡和柏柏里温暖而隐蔽的海岸下过冬这一点，他应该是当之无愧是第一人。

斯科波利此书的写法是分门别类，按序著述，让我觉得非常清晰、准确和传神，很有林奈的风范。这是我初读《博物志》的一点感想。

研究博物学的一大禁忌就是根据记忆来比较两种动物。在这点上斯科波利失了谨慎，因而就犯了些错。他在观察自己家乡鸟类的习性上所花的心思，或许并不如我们想的那么多。不过您有句评述很是公允，他的拉丁语很简洁、优雅和传神，远在克雷默之上。

得知我对驼鹿的描述与您的一致，让我很是快慰。

此致。

第三十三封

塞耳彭，1770 年 11 月 26 日

阁下：

我在那些来自直布罗陀海峡的鸟类标本中，发现了一些我们探寻了很久去向的短翼英国夏候鸟，这让我十分高兴。如果这些在安达卢西亚的鸟是往柏柏里往返迁徙的，那就很好推测了，那些飞到我们这里的鸟可能会迁徙回大陆地区，在欧洲较温暖的地带越冬。有一点可以肯定，很多飞往直布罗陀海峡的软喙鸟，只有春秋两季才待在那里，到了夏天繁殖季，它们便会成对往北飞。等到秋日将近，它们就会成群结队拖家带口地退回南方。因此，直布罗陀的岩石是鸟类汇聚一堂之地，也是观鸟的好地方。鸟儿们就是从这里出发，或飞往欧洲或飞往非洲的。春秋两季能在欧洲的边陲看到我们小巧短翼的夏候鸟，也算

得上是一个可以证明其迁徙习性的大发现。

我觉得，斯科波利在蒂罗尔似乎是找到了高山雨燕，①但他自己却浑然不觉。他所谓的 Hirundo alpina，不就是上述的那种鸟吗？他说"这种雨燕与前者相比，除了胸部为白色，且体型更大以外，没什么别的不同"。但我并不认为这是一个新的品种，高山雨燕也是"在阿尔比斯山峰上筑巢的"。（参见《自然年鉴》）

我那位在萨塞克斯郡的朋友，虽不是个博物学家，但却擅于观察，且很有辨别力。我曾请他观察欧石䴓，他在来信中做了如下描述："在翻看了我四月份的《博物学家日志》后，我发现最早提到欧石䴓是在十七日和十八日。依我之见，这已经很晚了。它们整个春夏两季都待在我们这里，到了秋初便开始集结准备离开。我认为它们属于候鸟，应该会飞到南边西班牙一类干燥且多山地的国家。因为那些国家牧羊场多，毕竟它们在我们这里消夏的时候，就待在那样的地方。我之所以这样推测，也是因为我认识的人里边，还不曾有谁冬天在英格兰见过它们。我觉得这种鸟不喜欢离水太近，它们靠地里的蚯蚓为食，这在牧羊场和牧羊冈里是很常见的。它们会在休耕地里产卵，地里满是覆盖着苔藓的灰色燧石，颜色与它们的雏鸟很相似，可供它们隐匿躲藏。欧石䴓不筑巢，而是直接把卵产在光裸的地上，一般一次不超过两枚。雏鸟破壳以后，会马上跑开，这一点是可以确定的。而且，老鸟从不喂养雏鸟，只会在该进食的时候，把它们领到有食物的地方，通常都是在夜里。"我朋友在信里就是这么说的。

您看，这种鸟不仅在习性上跟鸫很相似，在外观、身形和爪子的构造上，也有鸫的影子。

我一直都在恳求我的亲戚帮我在安达卢西亚留意这种鸟。最近，他写信告诉我，说他 9 月 3 日才第一次见到一只欧石䴓，还是在市

① 高山雨燕在不列颠群岛比较少见，都是一些失群鸟。——基尔顿注

场上且已经死掉了。

飞行中的欧石鸻会像鹭鸟一样，朝后伸直双腿。

此致。

第三十四封

塞耳彭，1771 年 3 月 30 日

阁下：

夏末时节，我们这儿有一种非常恼人的虫子，在白垩地里最多见，它们会黏到人的皮肤上，让人生出一个个瘙痒难耐的疙瘩，女性和孩子尤其深受其害。这种虫子（我们称其为丰收虫）非常小，肉眼几乎看不见。它呈猩红色，是粉螨的一种。腰豆地或其他任何一个种豆荚类菜的园子里都能找到它们。但它们仅在盛夏里才为害一方。有人曾言之凿凿地跟我说，白垩质山丘上的养兔人常深受其害。有时候虫子多得甚至都把他们的网染成了红色，人们也会因为被疯狂叮咬而发起烧来。

这些地方还有一种又长又亮的小飞虫，而它们则是主妇们的噩梦。它们会爬进烟囱里，把卵产在正晾着的熏肉上。这些卵孵化成一种叫跳跳虫的蛆，就藏在腌猪后腿和最好的猪肉里，把它们啃得只剩下骨肉，十分糟蹋食物。我怀疑这种飞虫就是林奈书里所说的学名为 *Musca putris* 的蝇子的变种。夏天在农家厨房的熏肉架、壁炉台和天花板上都能看到它们的身影。

那种糟蹋芜菁和园中很多作物的昆虫（经常毁掉园子里的整片幼苗），还有待进一步研究。这里的村民们管它们叫"芜菁虫"或"黑海豚"。但我知道，它其实是一种鞘翅目昆虫，即"学名为 *Chrysomela oleracea* 的昆虫"。一到盛夏时节这种虫子就多得吓人。在田间走过或是路过菜园，你总能听见它们噼里啪啦如雨点般跳到芜菁和甘蓝叶上的声音。

这里还有一种狂蝇属的昆虫，我们这儿农家的孩子都知道。但因为林奈没有把它收编入册，所以那些新近的作家也都把它遗漏了。这种就是老毛菲特说的学名为 *Oestrus curvicauda* 的昆虫。德勒姆在其《自然神学》的第 250 页也提到过，他说这种昆虫非常值得注意，因为它会一边飞行，一边动作灵巧地把卵产在马的一根腿毛上或侧腹的毛上。但德勒姆接着又说，这种狂蝇属昆虫是他后边提到的那种神奇的星尾蛆的生身父母。这可就是谬论了，因为在他之后的昆虫学家们发现，这种奇特的星尾蛆是由 *Musca chamaeleon* 的卵孵化而来的。可参见杰弗里著作的第十七卷，第四图。

这些为害田间、菜园和屋宅的昆虫真可谓是让人头疼不已，要是有人能著书详细描述其完整的身世，并提供所有能消灭它们和可以消灭它们的方法，那它一定能得到公众的认可，推举其为最实用和最重要的著作。这些知识都散于各处，有待整理成册。毫无疑问，不久之后一定会有人完成这项壮举的。了解这些动物的性质、数量和繁殖情况，简而言之，即了解它们的生活和习性，是我们防治虫害必不可少的一步。

依我之见，最能让人对昆虫学产生兴趣的办法，莫过于把林奈分类法所划定的昆虫们绘制成精美的图画。我敢肯定，人们要是在开始了解这些昆虫的特性时看了这些更直观的图片，而不是仅仅只看文字表述，那昆虫研究者必大有人在。

第三十五封

塞耳彭，1771 年

阁下：

偶来得闲去观赏了邻居家的孔雀们，突然发现，这些华丽的鸟儿们开屏似乎靠的不是尾巴。那些长羽毛并非长在尾臀上，而是长在背部。它们的尾臀上长了一簇约长六英寸的短硬棕色羽毛，那才是它真正的尾巴。这些硬羽会在开屏时充当支点，好撑起那又长又重的屏羽。孔雀开屏后，从前面看，会觉得它似乎只剩下了头和脖子。但若是这些长长的羽毛都长在了臀部，就不会有这种景致了。看看那些昂首阔步的雄火鸡就明白了。孔雀们剧烈地抖动着自己的肌肉，将它们的长羽变作武器，像剑客手中的长剑一般发出铿锵的嗒嗒声。它们旋即身子一转大踏步走开，回身找雌孔雀去了。

有件事我得告诉您。最近，我得到了一个从肥牛胃里取出的毛团，非常罕见。我记得毛团通常都是扁的，但这个却很浑圆，个头有一个大苦橙那么大。

蓝孔雀
Indian peafowl

第三十六封

1771 年 9 月

阁下：

那种向来喜欢在高空觅食的大蝙蝠，我管它们叫高飞蝙蝠（*Vespertilio altivolans*①）。今年夏天，我就只见到了两只。我抓了其中的一只，发现是只公的，因为它们是结伴而行的，我便理所当然地以为另一只是母的。我又故伎重施，花了一天两晚抓到另一只，但失望地发现它也是公的。因为这件事，再加上这种蝙蝠很罕见，至少在本地是如此，让我不禁开始怀疑这种蝙蝠到底是不是一种独特的品种，或者这两只公蝙蝠只是我们已知品种的雄性，即那些一公配多母的品种，就像羊和其他一些四足动物那样。但要彻底弄清这一点，还需要对更多的标本进行更进一步的观察，更关注雌雄的问题。眼下我唯一知道的就是，我抓到的这两只公蝙蝠，性器都很大，与公猪的很相似。

它们两侧蝠翼展开后有 14.5 英寸长，从鼻梢到尾部有 4.5 英寸长。它们头很大，鼻孔分两叶，肩部宽阔有力，身体肉实而丰满。它们身上的毛呈亮栗色，无比柔软顺滑，胃里全是食物，但已经浸泡分解得看不出是什么了。它们的肝、肾、心的尺寸都很大，肠子上覆盖了一层脂肪。它们每只都重约一盎司又一打兰。它们耳朵内部的构造很奇特，我不太懂得其中的奥妙，只能让好奇心强的解剖学家来提供答案了。这种动物还会散发出一种极其腐臭刺鼻的气味。

① 种名 *altivolans* 有高飞之意。——译者注

第三十七封

塞耳彭,1771 年

阁下:

7月12日,有只欧夜鹰绕着一棵满是六月金龟子的大栎树飞来飞去,嬉戏玩耍,这正好给了我一个观察它动作的好机会。它的翅膀十分有力,各种反剪和回环,燕子们与之相比,都要稍显逊色。但最让我感到有趣的是我清楚地看见它不止一次在飞行时伸出它的短腿,头一低,就把什么东西送进了嘴里。如果它们真的是用脚来抓猎物的话,就像现在抓金龟子这样——这一点我还是很肯定的,那它锯齿状爪子上中趾的作用,我想就很明了了。

今年,大多数家燕和白腹毛脚燕都走得比往年早。因为9月22日那天,它们就聚到了我一个邻居家的胡桃树上,似乎当晚就要歇在那里。第二天清晨,浓雾弥

胡桃
English walnut

漫，数不胜数的燕子们展翅齐飞，在这雾气中，镇翅拍打的声音十分响亮，隔了很远都依稀能听到。自那以后，就再也看不到燕群了，只能见到一些失群的燕子。

有些雨燕则会逗留到很晚，8月22日才离开，这倒是很少见。要知道，它们往常可都是在八月的第一周就都飞走了。①

9月24日，三四只环颈鸫本季度里第一次出现在了我的田里。这些旅客在春秋迁徙一事上，真可守时啊！

① 见致巴林顿先生的第五十三封信。

第三十八封

塞耳彭，1773年3月15日

阁下：

翻阅我去年秋天的日记，我发现我们这儿的白腹毛脚燕的繁育期似乎很晚，走得也很晚。因为到了10月1日，我都还能看见燕巢里有刚长出毛的雏燕。10月21日，我们在隔壁看到了一整窝雏燕，刚能学习飞翔，老燕则身手敏捷地捉着昆虫。第二天一早，这一窝燕子就离开了它们的巢，在村里飞来飞去。从那时起，直到11月3日，我都没有再看到任何燕子的身影。11月3日我才看见了约二三十只白腹毛脚燕，它们在垂柳林边和我家田里玩耍了一整天。这些孱弱的鸟儿，有些出巢不过12天，真的会在一年里这么晚的时节，举家迁徙到北回归线以南吗？或者说它们可能会在下一个教堂、废墟、白垩悬崖、峭壁的灌木、沙洲、湖泊或池塘（如更北边的一位博物学家所说的）停下来，把那儿变成越冬巢吗？不然它们为何如此迅速地撤退呢？

春天到了，我们开始了周复一周的期盼，希望环颈鸫能早日迁徙回来。一些很靠谱的人跟我说，他们确信 1770 年圣诞节，有人在我们郡南边的贝雷猎场看见了环颈鸫，所以我们兴许能得出这样的结论：如果它们当初是从本岛北部飞来的，而非北欧，那它们的迁徙，最远不会出了本岛，更不会飞到南边的欧洲大陆。但不管这些环颈鸫来自何方，就凭它们不怕人不怕枪这一点，就可以看出它对这些地方并不熟悉。航海的人曾说过，在阿森松岛及其他类似的荒凉地带，鸟儿们根本没怎么见过人，它们甚至会落到人的肩上。①而且比起一名水手，它们似乎更怕一头在吃草的山羊。萨塞克斯郡刘易斯的一个年轻人曾言之凿凿地跟我说，大约七年前，他们的镇子到了秋天就会出现很多环颈鸫，多到他一下午就猎到了十六只。他还补充说，从那以后，每年秋天都能见到一些这样的鸟。不过，他在猎到那么多鸟之前，从未见过它们。秋天的时候，我也见过环颈鸫，它们都三五成群的。在萨塞克斯郡和从奇切斯特到刘易斯沿途的所有丘陵地带，只要有灌木和树丛，便能看见这种鸟。1770 年的秋天尤甚。

此致。

① 据我们对这种鸟的观察，当它们在英格兰南部，即去往越冬地或从越冬地回来时，胆子比较大，但当它们处于繁殖期的时候就不然。饥饿和疲劳无疑也是让它们看起来无畏的原因之一。——基尔顿注

第三十九封

塞耳彭，1773 年 11 月 9 日

阁下：

既然您很想让我说说我的观察见闻，那我就冒昧地评论一二。既然您打算重版《不列颠动物志》，那我下面提到的，若您认为它

红嘴山鸦
red-billed chough

们是对的便可采用，是错的便可弃用，您可以自行定夺。

据我们村六英里远的地方有个大湖，叫佛林斯罕湖。大约一年前，我在那儿击落了一只鱼鹰。当时它正端坐在枝头，大口吞食一条鱼。鱼鹰常会一下猛地扎进水里，出其不意地将猎物捕捞起来。

去年冬天，有人在提斯特德猎园打下来了一只巨大的灰伯劳，还有人在塞耳彭打到了一只红背伯劳，这种鸟在本村还是少见的。

小嘴乌鸦终年都是成双入对的。

红嘴山鸦很多，它们会在比奇角和萨塞克斯海岸的诸峭壁上产卵。①

欧鸽是英格兰南部的一种候鸟，它们很少会在十一月底前出现。一般说来，它们是最晚来的冬候鸟。我们这儿的山毛榉林在遭到大肆破坏前，聚集了无数欧鸽，早上它们会排成一列列外出觅食，那队伍足足能排上一英里。到了早春，它们就会离我们而去。那它们

① 不幸的是，从那以后很久，这种鸟都不在萨塞克斯海岸繁衍生息了。而且它们在英格兰的数量也越来越少。——基尔顿注

会在哪儿产卵呢？

汉普郡和萨塞克斯郡的人管槲鸫叫"风暴鸡"，因为春天风雨交加的时候，它们很早就会开始啼鸣。这种鸟常常在一年之始就开始歌唱。在我们这里，它们的巢一般都筑在果园里。

一位绅士信誓旦旦地跟我说，他在达特穆尔高地捉了一窝环颈鸫，这些鸟儿就把巢筑在了溪岸。

草地鹨不仅在栖落枝头时会唱起甜美的歌，在空中嬉戏玩闹时，也会唱；它们俯身下落时，歌声更为动听；落到地上时，它们也会唱歌。

亚当森的证据，在我看来，似乎并不足以说明欧洲的家燕会在我们这儿是冬天的时候迁徙到塞内加尔。他的论证看起来丝毫不像个鸟类学家，他可能只看到过那里的家燕吧。据我所知，那里雨燕的筑巢地点是在奥哈拉总督府邸的屋顶下。他要真懂欧洲家燕的话，那为什么不说说这个燕子的品种呢？

家燕洗澡的方式就是在飞行时扎进水里。通常它们出现的时间要比白腹毛脚燕早上一周左右；离开的时间也比雨燕早个十到十二天左右。

1772年，直到10月23日，白腹毛脚燕的巢里都还有雏鸟。

雨燕出现的时间比家燕晚了十到十二天。也就是说，它们约在4月24日到26日之间出现。

草原石䳭和欧洲石䳭整年都待在我们这儿。

有些穗䳭也留在这儿过冬。

各种鹡鸰也是会整个冬天都待在我们这里的。

以大麻籽为食的红腹灰雀常常全身都会变成黑色。

我们这里一整冬都有很多雌苍头燕雀，基本见不到什么雄鸟。

您说雄沙锥在繁殖季节里的叫声就像羊叫，但我觉得像鼓声（或许我更应该把它形容成"嗡嗡声"），不过我觉得我们说的是一件事。但它们展翅嬉戏玩耍时，嘴中定会发出如笛声般响亮的叫声。但是那种类似羊叫的声音（或说"嗡嗡声"），到底是腹部发出的，还是振翅引起的，我还是无法确定。但

侏海雀
little auk

凤头麦鸡
northern lapwing

是我知道,这种鸟每次发出这种声音的时候,都在猛扇着翅膀俯冲。

凤头麦鸡产完卵后,很快就会都聚到一起,离开沼泽和湿地,齐齐去往丘陵和牧羊冈。①

两年前的春天,有人在距奥尔斯福德(那儿有片大湖)几英里远的一条小径上,发现了一只活的侏海雀。虽然它没受伤,但却扑腾着飞不起来。它被养了一段时间,但最后还是死了。

去年七月初的时候,我在沃尔默御猎场的池塘看到有人活捉了几只小绿翅鸭和几只小绿头鸭。

说到雨燕,书上说"它饮露水",但这句话应该是"它在飞行中饮水"才对。因为所有燕子,在掠过塘面或河面时,都会啜水。就像维吉尔笔下的蜜蜂一样,会在"飞行中啜水"。这一物种或许

① 我们发现凤头麦鸡在6月8号就开始聚集在一起,杓鹬则在两天后开始在威斯特摩兰郡的山上集合。——基尔顿注

正是因为这种饮水习惯，才显得别具一格。

关于蒲苇莺，我可以很高兴地说，它们几乎会鸣叫一整夜，调子虽然急了些，但是并不难听。它们还能模仿其他几种鸟儿的叫声，譬如麻雀、家燕和云雀的叫声。若是蒲苇莺在夜晚突然安静下来的话，便可以朝它栖身的灌木里扔一块石头或土块，马上它就又会开始歌唱。也就是说，尽管它有时会打盹儿，但只要一醒来，就会马上重展歌喉。

第四十封

塞耳彭，1774年9月2日

阁下：

在收到您的来信前，为了区分成年家燕和幼年家燕，我便趁着雏燕们还没有出巢，赶紧对它们的尾巴，做了一番观察和对比。此外，因为当时它们总是成双入对地忙着筑巢，所以认错雌燕和雄燕或是不辨烟囱上独燕雌雄的情况就不会发生了。从我的观察来看，燕子不论雌雄，都长有剪状的长长尾羽。唯一的区别是雄燕的尾羽要比雌燕的长一些。

欧歌鸫的雏鸟刚出巢不能自立时，老欧歌鸫会发出凄婉而刺耳的叫声。若是有人沿着篱笆走，它们就会厉声大叫着追在后面，仿佛是在恐吓威胁人似的。

盛夏时节，林鹨的叫声会整夜不停。

天鹅出生的第二年会变白，在第三年会开始繁衍生息。

鼬鼠会捕食鼹鼠，这点从它们有时会被鼹鼠夹夹住，便可得知。①

---

① 在一个寒霜天，我们在约克郡的荒野挖到了鼬鼠的地下食物贮藏室，还发现了几只死掉的鼹鼠的尸体。——基尔顿注

红隼
common kestrel

① 我们还看到了红隼在秃鼻乌鸦的旧巢里繁衍后代,其中有一只还是小嘴乌鸦的子嗣。——基尔顿注

② 我们试图拍摄红尾鸲摆尾时的图片,以生动地展现这一点,但是镜头还是捕捉不到它们的动作。红背伯劳的尾巴也会以奇怪的姿势摆动,它们的尾巴会不停地转圈,好似是在用尾巴画一个圆。——基尔顿注

雀鹰有时会借老鸦的巢来产卵,红隼则在教堂和废墟里产卵。①

伊利岛可能有两种鳗鱼。有时人们会在鳗鱼体内发现细丝,那大概是它们的后代。鳗鱼的繁殖过程十分隐蔽和神秘。

白尾鹞会在地上产卵,而且似乎从来不在树上筑巢。红尾鸲的尾巴是左右摆动的,那样子就像是献媚的狗。鹡鸰摆尾,则是像疲惫的马儿一样,一上一下地晃动。②

林岩鹨一到繁殖季节,就会扇动起翅膀,大献殷勤。早晨,霜露一降,它们就会凄婉地尖叫。

很多到了仲夏时节就沉寂下来的鸟儿,都会在九月再次一展歌喉,譬如欧歌鸫、槲鸫、乌鸫、林百灵和柳莺等。因此,整个春夏

秋三季，八月是最安静的一个月。是因为这个时候的气温跟春天很相似，群鸟才被诱使着再次开喉歌唱吗？

林奈按地理位置的分布来排列植物，棕榈生长在热带、草生长在温带、苔藓和地衣生长在极圈内。这样的话，无疑动物也可按这种方式进行分类。

家麻雀春天会在屋檐下筑巢，但天气一转热，为了消暑，它们就又会到外面的李子树和苹果树上筑巢。这种鸟儿有时还会在秃鼻乌鸦的巢①里做窝，还有时会在秃鼻乌鸦巢下面的树杈上筑巢。

① 这种情形我们观察到了好几例。我们还发现一对紫翅椋鸟栖息在一个雏鸟窝里——窝的后部，那窝就筑在一个鱼鹰巢的底部，当时这一稀有且有趣的物种尚住在里边。——基尔顿注

我的邻居在给干草堆做顶的时候，发现自己的狗一逮到小红老鼠就会吃掉，但是对普通老鼠却毫不理睬。而他的猫则只吃普通老鼠，不吃红老鼠。

知更鸟春夏秋三季都会鸣唱，它们之所以会被称为"秋天的歌者"，是因为在前两季，它们的歌声会被淹没在百鸟齐鸣中，不显山不露水。而到了秋天，它们的歌声就会变得清晰可辨。而在这些秋季的歌者中，似乎大多数都是当年刚出生的小雄鸟。尽管它们很招人喜欢，却没少祸害菜园里的夏季蔬果。②

② 它们还吃常春藤、忍冬和欧洲卫矛上的浆果。

在二月初便会开始发出两声怪叫——似拉锯声——的山雀，是沼泽山雀。大山雀也会在同一时间开始啼叫，但它们是三声叠叫，听来既欢快又悦耳。③

③ 那似拉锯般的叫声其实是大山雀发出的，十分刺耳。——基尔顿注

除了落霜天，鹪鹩会啼叫一整个冬天。

今年，在汉普郡和德文希尔郡两地，白腹毛脚燕来得格外迟。这究竟能证明它们会隐伏或迁徙呢，还是它们不会隐伏或迁徙呢？

大多数鸟饮水，都是偶尔俯身啜一下水面。但鸽子却会跟四足动物一样，俯身喝很长时间的水。

尽管我在上一封信中说达特穆尔高地没有冠小嘴乌鸦，但实

则不然。

六月金龟子从七月就开始出现并四处乱飞了，但到了月底就销声匿迹了。欧夜鹰在这段时间里便主要以这些甲虫为食。它们常常出现在白垩丘陵和沙地里，黏土地里则见不到它们的身影。

雷丁镇黑熊旅馆的花园里有条小溪，或者说是运河从马厩下流过，流向路对面的田里。溪里有很多鲤鱼，就在人的眼皮底下游来游去。过往的游人则会扔下面包逗弄那些取食的鲤鱼。但天气只要一转寒，它们就马上不见了踪影。此时的鲤鱼都躲到了马厩下面，直到春回大地，才会再次露面。它们是在冬眠吗？如果不冬眠的话，它们吃什么呢？

灰白喉林莺一直吟唱着单调的曲子，一边叫一边扇着翅膀，姿势很古怪，声音也很尖利刺耳，看来这似乎是一种生性好斗的鸟。因为它们鸣叫的时候，冠毛总会竖起，一副挑事寻架的模样。但到了繁殖季，它们却又变得羞怯又狂热，不与其他鸟儿来往，孤身盘桓在小径和公有地上。即使在长有灌木和树丛的萨塞克斯冈最高处，也寻不到它们。但到了七月和八月，它们就会领着自己的雏鸟来到菜园和果园里，大肆糟践那些夏季水果。

黑顶林莺的叫声通常都很圆润甜美、深沉响亮又带着狂野，但不持久，它们举止也很散漫。然而，它们一旦安静地坐下来专心歌唱，那调子就会变得甜美低婉。那轻柔而舒缓的曲调百啭不绝，除了欧歌鸫，其他任何一种鸣鸟都无法与之相提并论。

黑顶林莺多出没于果园和菜园。它们啭鸣时，喉咙会奇妙地涨大。

红尾鸲的叫声尽管有点类似灰莺，但也十分不凡。而且，有些红尾鸲鸣唱的曲调比其他同类还更多变。雄红尾鸲会与世无争地坐在村中某棵很高的树的枝头，从早唱到晚。这种鸟儿喜欢结伴而居，不喜独处，喜欢在果园和屋舍周围筑巢。我们这儿的红尾鸲会栖息在高大的五朔节花柱的叶片上。

在所有来本村的夏鸟中，最沉默、最常见、也最晚露面的，要数斑鹟了。它们会在那些靠在屋舍墙上的葡萄架或多花蔷薇丛里，或是墙洞里筑巢；甚至还会在门柱上边的横梁或橡木的一头筑巢，就挨着人们整日进出的门。① 斑鸫一点儿也担不起鸣鸟的称号，它们只会在自己的雏鸟受到猫的威胁或面临其他危险时，发出几声低沉的哀号。它们只产一次卵，离我们而去的时间也很早。

仅仅是时不时会出没在塞耳彭的鸟儿，种类就比出现在整个瑞典的所有鸟儿的一半还多。出现在我们这儿的鸟类有 120 多种，而瑞典的鸟类总共才有 221 种。容我补充一句，我们这儿鸟类的数量也几乎是整个大不列颠群岛鸟种类数的一半。②

再看这封长信，我发现它的行文风格古怪专断，有好为人师之嫌。但我又想到，您想要的就是这种客观的陈述和奇闻轶事。所以考虑到其中可能包含的信息，文风若有说教之感，还望您能见谅。

① 一个破旧的前门旁长了一株蔓生蔷薇，树里有半个椰子壳，我们看见这种鸟给那个壳铺了里衬并在里边繁衍后代。它们还占据了一个苍头燕雀的旧巢，那个巢是一个男孩放在蔷薇树上的，他本想和妈妈开个玩笑。——基尔顿注

② 瑞典有 221 种鸟，大不列颠群岛有 252 种鸟。这些所谓英国鸟的数量总会让业余的鸟类学家感到有些费解，因为不同的权威机构似乎在筛选这类鸟的具体标准方面存在差异。英国鸟类学家联盟所认定的英国鸟只有 370 多种，其中包括常驻本地鸟、定期迁徙到本地的鸟以及偶尔迁徙到本地的鸟。1899 年，霍华德·桑德斯先生记录共有 419 种英国鸟。而哈丁先生在他 1875 年版的《手册》中记录有 395 种，在 1901 年版的《手册》中又更新为 429 种，其中包括 130 种常驻本地鸟、100 种候鸟、32 种每年定期迁徙到本地的鸟和 167 种稀有且偶尔会飞到本地的失群鸟。H.F. 威瑟比先生在他的《英国鸟类实用手册》（1924）中记录有 496 种英国鸟。

第四十一封

探寻那些陪伴我们一冬的软喙鸟如何在寒冬腊月里维持生计，应该是件非常有趣的事。鸟儿们躲避严冬，羸弱似乎不是唯一的原因。因为健壮的蚁䴕（跟耐寒的啄木鸟很像）会迁徙，而娇弱的小戴菊，如此不起眼的小鸟却能耐受住我们这里最严酷的霜寒天。从不会像我们这儿大多数冬鸟一样，一遇上恶劣的天气，就躲到屋子或村子里，相反，这些戴菊一直翻飞在田野上和树林里。不过，或许正是因为这个原因，它们才经常死掉，并且数量比我们知道的所有其他鸟类都少。

蓝山雀
Eurasian blue tit

戴菊
goldcrest

① 参见德勒姆的《自然神学》第235页。

　　毋庸置疑，冬天还陪在我们身边的那些软喙鸟，主要靠吃虫蛹来度日。一逢恶劣天气，所有鹪鹩便会聚到终年不结冰的泉源附近的浅溪里，涉水捡食石蛾①等昆虫的蛹。

　　林岩鹨经常在寒冬天光顾污水槽和排水沟，捡食里面的面包屑和其他垃圾。天气稍好一些，它便会捉蠕虫吃。一年四季，月月都有蠕虫，在温和的冬夜里，只要不怕麻烦举着蜡烛去草地里转上一圈，便可知此言不虚。冬日，知更鸟和鹪鹩常在外屋、马厩和谷仓出没，因为在那些地方会找到蛰伏起来避寒的蜘蛛和飞虫。不过，软喙鸟在冬季的主要食物来源还是那数不胜数的鳞翅目昆虫的蛹。它们就结在树枝、树干、园子的栅栏和房屋的墙上，岩石或垃圾的缝隙里也有，甚至地面上都能找到。

所有种类的山雀都会留在我们这里过冬，我管它们叫"中喙鸟"，因为其鸟喙的硬度介于硬喙和软喙之间，林奈也将它们归类到了燕雀属与鹡鸰属之间。只有一种鸟从来不离开树林和田野，即便在最寒冷的天气里也不会躲到房屋或村庄里。它就是较弱的北长尾山雀，它几乎与戴菊一般娇小，但蓝山雀、煤山雀、大山雀和沼泽山雀却时不时地会飞进屋里，霜寒天尤其如此。恶劣的天气还常常会把大山雀逼进屋内。大雪天我就见过它们倒挂在茅草屋的屋檐下（这让我十分高兴，也对它们钦佩无比），往外抽稻草，好翻出藏在里边的飞虫。它们鸟多势众，把茅草屋的屋顶抽得乱七八糟，十分有碍观瞻。

蓝山雀是屋舍的常客，它们什么都吃。除了昆虫，它们还很喜欢吃肉，因而常去粪堆上捡骨头吃。此外，它们还钟爱板油，常在肉店附近出没。小时候，我还用涂了板油的老鼠夹来诱捕过蓝山雀，一个早晨就捉到了二十只。此外，它们也会吃地上的苹果，在上边啄出很多洞；它们还喜好吃向日葵里的葵花籽。在非常严寒的日子里，蓝山雀、沼泽山雀和大山雀还会从干草堆的一侧抽出大麦和燕麦秆，把它们搬运走。

因为穗鹛和草原石䳭会待在野石南地和养兔场①越冬，所以很难弄清它们冬天靠吃什么过活。尤其是野石南地采石场，更是没有什么吃食。它们赖以生存的食物，很有可能是鳞翅目昆虫的蛹，那便是它们荒野中的盛宴了。

① 哈丁先生在他1875年那一版的《怀特的塞耳彭》中说，他冬天从未在英国境内见过穗鹛，但其1901年版的《手册》表明他显然是找到了新的证据，并承认冬天英国境内确有穗鹛。不过也有可能是人们把有时会在英国越冬的雌欧洲石䳭误认成了草原石䳭，而草原石䳭并不在英国越冬。——基尔顿注

此致
敬礼！

穗䳭
northern wheatear

第四十二封

塞耳彭，1775年3月9日

阁下：

未来打算做动物区系研究者的人若是家境优渥，我希望他能到爱尔兰王国去游览一番。那是一片新天地，博物学者们对其还了解甚少。而且，若去的话，我希望他务必带上一位植物学家，因为那里的群山基本上还没被详细考察过。

该岛的气候十分温和，其南部各郡很可能会生长着一些大不列颠境内罕见的植物。那些爱思考的人也一定能从该地在艺术和农业方面的现代化进程中得出许多中肯的结论。因为早在我们听说之前，该地就已经开始对这两个领域进行资助了。当地野蛮的土著们的风俗、迷信、偏见和粗鄙的生活方式也一定能促使这位研究者做出许多有裨益的反思。他还应该带上一位有才干的画师，因为他在路上肯定会经过许多贵族的城堡和宅邸、广阔而又美不胜收的湖泊和瀑布，以及气势恢宏的高山。这些地方都鲜为人知又引人遐想，若是能用绘画这种传神的形式记录下来展示给世人，那么这个作品一定能广为流传。

因为我没有见过现代的苏格兰地图，所以它们准确、翔实与否，我无法妄言。不过有一点我敢确定，即关于该地的那些老地图，即便是最细致的也谬误颇多。

我所见过的苏格兰地图，都有一个最明显的缺陷，即没有用带颜色的线准确标注出苏格兰高地的范围。而且，那些通向浪漫的山间乡村的大道，也都没有明确的标注。韦德将军开辟出来的行军路线极具罗马特色，也很值得专门标注一下。我的老地图（莫尔地图）上标注了威廉堡，却忽视了其他的古老要塞。因此，还应该把这些要塞也好好地标注一下。

通往考里亚里奇的路是出了名的蜿蜒曲折，这一点不该被遗漏。莫尔标注了汉密尔顿、拉姆兰里格以及其他类似的大府邸，但毫无疑问，新图里应该把每一座曾经发生过重大事件，或藏有名画等的府邸、城堡都一一标注出来。布雷多尔本勋爵那稀奇特别的宅邸和漂亮的园子，也该留下印记。

艾灵顿伯爵位于格拉斯哥附近的府邸也十分值得留意。他的松树园极其恢宏，占地也颇广。

此致
敬礼！

第四十三封

阁下：

1780年夏，靠近塞耳彭陡坡林地中部的一棵细高山毛榉上，有一对鹃头蜂鹰用树枝和枯死的山毛榉叶子，筑了一个浅浅的大巢。六月中旬，有个胆子大的男孩爬上了树，虽然爬到了很陡又令人头昏目眩的位置，他还是设法取下了巢中唯一的一枚鸟蛋。这枚蛋已经孵了有些日子了，里面已经有了小鸟的胎基。和普通的鹰蛋相比，这枚不仅尺寸小了些，形状也没那么圆。而且，蛋的两头都有小的红点，中间则环了一圈宽宽的血痕。

那只被打下来的雌鹰，特征完全符合雷先生对该物种的描述。它有黑色的蜡膜、短粗的腿和长长的尾巴。它们长得像鹰，头很小、翅膀不太钝、尾巴也较长，所以在飞行时，还是很容易将它与欧亚鵟区分开来。这只雌鹰的爪子里还抓着几条青蛙腿和许多没壳的灰蜗牛。它的虹膜是亮黄色的，非常漂亮。

同年夏天的7月10日左右，也是在同一片陡坡林地里，一对雀鹰在一棵矮山毛榉上的老鸦巢里孵起了后代①。它

---

① 人们声称雀鹰不会自己修建巢穴，这点委实是个谬论。几乎我们发现的所有雀鹰巢都是它们自己建造的。我们还成功地拍摄到了一只雀鹰筑巢的画面。——基尔顿注

鹃头蜂鹰
European honey buzzard

们雏鸟的数量还不少。这些小鸟开始慢慢长大，变得十分胆大和贪婪，村里所有携雏带崽的母禽都害怕它们，生怕自己护着的小鸡或小鸭惨遭不测。有一个男孩爬上了树，但发现这些雏鹰都已经羽翼丰满了，一看到他，就都逃走了。不过，它们却留下了一个温馨的鸟巢。食物储藏室里食物堆得满满当当，储备十分充足。之所以这么说，是因为这个小孩从里面掏到了一只小乌鸫、一只松鸦和一只白腹毛脚燕。三只鸟的毛都被拔光了，有些已经被吃掉了一半。有好几天，人们都能看到那对老雀鹰在大肆蹂躏刚会飞的家燕和白腹毛脚燕，因为它们新出巢，翅膀既没有力气也不能运用自如，所以还无法像老鸟一样反抗敌人。

第四十四封

塞耳彭，1780 年 11 月 30 日

阁下：

每当有机会能再次与您通信，我都会感到心花怒放、十分愉悦。说到野林鸽（wood-pigeon）①，雷将其命名为 *oenas* 或 *vingo*，我的看法跟您差不多，我觉得把它称作普通家鸽的始祖是毫无道理的。有这种想法的人估计是被雷的命名给误导了，因为雷常说的 oenas 指的是欧鸽。

除非欧鸽冬夏两季表现出迥然不同的习性，不然以它夏天的性格可是很难将它们驯服成家鸽的。我们很少看到会栖落在枝头或常出没在林间的家鸽，而在十一月到大约来年二月这段待在我们身边的欧鸽，却总是和斑尾林鸽一起，过着野生散养的生活。它们常常出没在灌木丛和树林里，靠吃山毛榉和栎树等的果实为生，还喜欢在最高的山毛榉上栖息。要是能知道欧鸽是怎么筑巢的，想必我的

① 即欧鸽，因为 wood-pigeon 多指斑尾林鸽，所以后文称"有这种想法的人估计是被雷的命名给误导了"。——译者注

斑尾林鸽
common wood pigeon

疑惑就能立马烟消云散了。我想，它们很有可能跟斑尾林鸽一样，会将巢筑在树上。①

您说，去年春天，有人从萨塞克斯郡给您寄了一只欧鸽，还告诉您这种鸟有时会在那儿繁衍生息。但是这个写信的人为何不指明它筑巢的地点呢？是在岩石上、悬崖上、还是树上呢？他若不是一个资深鸟类学家，那我可就要怀疑此话的真实性了，毕竟我们这一带的人就总会把欧鸽和斑尾林鸽搞混。②

① 欧鸽的栖息地包括空心树、采石场和悬崖上的岩石缝隙、废弃的兔子洞、旧的乌鸦巢或喜鹊巢，它们甚至还会在地上的荆豆丛里歇息。有时它们也会在旧废墟砖石堆的洞里和石筑谷仓石板下栖身。——基尔顿注

② 人们常常会把斑尾林鸽、欧鸽和原鸽混为一谈。斑尾林鸽可以通过其较大的体型和颈部两侧的明显白斑来判断，而欧鸽和原鸽则可通过尾上覆羽的颜色来区分，原鸽为白色，欧鸽为蓝色。——基尔顿注

欧鸽
stock dove

您推测家鸽的祖先是体型较小的蓝色原鸽,这一点我十分赞同,原因有很多。首先,野生欧鸽的个头明显比普通家鸽大得多,这不符合常规的驯化规则。因为被驯服的物种,体型通常比其先祖大。其次,欧鸽双翼的飞羽上长有两个很明显的黑色纵斑纹。这是其独特的物种特征,很显然不应因为被驯化了就完全消失,欧鸽的部分后代身上应该还留有这种特征才对。但最有说服力的原因还是您在讲述卡那封郡罗杰·莫斯廷爵士的家鸽时举的那个例子:即便诱以丰盛的食物和悉心的照料,欧鸽也不会到家鸽的棚里落户,反而一到繁殖季节,就会退去奥姆斯海德,将卵安全地产到那些人类难以涉足的山洞和大海角的绝壁上。

用叉子赶跑自然……然而她还会卷土重来。

我曾向一位已经七十八岁的猎人请教。他告诉我,五六十年前,山毛榉林的面积比现在大得多,那时欧鸽多到惊人的地步。他常常一天就能打到二十来只。有一次,他打下来七八只在他头顶盘旋的欧鸽,还连带着打下了一只长身子的野鸟。随后他又补充说,在欧鸽群里,还常常混有几只小蓝鸽,他管它们叫岩鸟①。这点我倒是之前没注意到。这些数不胜数的候鸟们会以山毛榉的果子和一些橡子为食,它们尤其喜欢去田垄残梗地里拣大麦吃。但近几年,由于人们广种芜菁,它们在严寒天里的主要食物便成了这种蔬菜。它们会在芜菁根上啄出很多小洞,这对作物来说十分有害。而且,芜菁吃多了,它们的肉质也会变得腐臭。那些以前觉得它们是珍馐美味的老饕,也不再吃它们了。欧鸽不仅会在田里啄食作物时被猎杀(尤其在下雪天),还会在夜幕降临去到树林和灌木丛里休憩时被埋伏在那里的人捕杀。②这种在国内南北两端之间迁徙的鸟大致情况就

① 尽管被称为岩鸟,这些小蓝鸽实际还是欧鸽。——基尔顿注

② 一些老猎人说,过去大部分欧鸽常常会等到圣诞节的严霜天过去再离开。

是如此了。它们会在十一月底来到我们这儿，转年的早春就会离去。去年冬天，塞耳彭的高树林里来了约一百只欧鸽。但在以前，鸽群的规模比这还要庞大得多。那时候，不仅我们村有这种鸽子，附近地区也到处都是。每天早晚，它们都会像秃鼻乌鸦一样排成一线划过天际，那队伍足足长达一英里。因此，若栖息在这儿的几千只欧鸽在夜里突然遭到惊扰：

> 它们就会骤然腾空而起，那声音
> 犹如远处的惊雷。

此外，还有件事我想补充一下，与眼下探讨的话题也不是不相干。我一个亲戚住在村子里，他有段时间每每拣到欧鸽的卵，便会拿进他的鸽棚，让一对抱窝的家鸽来孵。他原本希望要是这么做能行的话，那就能把这两种鸟结合起来了，既能壮大自己的鸽群，也可以让这些欧鸽教教家鸽怎么样扑腾到树林里自己找橡果吃。这想法虽然是可行，但却总因为一些变故而不能成功。因为那些卵虽然大多都孵出来了，也能长到半大，但却没有一只能活到成年。我还亲眼在家鸽的窝中见过这些小弃儿，它们都长着一副生性难驯的面孔，连盯着它看都不行，它总会凶恶地扑过来张口就咬。总之，它们常常会死掉，大约是缺营养。但鸽子的主人则认为，准是因为它们生性凶狠野蛮，吓坏了养母，所以被饿死了。①

维吉尔曾经见过鸽子在岩洞周围盘旋，他觉得这是件寻常事，使用比喻的手法描绘了这一场景。这段诗很迷人，让我忍不住要引用一下。约翰·德莱顿还曾十分传神地将其译成了英文。

---

① 我们认识一个人，他曾用紫翅椋鸟的卵换了河乌卵。他告诉我们，河乌会变得畏惧起这些紫翅椋鸟的雏鸟，而且一旦这些雏鸟开始闹着要食吃，河乌就会任由它们饿死。——基尔顿注

> 就像一只鸽子，突然受惊，
>
> 从岩洞里飞出，这岩洞是它的家，
>
> 在岩洞的缝隙里还藏着它心爱的一对雏鸽，
>
> 它自己飞向山野，
>
> 惊慌地大声拍击着翅膀，离开窠巢；
>
> 接着很快就在宁静的天空滑翔起来，
>
> 凌空飘摇，双翅平展，
>
> 疾飞前进。①
>
> 鸽子离开岩间堡垒，
>
> 飞身而起，惊慌地振翅；
>
> 山洞里响彻着振翅的回声——她离开了巢穴，
>
> 抛下羽翼未丰的雏鸟，直冲云霄，
>
> 起初还扑棱扑棱翅膀：最后
>
> 划破长空，直冲云霄。

① 原书同时引用了维吉尔的拉丁语原文和约翰·德莱顿的英文译文。在这里选用杨周翰译自拉丁文的译本和本译者译自英文版的译本。
——译者注

此致

敬礼！

致戴恩斯·巴林顿先生的信

蚁䴕
Eurasian wryneck

第一封

塞耳彭，1769 年 6 月 30 日

阁下：

上月在伦敦的时候，我答应说要不时地给您写写信，探讨一些博物志方面的话题。现在，我便来履行承诺了。因为我觉得您是位直率忠厚的绅士，待人宽恕，尤其能体谅我这种不靠钻研书本，而只靠奔波户外观察实物而获取知识的博物学者。

我把在我们这里发现的夏候鸟列了一个表，根据诸鸟出现的先后顺序排序：

		雷的命名	一般出现的时间
1	蚁䴕	*Jynx, sive torquilla*	3 月中旬：叫声尖利。
2	小柳莺	*Regulus non cristatus*	3 月 23 日：发出啁啾声，9 月方止。
3	家燕	*Hirundo domestica*	4 月 13 日。

（续表）

4	白腹毛脚燕	Hirundo rustica [①]	同上。
5	崖沙燕	Hirundo riparia	同上。
6	黑顶林莺	Atricapilla	同上：叫声甜美又狂野。
7	欧歌鸫	Luscinia	4月初。
8	大杜鹃	Cuculus	4月中旬。
9	中柳莺	Regulus non cristatus	同上：叫声甜美而哀伤。
10	灰白喉林莺	Ficedulae affinis	同上：叫声刺耳，9月方止。
11	红尾鸲	Ruticilla [②]	4月中旬：声音略可入耳。
12	欧石鸻	Oedicnemus	3月底：夜间发出嘹亮的哨声。
13	欧斑鸠	Turtur	
14	林鹨	Alauda minima locustae voce	4月中旬：发出"咝咝"的叫声，很微弱，7月方止。
15	普通雨燕	Hirundo apus	约4月27日。
16	蒲苇莺	Passer arundinaceus minor	叫声甜美急促，调子百啭不绝，能发出多种鸟的叫声。
17	长脚秧鸡	Ortygometra	叫声响亮刺耳。
18	最大个的柳莺	Regulus non cristatus	叫声沙厉似蟋蟀振翅；4月末栖息在高高的山毛榉上。
19	夜鹰	Caprimulgus	5月初：夜间鸣叫，曲调奇特。
20	斑鹟	Stoparola	5月12日：不喜鸣叫，是来得最迟的一种夏候鸟。

[①] 现为家燕的学名。——译者注

[②] 现为橙尾鸲莺的学名（Setophaga ruticilla）。——译者注

长脚秧鸡
corn crake

依照林奈的划分体系，上述这些神奇有趣的鸟儿们可归成十类：除蚁䴕和杜鹃属 *picae*、欧石鸻和长脚秧鸡属 *grallae*（高脚类）之外，其他的都可归入 *passeres*（鸣禽类）。

这些鸟儿（用上表中的数字编号表示）依据林奈的体系划分如下：

1	蚁䴕属（*Jynx*）	13	鸽属（*Columba*）
2、6、7、9、10、11、16、18	鹡鸰属（*Motacilla*）	17	秧鸡属（*Rallus*）
3、4、5、15	燕属（*Hirundo*）	19	夜鹰（*Caprimulgus*）
8	杜鹃属（*Cuculus*）	14	云雀属（*Alauda*）[①]
12	鸻属（*Charadrius*）	20	鹟属（*Muscicapa*）

① 现为鹨属（Anthus）。——译者注

大部分软喙鸟都以昆虫为食，不吃谷物或种子。因此，到了夏末它们就走了。但是下面这些软喙鸟，尽管也吃昆虫，但终年都会待在我们身边。

雷的命名	一般出现的时间
知更鸟　　Rubecula	冬天，它们常常会飞到民宅里或外屋；以蜘蛛为食。
鹪鹩　　Passer troglodytes	
林岩鹨　　Curruca	常出没在水槽附近，寻找面包屑和其他垃圾。
白鹡鸰　　Motacilla alba	
西黄鹡鸰　　Motacilla flava	这三种鸟常出没在不结冰的泉源附近的浅溪里，吃石蛾的蛹，是最小的能步行的鸟。
灰鹡鸰　　Motacilla cinerea	
穗䳭　　Oenanthe	
草原石䳭　　Oenanthe secunda	它们中的一些鸟整个冬天都待在我们这里。
欧洲石䳭　　Oenanthe tertia	
戴菊　　Regulus cristatus	这是英国最小的鸟，它们常出没于高树的顶上，整个冬天都能见到。

下表列的是本地出现的冬候鸟，据其出现的先后顺序排列。

	雷的命名	一般出现的时间
1	环颈鸫　　Merula torquata	这些鸟是新出现在我们这儿的，近年来，我常在米迦勒节前后一周发现这种新候鸟。3月14日左右，它们会再次出现。

（续表）

2	白眉歌鸫	*Turdus iliacus*	出现于旧米迦勒节前后。
3	田鸫	*Turdus pilaris*	虽然白天栖息在枝头，但是夜间却宿于地上。
4	冠小嘴乌鸦	*Cornix cinerea*	最常见于开阔的丘陵地。
5	丘鹬	*Scolopax*	出现于旧米迦勒节前后。
6	扇尾沙锥	*Gallinago minor*	有些扇尾沙锥常年在我们这儿繁衍生息。
7	姬鹬	*Gallinago minima*	
8	欧鸽	*Oenas*	很少出现，最近才见到，数量不及往昔。
9	大天鹅	*Cygnus ferus*	见于一些宽阔的水域。
10	灰雁	*Anser ferus*	
11	绿头鸭	*Anas torquata minor*	
12	红头潜鸭	*Anas fera fusca*	
13	赤颈鸭	*Penelope*	出现在我们这儿的湖泊与河流中。
14	绿翅鸭：在沃尔默御猎场一带繁衍生息	*Querquedula*	
15	锡嘴雀	*Coccothraustes*	
16	交嘴雀	*Loxia*	这些鸟是偶尔才会出现的流浪鸟儿，不遵循任何候鸟的迁徙规则。
17	太平鸟	*Garrulus bohemicus*	

这些鸟儿（用上表中的数字编号表示）依据林奈的体系划分如下：

1、2、3	鸫属（*Turdus*）	9、10、11、12、13、14	鸭属（*Anas*）
4	鸦属（*Corvus*）	15、16	交嘴雀属（*Loxia*）
5、6、7	丘鹬属（*Scolopax*）	17	雀属（*Ampetis*）
8	鸽属（*Columba*）		

夜间鸣叫的鸟则很少，只有如下几种[①]：

欧歌鸲	*Luscinia*	"隐匿于浓荫灌木林里。" ——弥尔顿。
林百灵	*Alauda arborea*	常悬停在半空。
蒲苇莺	*Passer arundinaceus minor*	见于芦苇和柳树间。

① 显然怀特对"鸣鸟"的界定比我们今天的要更严格，不然的话，大杜鹃、凤头麦鸡等也应当算作鸣鸟。但不管他是如何界定的，云雀没有被包括在内还是颇让人费解的，毕竟夜里我们常常能听到它的叫声。——基尔顿注

我本该接着介绍一下那些仲夏过后仍啼叫不绝的鸟儿，但奈

欧歌鸲
thrush nightingale

林百灵
woodlark

何它们的数量实在太多，只怕这页信纸都写不下。况且，此时正是观察的好时节，鉴于某些鸟的叫声我眼下还咬不准，所以，我想再重新观察它们一次再写给您看。

  此致

敬礼！

第二封

塞耳彭，1769 年 11 月 2 日

阁下：

  大约六月底的时候，我曾就博物志的问题，给您写了封信。信中我给您列出了自己观察到的出现在本地的夏候鸟和冬候鸟。此外，除了那些在英格兰南部陪伴我们度过整个冬天的软喙鸟，我还提了一下那些在夜间鸣叫的鸟儿。

  按照这种顺序，接下来我应该介绍的是那些仲夏之后仍啼叫不绝的鸟儿（严格说来，它们才算得上是"鸣鸟"）。下面我就按照入春以来，它们开始鸣叫的时间先后顺序来罗列一下。

		雷的命名	一般出现的时间
1	林百灵	Alauda arborea	1月开始鸣叫，整个夏秋不绝。
2	欧歌鸫	Turdus simpliciter dictus	2月开始鸣叫，直到8月，入秋后会重展歌喉。
3	鹪鹩	Passer troglodytes	终年鸣叫，除霜寒天外。
4	知更鸟	Rubecula	同上。

（续表）

5	林岩鹨	*Curruca*	2月开始鸣叫，直到7月10日。
6	黄鹀	*Emberiza flava*	2月初开始鸣叫，贯穿整个7月，直到8月21日止。
7	云雀	*Alauda vulgaris*	2月开始鸣叫，直到10月。
8	家燕	*Hirundo domestica*	4月开始鸣叫，直到9月。
9	黑顶林莺	*Atricapilla*	4月初开始鸣叫，直到7月13日。

林岩鹨
dunnock

黄鹀
yellowhammer

红额金翅雀
European goldfinch

（续表）

10	林鹨	*Alauda pratorum*	4月中旬开始鸣叫，直到7月16日。
11	乌鸫	*Merula vulgaris*	有时2月开始鸣叫，有时3月，一直叫到7月23日；入秋后会重展歌喉。
12	灰白喉林莺	*Ficedulcae affinis*	4月开始鸣叫，直到7月23日。
13	红额金翅雀	*Carduelis*	4月开始鸣叫，直到9月16日。
14	欧金翅雀	*Chloris*	叫声会贯穿整个7月，直到8月2日止。
15	蒲苇莺	*Passer arundinaceus minor*	5月开始鸣叫，直到7月初。
16	赤胸朱顶雀	*Linaria vulgaris*①	繁殖、鸣叫至8月，10月鸟群再聚首和鸟群再次分离之前会重展歌喉。

① 现为欧洲柳穿鱼的学名。——译者注

不终年鸣叫，每至仲夏时节或仲夏之前便会沉寂无声的鸟类如下。

17	中等柳莺	Regulus non cristatus	4月开始鸣叫，直到6月中旬。
18	红尾鸲	Ruticilla	5月开始鸣叫，直到6月中旬。
19	苍头燕雀	Fringilla	最早在2月即开始鸣叫，直到6月初。
20	欧歌鸫	Luscinia	最早在4月即开始鸣叫，直到6月中旬。

鸣叫期很短，且在早春就开始鸣叫的鸟类有：

21	槲鸫	Turdus viscivorus	1770年1月2日至2月鸣叫。它们在汉普希尔郡和萨塞克斯郡也被叫作"风暴鸟"，因其叫声可预示风雨天气。它是我们这里体型最大的一种鸣鸟。
22	大山雀或叫牛眼鸟（ox-eye）	Fringillago	2月至4月鸣叫，9月会短暂地重展歌喉。

那些偶尔会鸣叫几声，但还不能算得上是"鸣鸟"的鸟类有：

23	戴菊	Regulus cristatus	体型和声音都很小。常见于高大的栎树和冷杉的顶端，是英国最小的鸟。
24	沼泽山雀	Parus palustris	长出没于大的林子，鸣叫声为两调相叠，十分刺耳。
25	小柳莺	Regulus non cristatus	3月开始鸣叫，到9月止。
26	最大的柳莺	Ditto	叫声沙厉似蟋蟀振翅，4月末开始鸣叫，到8月止。
27	林鹨	Alauda minima voce locustae	4月中旬至8月，整夜鸣叫。
28	白腹毛脚燕	Hirundo agrestis	5月至9月，整个繁殖季都在鸣叫。
29	红腹灰雀	Pyrrhula	
30	黍鹀	Emberiza alba	1月末开始鸣叫，到7月止。

欧柳莺
willow warbler

大山雀
great tit

所有鸣鸟,以及任何勉强可称为"鸣鸟"的鸟类,都属于林奈体系中所划分的雀类。这不仅适用于英国的鸟类,全世界的鸟类也都适用。

以上这些鸟儿(用上表中的数字编号表示)依据林奈的体系划分如下。

1、7、10、27	云雀属(*Alauda*)	8、28	燕属(*Hirundo*)
2、11、21	鸫属(*Turdus*)	13、16、19	燕雀(*Fringilla*)
3、4、5、9、12、15、17、18、20、23、25、26	鹡鸰属(*Motacilla*)	22、24	山雀属(*Parus*)
6、30	鹀属(*Emberiza*)	14、29	交嘴雀属(*Loxia*)

一边飞一边叫的鸟只有如下几种。

	雷的命名	一般出现的时间
云雀	Alauda vulgaris	起飞、悬停和降落时，均会鸣叫。
林鹨	Alauda pratorum	降落时会鸣叫，栖落在枝头、在地面行走时也会鸣叫。
林百灵	Alauda arborea	悬停时会鸣叫，炎热的夏季夜晚会整夜鸣叫。
乌鸫	Merula	有时在灌木丛间飞来飞去时会鸣叫。
灰白喉林莺	Ficedulae affinis	鸣叫时会振翅，姿态古怪。
家燕	Hirundo domestica	在温和晴朗的天气里会鸣叫。
鹪鹩	Passer troglodytes	有时在灌木丛间飞来飞去时会鸣叫。

本地区繁殖最早的鸟：

渡鸦	Corvus	2、3月孵化。
欧歌鸫	Turdus	3月。
乌鸫	Merula	3月。
秃鼻乌鸦	Cornix frugilega	3月初筑巢。
林百灵	Alauda arborea	4月孵化。
斑尾林鸽	Palumbus torquatus	4月初产卵。

依我之见，所有那些仲夏之后仍鸣叫不止的鸟儿，产卵次数都不止一次。我觉得大多数鸟类的性子是野性还是温和，与其体型的大小有关。我是说，

条裂山核桃
shellbark hickory

渡鸦
common raven

① 即大鸨（*Otis tarda*）。——译者注

在本岛，它们总是苦于人类的追捕和侵扰。而在阿森松岛和其他许多荒无人烟的地方，水手们常发现那些地方的鸟儿根本没怎么见过人，也不怕人，它们甚至会呆呆地站着不动，任人捕捉，鲣鸟等鸟就是如此。有例子可以证明这种说法，我注意到当人走近时，若是在三四码的范围外，戴菊（英国最小的鸟）是毫不在意的，完全不会飞走。而英国最大的鸨①则十分警觉，就算离它有数弗隆远，它也会飞走。

此致
敬礼！

大鸨
great bustard

第三封

塞耳彭，1770 年 1 月 15 日

阁下：

得知您喜欢我的鸟谱让我甚感满足。这份鸟谱唯一能算得上是优点的就是它的准确性了。数个月来，每次骑马或步行出门办事，我口袋里都会揣上一张有待观察的鸟类的列表，我每天都会记录这些鸟儿是还在鸣叫，还是已经停歇了。因此，我敢对这份记录的准确性打包票，纵使换作任何人，都不能记录得更准确了。

您在前两封信中提出了一些问题，十分恳切，下面我就将尽力为您解答。您之所以在伊斯特威克及其附近地区很少听到鸟叫，或许是因为这些地方没有林地，鸣鸟比较少。您可以再扫一眼我寄给您的上一封信，从中可以看到，许多鸣鸟一直到七月初之后都还会继续鸣叫。

林鹨和黄鹂繁殖期晚，后者尤甚，因此，就不难理解它们鸣叫的时间为什么这么长了。只要有鸟儿孵卵，就一定伴有鸣叫声，我已将这一点视为鸟类学的法则之一了。除霜冻时节，知更鸟和鹪鹩终年都会鸣叫，尤其是鹪鹩。就连那些最不善观察的人，也十分清楚这一点。

为您活捉一只黑顶林莺、蒲苇莺或"莎草鸟"，我恐怕是力所不能及的。黑顶林莺是夏候鸟，这点毋庸置疑。而蒲苇莺，据我观察，应该也是夏候鸟。因而若要笼养，必须得精细小心地照料，这点我难以胜任。它们都是非常出色的歌手，黑顶林莺的叫声十分狂野而甜美，总能使我想到《皆大欢喜》里的诗句：

① 选自朱生豪译本《皆大欢喜》。
——译者注

翻将欢乐心声，

学唱枝头鸟鸣。

——莎士比亚①

蒲苇莺曲声多变，令人称奇，能模仿多种鸟的叫声。只不过它的叫声有些急促，算是美中不足。饶是如此，它也不失为一种精通多种鸟语的鸣鸟。

我才知道养在笼子里的林鹨会在夜间鸣叫，或许，也只有笼中鸟才会如此吧。我曾经见过一只被驯养的知更鸟，只要屋中点起蜡烛出现亮光，它便会鸣叫不止。若它们身在野外，恐怕就没有人再认为它们夜间还会鸣叫了。

尽管每天都有很多小鸟破壳而出，但七月的鸟仍旧比之前几个月的少。关于这一点，我十分怀疑是否属实。我很确信，燕子一族的情况肯定就与这种说法大相径庭。随着夏日将近，燕子的数量与

知更鸟
European robin

西黄鹡鸰
western yellow wagtail

日俱增，队伍十分庞大。有一年七月，我在彻韦尔岸边见过数百只小鹡鸰，密密麻麻地几乎铺满了整片草地。其他种类的鸟，若是真如您所说的那样，七月比之前几个月少，那或许是因为雌鸟在忙着孵卵，而雏鸟又掩藏在树叶间不可见吧？

出于好奇，我曾多次剖开丘鹬和沙锥的胃，想看看它们到底靠吃什么为生，但都毫无收获。胃里只有一团夹杂着许多透明小石子的黏液而已。

此致

敬礼！

第四封

塞耳彭，1770 年 1 月 15 日

阁下：

您说"大杜鹃不是一见到鸟巢就随意投卵，而是很可能会先找一个同属的鸟做保姆，再把自己的孩子托付给它"，这种说法我确实是第一次听说。吃惊之余，我也自然而然地开始思考真相是否真是如此，以及导致这种现象的原因。我仔细回想了一下并四下询问了一番，发现在我们这里，确实除了在鹡鸰、林岩鹨、林鹨、灰白喉林莺和知更鸟这些食虫软喙鸟的鸟巢里，不曾在别的地方见到过大杜鹃。了不起的威洛比先生曾提到过以橡子和谷粒之类硬食为生的斑尾林鸽和苍头燕雀的巢穴。但他叙述的口吻，并不像是自己亲眼观察所得。只是他后来说了一下，他曾亲眼见过一只鹡鸰喂养一只大杜鹃。软喙鸟和硬喙鸟似乎不太可能会吃同样的食物为生。因为前者胃膜薄，适合吃软食，而以谷物为食的后者却拥有强韧的肌胃，它们的胃会像研磨机一样，在碎石和沙砾的辅助下，磨碎吞下的食物。大杜鹃会随意投卵这件事真是骇人听闻，完全打破了

"母爱"这一自然首要法则。要不是有记载说,巴西和秘鲁确有这样的鸟,我们完全想不到竟有此事。不过进一步说来,虽然这种鸟全都被剥夺了抚育自己后代的伦常爱心,使得它们无法因此而发展壮大,也无法激发出狡诈灵巧的天性,但它们可能会被赋予更强大的辨识能力,可分辨出什么样的鸟是与之同属的,适合照顾其抛下的卵,抚育其幼鸟,给它们做保姆,并只把卵托付给它们,产在它们巢中。这一切都令人惊奇,也不失为一个新的例子,证明上帝造物的方式十分多样百变,不拘于任何固定的法则,一次又一次地震撼我们的心。

古代一位备受尊敬的作家在讨论鸵鸟时,曾说它天生缺少天伦之乐。他说的这些话,或许也适用于我们正在谈论的这种鸟:

"它忍心待雏,似乎不是自己的;
因为神使它没有智慧、也未将悟性赐给它。"①

我有一个疑问:每只雌大杜鹃,是一季只产一枚卵呢?还是产数枚,随机产在不同的巢里?②

此致

敬礼!

① 《圣经》约伯记,39:16。

② 我们的朋友埃德加·钱斯先生在他的《大杜鹃的秘密》中说,大杜鹃一季产"六到十二枚卵"。但我们观察到一只大杜鹃,在当时特定的环境下,一季产了二十一枚卵,可谓是历史新高。——基尔顿注

第五封

塞耳彭,1770 年 4 月 12 日

阁下:

去年仲夏至后,我还听见了很多种鸟在鸣叫,这足以证明夏至并没有带来森林音乐会的终曲。毫无疑问,黄鹂丝毫不为夏至所动,

还继续鸣叫着,持续时间比其他鸟儿都长。不仅如此,连林百灵、鹪鹩、知更鸟、家燕、灰白喉林莺、红额金翅雀和赤胸朱顶雀,也都能证明我所言非虚。

假使规律的夏季迁徙不会被这严酷的天气打断,那么黑顶林莺两三天后就会来到这里。我非常希望自己能为您捉到一只这种鸣鸟,但我实在不是什么捕鸟高手,又不擅长把鸟儿们笼养,所以我担心就算捉到一只,也会因我不善喂养而死去。

您养在笼中的芦鹨,是《不列颠动物志》第 320 页上提到的那种厚喙鸟还是雷书里说的那种"小芦鹨"?也就是彭南特先生近著第 16 页上提到的"莎草鸟"呢?

至于长喙鸟为何在霜落未寒的季节会长胖,这我倒是敢推断其中的缘由。在我看来,它们这会儿变胖,是因为天气微寒,排汗减少的缘故。乌鸫之类的

鹪鹩
Eurasian wren

鸟也是如此。农夫们说,在那些日子里,猪很容易长膘;养兔场的管理员也说,兔子在微霜天里膘最肥。但若是酷寒还持续很长时间,那情况很快就会改变。寒气固然可以抑制排汗,但再冷一些,食物短缺便会耗掉刚长出来的膘。而且,我还注意到,有些人冬天也会比夏天更容易长胖。

当鸟儿们受到严霜的侵袭之后,最先败下来丧命的就是白眉歌鸫、田鸫,接着便是欧歌鸫。①

林岩鹨之类的鸟儿居然会乖乖给大杜鹃孵卵,而且居然对那些个头大得极不相称的假冒伪劣卵毫不惊讶,您对此感到惊奇是非常

① 我们对此观察了很多次,以验证这个顺序的正确性。白眉歌鸫最先受不了严寒,几个严霜夜过后,我们在四十英亩的土地上发现了七只冻死的白眉歌鸫。——基尔顿注

白眉歌鸫
redwing

正常的。但我觉得这些愚钝的生物根本分辨不出大小、颜色或数量的不同。因为据我所知,那些常见的雌鸟,若是到了急于孵卵的时候,纵使满巢的卵被拿走,也会坐到一块不成形的石头上继续孵。要是雌火鸡碰上这样的情况会更极端,它会继续坐在空巢里抱窝,直到饿死。①

① 我们发现当野生鸟儿的卵被抢走后,它们还会在空巢里待上一段时间继续抱窝。——基尔顿注

我觉得要想知道一季中大杜鹃到底是产一枚卵、两枚卵还是多枚卵,最简单的办法就是在它们产卵的时节剖开一只雌大杜鹃的肚子。如果卵巢里有不止一枚卵,而且每枚卵的个头又足够大,那么毫无疑问,来年春天它一定会产不止一枚卵。

我一定尽力抓一只雌鸟来验证一下。

您推测说,鸣鸟之所以会沉寂,是因为生理构造受到了某种阻碍。只要能将其去除,那歌声便能再次响起。您的这种说法真可谓是既新鲜又大胆。希望您能早日找到有力的证据证实这一猜想。

很高兴您喜欢我送您的欧夜鹰标本。但我发现,您以前就很熟悉这种鸟了。

您建议我写一份关于本地的博物志,等到我们见面时,我很愿意跟您聊聊此事。我只怕您因偏爱我对我寄予了厚望,而我却因为能力有限辜负了您的期盼。因为在无人帮助的情况下,仅凭一个人的观察和记录来开创一个地区的博物志绝非易事。尽管大自然十分广阔,不乏可供观察之物,但若要仔细考察,则要耗费很长的时间,进展会十分缓慢(做研究的人必当竭尽全力以辨真伪)。一个人就算耗上几年的时间观察,所获之物也是极其有限的。

我不期有幸读到了您写的《关于当今意大利气温差异的调查》等文中的一些片段,甚感满足。您引用的那些段落以前我读到的时候都会产生异议,但看了您的解释之后便茅塞顿开、豁然开朗了。维吉尔是个十分有见地的人,但他在为意大利地区写教诲

诗时,却从没提到过河水结冰一事,可见这般严酷的天气,绝非常见的现象。

又及:家燕在霜雪天里现身了。

第六封

塞耳彭,1770 年 5 月 21 日

阁下:

若不是上个月的严酷天气打断了正常的夏季迁徙节奏,有些鸟儿早就该出现了,而其他一些鸟儿如灰白喉林莺、黑顶林莺、红尾鸲和斑鹟等也明显比以往消瘦了。我清楚地记得,1739 年到 1740 年的那个春天天气十分严酷,导致那年出现的夏候鸟的数量非常少。它们平时来这里时可能借的都是东南风,或吹于这两地之间的风。可 1740 年颇不顺遂,整个春夏两季的风,都是从反方向吹来的。然而纵使有如此之多的不利因素,我上封信中提到的那两只家燕,仍冒着霜雪天气,于今年 4 月 11 日便早早地赶来了。只是没过多久,它们就离开了。

我发现有些人似乎不太满意斯科波利的新作品,这让我闷闷不乐。①

他是位优秀的博物学者,将来十分可期。为偏远的南部地区卡尔尼奥拉写鸟类博物志,我们应该觉得新奇有趣才对。我很想读一下那部著作,希望能有人给我送一本来。斯科波利博士是名医生,专门给当地那些在水银矿工作的苦命人看病。

您说您养了一只芦鹀,给它喂种子吃,这让我不禁有些诧异。

① 他称该著作为《博物志》。

因为之前我跟您提到的那种"芦鹀"（即雷所说的"小芦鹀"）是一种软喙鸟①，而且很有可能入冬前就迁走了。而您养的那只（即雷所说的 *Passer torquatus*②）却是一种终年停留在一个地方的硬喙鸟。我想知道这后一种是不是叫得频繁的鸣鸟。关于这一点，我想了解得更详细一些。前一种叫声多变而急促，整夜都不止。我怀疑前一种鸟的某些叫声，有时会被错当成是后者的。我们这儿有多种软喙鸟，但彭南特先生在《不列颠动物志》中却把它们都漏掉了，后经我提醒，才把它们增补进了新版的《不列颠动物志》第16页。③

① 即蒲苇莺。——基尔顿注

② 即芦鹀。——译者注

③ 见致彭南特先生的第二十五封信。

芦鹀
common reed bunting

斑鹟
spotted flycatcher

不同的鸟有不同的行走和飞行方式，对此我还颇有一些心得体会。但鉴于我还没有深思熟虑过，恐有不周全之处，再加之篇幅略长，这短短一笺纸也放不下，所以，我就不在这里多加阐述了。①

毫无疑问，初生羽毛的鸟之所以雌雄难辨，原因正如您所说的："因为要到转年的春天，它们才会开始交配和繁衍后代。"对于很多鸟儿来说，羽毛颜色是用以区分雌雄的最主要的外在特征，但这种色彩差异是要在发育出繁殖器官之后才会显现出来的。四足动物也是如此，幼年时期，它们的性别差异很小，而一旦成年，雄性就会长出角、鬃毛、胡须和粗壮的脖子等，与雌性形成鲜明的对比。我们还可以用人类来举例说明，譬如胡须和强健的体魄通常是男性的特征，但这些性别区分特征并不会显现于少年时期。因而俊俏的少年郎跟漂亮的姑娘没什么不同，很难区分：

> 如果把他放到姑娘堆里，
> 陌生人无论多有眼力，
> 都辨不出他的雌雄，
> 被他的头发和脸骗住。

——贺拉斯《颂歌集》

① 见致巴林顿先生的第四十三封信。

第七封

刘易斯河附近的灵默镇，1770年10月8日

阁下：

听闻库坎恩将送您一些牙买加的鸟，我很高兴。若能有幸一睹这些来自遥远炎热小岛上的燕科鸟，那一定会是一件十分愉快的事。

我已经拿到了斯科波利的《博物志》，并心满意足地读完了。尽管书中不可避免地存在某些争议之处，甚至还存在一些错误，但讲的是卡尔尼奥拉那种遥远之地的鸟类志，还是十分有趣的。比起那些贪多嚼不烂的人，这种只专注研究一个地区的才更能积累到博物知识。所以说，每一个王国，每一个省份，都应该有专门记载本地方物志的作者。

他在书中只字未提雷的《鸟类学》，或许是因为他太过贫穷或者他所在的国家太过偏远，因而还没有机会接触到我们这位伟大的博物学家所撰写的著作吧。我知道，您会怀疑这部《博物志》是否真的是斯科波利的手笔。不过，我却觉得书中颇有一些痕迹可以证明此书是他所著。此书的写作风格与他的《昆虫学》非常一致，他写物种的类和属时，表述新奇传神，手法非常老道。而且，他还大胆地对林奈的一些分类做了改动，看起来理由充足颇有道理。

您在斯坦斯看到了许多雨燕，却没看到一只家燕，这或许只是个巧合。因为以我长期观察这些鸟儿的经验来说，从未发现这两种鸟竞争或敌对过。

雷说，鸡形目下的鸟，譬如公鸡、母鸡、山鹑和环颈雉等可称为"*pulveratrices*"，即用沙土来清洗羽毛以甩掉身上寄生虫的鸣鸟。据我观察，许多用沙土清洁羽毛的鸟，从不下水清洗自己。我曾经以为，水浴的鸟是从不会用沙土净身的，但现在我发现我错了。因为，虽然家麻雀是擅长用沙土净身的高手——人们常见其在尘土飞扬的路上摸爬滚打，但它们同样也擅长水浴。云雀会用沙土净身吗？①

请问：穆罕默德及其信徒们的净身之法，是不是学自鸟儿们的沙浴呢？因为一些可信的旅行者告诉我：有的严格持戒的穆斯林如果在无水的沙漠中穿行时，每到固定时间，就得脱掉衣裳，用沙子或尘土小心翼翼、一丝不苟地擦拭全身。

① 云雀喜欢用沙土净身，但我们从来没见到过。——基尔顿注

有一个乡下人跟我说，他曾在一个结在地面上的小鸟巢里发现了一只欧夜鹰，而且还有只小鸟在喂养它。我便前去观察这一奇特的现象，结果发现那只是一只孵化在鹨巢里的小大杜鹃而已。它正在逐渐长大，那巢已容纳不下它了，它看起来就像：

……小小的鸟巢
已容不下它张开的翅膀……

这鸟儿十分凶狠和好斗，我在离巢数英尺远的地方逗它，它也会像只斗鸡一样猛力扑腾着翅膀扑向我的手指。它那傻傻的养母正叼着肉，在不远处盘旋着，满心关切的模样。

七月的时候，我看见了几只大杜鹃掠过一片大池塘，观察了一阵子后，我发现它们是在捕食栖落在草丛上或是飞翔中的蜻蜓。不过不管林奈怎么说，我都不会相信它们是食肉鸟的。①

这里有些在塞耳彭不太常见到的鸟儿，首先就是红交嘴雀，今年夏天，在这家的松林里就出现了成群的红交嘴雀。据说，纽黑文附近的刘易斯河河口处常有河乌出没。据我所知，科尼什的红嘴山鸦会沿着萨塞克斯海岸的白垩峭壁筑巢。

在从萨塞克斯境内的奇切斯特到刘易斯河沿途的有草开阔高地上，不时就能看见三三两两聚在一起的环颈鸫（这是我新发现的一种候鸟），这让我无比欣喜。不管它们来自何处，但若说它们驻扎在海岸上，就是为了等严寒天到来好渡过海峡，恐怕并不足为信。转年四月它们还会再次造访我的家乡，不过那时似乎只是为了在返程途中停留整顿一下。严冬腊月是断然见不到它们的。它们还出奇地温顺，就算遇见持枪的人类，似乎也浑然不觉危险在靠近。在布赖特埃姆斯通附近，宽阔有草的开阔高地上，还能

① 尽管大杜鹃在把自己的卵放到别人的巢里"寄养"时会从里边拿出一枚卵来，但没有证据表明它们会把那枚卵吃掉。它们以昆虫为食，但也有人观察到它们还会吃水果。——基尔顿注

红交嘴雀
red crossbill

草原石䳭
whinchat

河乌
white-throated dipper

见到大鸨。当然,您对萨塞克斯有草开阔高地自是十分熟悉的。刘易斯附近的景色和马道真是迷人!

我在海岸附近骑马时,一直仔细地观察着小路和树林,暗自希望能在这个时节发现几只聚向海边,准备出发远行的短翼夏候鸟。但奇怪的是,我竟从未找到红尾鸲、灰白喉林莺、黑顶林莺、叽喳柳莺或斑鹟等鸟,哪怕一只都没有。

因为我每年这个时节都会来访此地,所以记得前些年也是这样的情形。在这个季节里,海岸最常出现的鸟有欧洲石䳭、草原石䳭、黍鹀、赤胸朱顶雀,还有几只穗䳭和林鹨等。不过,因贪恋这里温和无风又干燥的天气,大量家燕和白腹毛脚燕都还停留在此,不舍离去。

我造访的这家人有个用墙围起来的小院子,里面有只已经养了三十年的陆龟。约十一月中旬的时候，这只龟便会退遁到地下，来年四月中旬左右才会再出来。春天它刚露头时，食欲总是不怎么好，但到了仲夏时节，它就会变得非常能吃。然后，随着夏日消逝，它的食欲也会慢慢减退，到了秋天的最后六周，便几乎滴水不进了。它最喜欢吃能分泌乳白色汁液的植物，比如莴苣、蒲公英和苦苣菜等。邻村也有人养了一只，据说已经百岁高龄了，想不到这可怜的爬行动物竟也能如此高寿！

欧洲石䳭
European stonechat

赤胸朱顶雀
common linnet

第八封

塞耳彭，1770 年 12 月 20 日

阁下：

那些我以为是黄雀（*aberdavine*）的鸟其实是芦鹀。

毫无疑问，许多候鸟只在本国境内迁徙，它们的迁徙规律还需要进一步研究。譬如那些冬季出现在这里的大批苍头燕雀，它们几乎全都是雌鸟，鲜少有雄鸟。就算是雌雄比例相当，都很难断言它们来自同一个地区。更何况现在还只有雌鸟，那更不可能是从一个地方飞来的了。因此我们可以推测说：苍头燕雀一定是出于某种目的，才会有如此独特的迁徙习惯——雌雄单独迁徙。如此一来，苍头燕雀冬季不交配，也就不足为奇了。因为很多动物——尤其是雄鹿

黄雀
Eurasian siskin

苍头燕雀
common chaffinch

和雌鹿，除了因繁衍生息之故而必须进行交配外，其他时候都是分开生活的，雌的一群，雄的一群。关于苍头燕雀的这一习性，可以参阅《瑞典动物志》第85页和《自然体系》第318页。每年冬季，我都能看见很多苍头燕雀，但只见雌鸟，不见雄鸟。

英国的鸣鸟或飞鸟之所以会定期迁徙，您的解释很说得通。因为野兽们都是逐食物而生的，唯一能跟食物一较高下的因素就是爱欲了。不过，您说"它们大吃一顿之后，便会五六成群地四下散去，就在一个区域内找食，丝毫无意去翻找新的土地"，这种说法我是不太赞同的。如果您想说从小麦播完种的时节到大麦和燕麦发芽之前，鸣鸟们便不会再聚在一起的话，那恐怕我们这里的情况可能截然不同。因为，我们这儿就算是寒冬时节，云雀和苍头燕雀，尤其赤胸朱顶雀聚集的数量，也丝毫不亚于农夫耕耙正忙之时。

丘鹬和田鸫春天离开我们，无疑是为了横渡大海，飞到更适宜繁殖的地方去。丘鹬在出发前就会完成交配，随后雌鸟便怀卵而去。过去我还狩猎的时候，便常常能见识到。不可否认，我们还时不时会听说该岛某处有丘鹬的巢或小丘鹬。但人们都是以惊异的口吻谈及此事，觉得实在反常。① 但我却从没听说过有哪位猎人或是博物学者，在本岛的某处找到过白眉歌鸫和田鸫的巢或雏鸟。而且更让我觉得此事颇为奇特的是从一切迹象来看，夏天和冬天一样，都有同样的食物可供它们的同属鸟——乌鸫和欧歌鸫、槲鸫维持生计，所以它们若是选择在这里度过整个夏天，那也断不会缺了食物。② 可见，食物并非决定某些鸟类去留的唯一因素。田鸫和白眉歌鸫离去的早晚取决于温暖天气来得是早还是晚。因为我清楚地记得，1739年到1740年那个可怕的寒冬过后，刺骨的东北风还继续呼呼地刮着，连到了四五月都没有歇一歇。于是，

① 尽管在很大程度上丘鹬算得上是候鸟，但它们的巢还是很常见的。不列颠群岛上凡是适合其繁衍的地方都经常能见到它们的身影。——基尔顿注

② 据说在这里不时可以找到田鸫和白眉歌鸫的巢，但是值得注意的是，在过去的二三十年里，一大群鸟类学者在仔细搜查后仍没能为此找到可靠的证据。——基尔顿注

① 在春天来得较晚的年份里我们也观察到了这一现象，并注意到有田鸫在欧洲赤松林里躲避艳阳天的灼热日光。——基尔顿注

这些鸟（只有为数不多几只还留在这儿）就没有像往常那般离开，而是逗留到了六月初。①

关于上述这些鸟儿究竟在哪里筑巢这一点，恐怕还是那些专门撰写某地博物志的动物研究者们的说法最具权威性。林奈在《瑞典动物志》里便说过，田鸫"在最高的树上筑巢"，而同一地方的白眉歌鸫则"在半高不矮的灌木或树篱中筑巢，每次产六枚青绿色卵的，卵上还有黑斑"。因此，我们可以确定田鸫和白眉歌鸫都是在瑞典繁殖的。斯科波利在《博物志》中说丘鸫"在春分之际，怀卵抵达我们这里"，即抵达他的家乡蒂罗尔。随后他又补充道："它在亚平宁山中潮湿的森林里筑巢，每次产三至五枚卵。"但克雷默却不认为丘鸫是在奥地利繁殖的，他是这么说的："这是一种夏季在北方大量繁殖的夏候鸟，一近冬天便迁往更南的地区。它们会在

田鸫
fieldfare

十月月圆的时候，结队穿过奥地利。若可能的话，来年三月中旬月圆的时候，它们就会在交配后重返北方。"这段引文有所删节，全文请参见《反驳论证》第 351 页。虽然鲜少能找到有关丘鹬繁殖地的记录和证据，但这一段引文似乎也足以证明丘鹬是候鸟了。

又及：眼下是个多雨时节，拉特兰郡最近三个礼拜的降雨量已达 7.5 英寸，成为该地三十年来三周最大降雨量。该郡年均降雨量为 20.5 英寸。

第九封

安多弗附近的法伊菲尔德，1771 年 2 月 12 日

阁下：

我知道您不大赞同迁徙一说，而且从本国各地找到的证据似乎都在证实您的怀疑，至少有很多燕子冬天就不会离开我们。它们会像昆虫和蝙蝠一样蛰伏起来，靠冬眠挨过严酷的天气，待到春回大地阳光普照才苏醒过来。

但我认为，我们不应该就此彻底否认迁徙，因为某些地方的鸟类确实是会迁徙的。我那住在安达卢西亚的兄弟详细地给我描述了他那里的情况。春秋两季数周的时间里，他都能看到鸟类迁徙，并对此细细观察过。在那段时间里，会有无数燕子由南向北或由北向南飞越斯特雷特海峡，方向由季节而定。在这一大群迁徙的候鸟里，不仅有燕子，还有蜂虎、戴胜和金黄鹂等，以及我们这里的许多种软喙夏候鸟。

此外，还有那些从不离开本国的鸟儿，譬如各类鹰和鸢等。两百年前，老贝隆便记载了一个奇妙的景象，他看见了一大群鹰和鸢在春天浩浩荡荡地飞跃色雷斯人的博斯普鲁斯海峡，从亚洲飞向欧洲。除了上面提到的鸟，他说还有一整群的雕和秃鹫，它们的加入壮大了整支迁徙队伍。

金黄鹂
Eurasian golden oriole

那就难怪那些居住在非洲的鸟儿,会在炎热的天气到来之前,退到温度更温和的地方去了,食肉鸟尤是如此。因为食用热乎的动物肉会让它们的血液变得更为燥热,变得更加无法忍受闷热的天气。但我还是想不明白,为什么鸢和鹰这样的耐寒鸟——向来不怕英格兰的严寒天,连瑞典和整个北欧的凛冽都不放在眼里——会从南欧迁徙,而且还对安达卢西亚的冬天感到不满意呢?①

依我之见,我们不应该因为大海浩瀚和存在逆风等,便过分强调鸟类迁徙中一定困难和危险重重。因为,只要我们细想一下就会发现,一只鸟从英格兰向赤道迁徙的时候,可以先后从多弗和直布罗陀渡海,这样就不用一直在无边无际的海面上飞行。我之所以非常自信地这么说,并且觉得这个道理显而易见,是因为我兄弟常发现他那里的鸟儿们,尤其是燕子,在横跨地中海时是很不愿吃苦的,

① 这些鸟无疑是在追随那些它们捕食的小猎物们,就像鹰会在秋天迁徙的时候追随白眉歌鸫、田鸫、云雀等鸟儿来到英格兰一样。——基尔顿注

它们很会取巧：因为抵达直布罗陀后，它们并不

> ……排成楔形的队列
> ……出发
> 它们的大部队高高掠过大海
> 展开双翼飞越陆地，
> 轻快地前行……
>
> ——弥尔顿

而是先速速派出一些六七只鸟一组的小分队去侦察地形。它们会贴着陆地和海面飞行，尽力寻找最短的通道，好经由那里飞到对面的大陆去。它们通常会斜着飞过西南方的海湾，由此抵达对面的丹吉尔。似乎这便是最短的捷径了。

在前面的信里，我们已经讨论过了丘鹬是否可能在月明之夜，从斯堪的纳维亚半岛出发飞过北海。为了证明速度比较慢的鸟也是能飞过大海的，下面我将举个很重要的例子来说明一下。尽管这件事是很多年前发生的，但绝对千真万确。1708年到1709年的那个寒冬，有一群人在特罗顿区的萨塞克斯郡狩猎，当时他们捕到了一只戴着银项圈的鸭子①，项圈上印着丹麦国王的纹章。②那会儿特罗顿的牧师常把这则轶事讲给我的一个近亲听。要是我没记错的话，那项圈现在还在那位牧师手里。

现在我没什么熟人住在海边，故而找不到人代劳观察一下丘鹬究竟是在哪个月明之夜开始出现的。要是我住在海边就好了，肯定用不了多久，就能更细致地给您讲讲丘鹬的情况了。以前我还狩猎的时候观察到一件事：丘鹬有时会十分怠惰和困倦，常常被猎狗或枪声吓得先是一骨碌飞起来，随后又一头栽下去。这种怠惰表现得

① 我还听过一则类似的传闻，是关于天鹅的。

② 应该是鸬鹚，用以捕鱼的。——基尔顿注

① 丘鹬秋天在暴风雨中迁徙后有时会非常疲惫，故而会停落在船只的甲板上休憩，有时甚至会因为筋疲力尽掉进海里身亡。——基尔顿注

太过奇怪，恐是长途跋涉旅途劳顿之故，不过我也说不准。①

欧歌鸫不仅从来飞不到诺森伯兰和苏格兰，还飞不到——我常听人说——德文希尔郡和康沃尔郡。欧歌鸫之所以不去后面这两个郡，可不是因为那里不够暖和，而是因为这些鸟是穿过最短的通道从大陆飞来的，就是说它们不会再费力飞到西部去，但是把原因归到西部距离远这一缺点上来，这纯粹是主观臆断，并不合理。

云雀是否会用沙土净身？希望您能告诉我您的观察结果。我觉得它们是会沙浴的，若我说对了的话，还请您告诉我它们是否也会水浴。

我去年十月那封信里提到的那只为大杜鹃抚育后代的笨鸟，就是雷所称的草地鹨。

您来信嘱咐我趁环颈鸫秋天造访我们这里时，为顿斯特尔先生捉上一只，只可惜您的信到得太迟了。不过明年四月，等到环颈鸫再回到此地时，我一定争取为他捉一只。很高兴您和那位绅士都看到了我的安达卢西亚鸟，我希望它们没让您失望。冠小嘴乌鸦，也是种冬候鸟，它们大约与丘鹬同时出现。和田鸫和白眉歌鸫一样，它们也没有什么非迁徙不可的理由。它们冬天吃的食物跟同属的鸟类都差不多，因此种种迹象表明，它们夏天可能也是如此。特南小时候是不是弄错了？是不是他找到的并不是田鸫的巢，而是槲鸫的？

雷命名为 *oenas* 的欧鸽，是我们这儿最晚出现的一种冬候鸟。要到十一月底才能看见它们的身影。大约二十年前，塞耳彭还有很多这种鸟，早晚都能看到它们排成的一字长队，足足能有一英里，甚至更长。但由于山毛榉林遭到了大肆砍伐，欧鸽的数量也随之锐减。雷命名为 *palumbus* 的斑尾林鸽，一整年都会待在我们这里，光一个夏天就能产数次卵。

去年十月在收到您的来信前不久,我刚在日记中写道:今秋的树木绿得反常。这一反常的绿意一直延续到了十一月,这可能是因为去年春天来得较晚,且夏天既凉爽又潮湿。不过,更有可能是因为金龟子多。在很多地方,它们把整片树林的叶子都啃光了,导致这些树在仲夏时节再次发芽,新叶子到了岁末才凋落。

我正在一位通晓音律的朋友家里做客,他把一支调音管调到转调音高上,来测试他家附近所有猫头鹰的叫声,结果发现它们都是降 B 调的。来年春天,他会用这个方法再测测欧歌鸫的叫声。

此致
敬礼!

草地鹨
meadow pipit

第十封

塞耳彭，1771 年 8 月 1 日

阁下：

从下文来看，猫头鹰和大杜鹃的调子都是不断变化的。一个朋友说，他那里许多（大部分）猫头鹰的叫声都是降 B 调的，但有一只的叫声却几乎只比 A 调低了半个音。他是用一支普通的半克朗调音管试的音，跟琴师用来调大键琴的调音管相同，就是一种普通的伦敦调音管。

我的一个邻居据说耳朵很灵。他说我们村猫头鹰的叫声有三种不同的调：降 G 调（也是升 F 调）、降 B 调和降 A 调。他听到过两只猫头鹰对叫，一只用的是降 A 调，另一只用的是降 B 调。所以我的问题是，这些不同的调子，是因为不同类型的鸟儿叫声不同，还是只是单纯的个体差异？这个人又测试了大杜鹃（我们这里只有一种大杜鹃）的叫声，发现它们的叫声也是有个体差异的。因为在塞耳彭林地附近，他发现大部分大杜鹃的叫声都是 D 调的。他还听到了两只大杜鹃齐鸣，一个用的是 D 调，另一个用的是升 D 调，听来并不和谐。后来，他还听到过一只叫声是升 D 调的大杜鹃，而在沃尔默御猎场附近则听到一些是 C 调的。至于欧歌鸫，他说它们叫声短，调子又变得太快，无法确定到底是什么调。若是把它关在笼子里或是房间里，或许可能更容易分辨一些。这人还设法去确认了雨燕和其他几种小鸟的调子，但这些都还不足以确定一个标准。

我常说，最先受不住我们这儿严寒天气的鸟儿里就有白眉歌鸫。因而，它们会从斯堪的纳维亚半岛退到我们这里来越冬也就不足为奇了。高脚类的很多鸟则更不耐寒，冬天还没到，它们便结队离开北欧。瑞典人埃克马克在他那篇精彩的小论文——《论鸟的迁徙》中说："高脚类的鸟仿佛是计划好了一样，结队而飞，全都不见了。夏天它们之所以不在南方生活，是因为南方的土地干

大杜鹃
common cuckoo

燥少虫。它们冬天不在北方生活，可能也是出于同样的原因。"我想，既然您正在研究迁徙，那应该读一读他这篇收录在《问学之乐》第四卷第 565 页上的文章。

也许鸟的迁徙会因环境不同而发生改变，譬如在某个地区会迁徙的鸟儿，到了另一个地区就不迁徙了。不过，高脚类的鸟（它们从沼泽或湿地里取食）一到冬天，是必须得离开欧洲北部的，不然它们会被饿死。

很高兴您向林奈询问了关于丘鹬的事。想必他一定能对他那一区系动物的迁徙和习性做出合理的解释。

正如您所说的，动物区系研究者们对动物的研究通常都很细致，是断然无法忍受干巴巴的描述和几个同义词的。原因显而易见，这样的事坐在家里的书房就能完成，但调查动物的生活和习性的确是一件要麻烦得多的事，而且面对的困难也更多。若不是常住在乡下、好动又好奇的人，是无法获取这些知识的。

在我看来，国外的分类法，种与种之间的差异做得太模糊。其中大多数都只有一两个具体特征，其余的描述都只是泛泛而谈。但我们英国人——了不起的雷先生，却是唯一一个精确描述了每一个术语或词语的人。尽管他的追随者和模仿者们有一些新发现，并受益于当代的信息和知识，但仍无法望其项背。

因为多年不狩猎，我已经记不清丘鹬是何时怠惰困倦，何时警觉机灵的了。不过我跟一位朋友说了这件事，他说以他的观察，在风雪天到来前它们最无精打采。如果真是如此，那它们倦怠不愿飞，只是因为食物吃多了罢了。正如人们看到羊在风暴到来前的潮湿夜晚里贪于吃草一样，都是同样的原因。①

此致
敬礼！

---

① 在暴风雨天里，那些在高处野外草场吃草的牛通常会跑到下坡处，而当天气好转之后则会到上坡处吃草。——基尔顿注

第十一封

塞耳彭，1772年2月8日

阁下：

冬天骑马看见各种各样的浩大鸟群时，我总是会忍不住钦慕这些鸟儿们，希望自己能够解释这一独见于冬季的奇特现象。刺激这些飞禽迁徙的两大动因，一是爱欲，二是食欲。前者使它们生生不息，种族延续；后者则让它们存活下来。不过，这两个原因，究竟哪个是促使它们聚集起来的主要原因还有待研究。说到爱欲，一年中当然会有些时日它们是心平气和，不动此念的。但是一旦到了发情的季节，那嫉妒的情绪就会在雄鸟中蔓延开来，几乎让它们受不了待在同一片树篱上或是田野里。要我说，鸟儿们在那段时间里之所以大声鸣叫，精神也很振奋，应该都是为了要竞争和献媚。所以我觉得春天鸟儿们会分散开来，多半就是因为相互之间嫉妒又争风吃醋。

至于食物的问题，因为迫于本能的驱使，鸟儿们会去找寻必要的口粮，所以在食物匮乏的季节里，这些鸟儿就更不该聚在一起找食了。然而，事实却是，大多数时候鸟儿们是在天气恶劣的时候才聚集在一起的，而且天气越恶劣，聚在一起的鸟儿就越多。促使它们这么做的动机无疑是利己和自卫，难道它们不是因为天气严酷和无依无助才这么做的吗？就像人类一样，遇到重大灾难，就会莫名其妙地聚到一起。或许聚在一起会驱走些寒冷，且在面对食肉鸟和其他危险时，群体也能使单只鸟儿显得更安全。

如果说同类的鸟喜欢聚在一起就足以让我赞叹的话，那不同类的鸟聚在一起，就更让我惊叹了。如果说秃鼻乌鸦群后面常跟着一群寒鸦还算不得奇特的话，那么总有一群紫翅椋鸟环绕在秃鼻乌鸦周围像卫星一般，就很奇怪了。① 难道是因为秃鼻乌鸦的嗅觉比它的跟班们更灵敏，可以带着它们找到更多食物的原因吗？解剖学家们说，秃鼻乌鸦从两眼间到鸟喙上部有两条发达的神经，因此，和其他圆喙鸟比起来，它们喙的感觉更加灵敏，能感知到不在视线内的食物。因此它们的随从也许就是为了自己的利益，才跟在它们后面的吧。就像灵缇犬唯其发现者马首是瞻一样，据说狮子也是随豺狼的猎吠而动的。凤头麦鸡和紫翅椋鸟有时也会结伴而行。②

> ① 在1895年一二月极端恶劣的天气里，秃鼻乌鸦会捕食它们那些饿得半死的"卫星"，而且在那之后，我们经常看到它们试图捕食紫翅椋鸟。——基尔顿注
> ② 欧金鸻也常常和凤头麦鸡和椋鸟结伴而行。——基尔顿注

紫翅椋鸟
common starling

第十二封

1772 年 3 月 9 日

阁下：

去年 11 月 4 日，我和一位绅士在刘易斯河口附近纽黑文的海岸上漫步，求索博物知识。突然有三只家燕从我们身侧快速掠过，让我们大吃一惊。那天早上吹的是西北风，天气很冷。不过在此之前，天气就已经转暖了，而且已经有一段时间了，中午还是很暖和的。因为这件事，以及那些我反复听说过的事，我开始越来越相信，很多燕子冬天是不会离开这座岛的。它们会像昆虫和蝙蝠一样躲进洞和岩穴里，等到天气回暖再出来，然后，再躲回它们的洞穴里。如果我家住在纽黑文、锡福德、布赖特埃姆斯通或是在萨塞克斯海岸白垩悬崖附近的任何一个小镇上，经过仔细观察，我会毫不怀疑地说，在冬日的午后，只要温暖宜人又阳光和煦，我就能看见外出活动的燕子。晚春时节在我们这儿观察到的一些事又更加坚定了我的这一看法。尽管有些燕子会像往常一样，在老时间——4 月 13 日或 14 日左右出现，但如果遇到冷空气，碰上寒冷的东北风汹涌而至，它们便会立刻退回去，躲上几天，直到天气好转了，它们才会再次翩然而至。①

① 在早春和晚秋的一些反常温和天气里，我们曾见过这些鸟短暂地出现。但天气一旦变坏，它们马上就会消失得无影无踪，这是最先说明它们会冬眠的力证。当它们成群结队来到英国以后，一碰上极度严寒的天气，就会找个藏身之所蛰伏起来。这一点更是大大证实了它们会冬眠的理论。在过去的几个春天里，天气十分寒冷，斯塔福郡的家燕和白腹毛脚燕会进到人们的家里，窝在铺盖下边取暖，人们发现的时候，觉察到它们已经冻得不太飞得起来了。1881 年 6 月 16 日在布拉格，成百上千的家燕被冻死。几年前，两位狩猎者在德黑兰附近猎鸭的时候，遇到山崩，山体下滑了十英尺左右，退到了一个垂直的河岸旁。崩落的土堆后有一些像老鼠挖的地道，它们互相平行，绵延一段距离后与河岸交汇。在每条地道里，他们都发现了很多首尾相接躺在一起休眠的家燕。这些燕子身体都很温热，且尚有呼吸，但毫无意识。不过也有一个致命的证据表明它们并不会冬眠，那就是雏燕春天飞来的时候会换上新衣，有些人对此深信不疑。——基尔顿注

第十三封

1772 年 4 月 12 日

阁下：

去年秋天我在萨塞克斯郡做客时，住在刘易斯河附近的一个村子里，并且很高兴地在那里给您写了一封信。11 月 1 日，我发现我之前提到过的那只老陆龟已经开始挖土了，在一大簇獐耳细辛旁筑它越冬的巢。它先是用前足刨土，然后再用后足把土甩到背后去，但它四肢的动作实在是慢得出奇，比时钟的时针都快不了多少。不愧是一种连交配时都很镇静的动物，据说它交配一次，要用上足足一个月的时间。它的勤劳，怕也是没有任何动物能比得上了。它没日没夜地挖土，硬是把自己那巨大的身躯挤进那个小洞里。但如果那个季节的午后格外暖和，阳光又很明媚的话，它就会停工，被正午的温暖引诱出来。尽管我在那儿一直待到了 11 月 13 日，但还是没能看到它挖完越冬巢。天气寒冷的时候和霜冻的早晨会促使它加快进度。它的诸多习性中，最让我感到惊讶的是它对雨水的畏惧。即使它的壳已经硬到有满载货物的大车从它身上碾过也会让它安然无恙，但它仍然十分害怕雨水，它就像一位盛装打扮的女士，雨点刚一落下来，就赶忙躲到角落里。如果留心观察它的行为举止，那它可真是个非常准确的晴雨表。

如果早晨它走起路来脚步轻快，简直就要蹦起来了，吃起东西来也很狼吞虎咽，那入夜之前一定会下雨。它是一种典型的昼出动物，天一黑就不敢出来了。这只龟跟其他爬行动物一样，胃和肺都能伸缩，就算一年多半时间不呼吸不进食，也能活下来。它春天刚刚苏醒的时候和秋天隐退之前，都滴水不进，不过到了盛夏时节它就会狼吞虎咽，不管遇见什么吃的都能胡吃海塞全吞掉。它很聪敏，能认出喂养自己的人，这点让我十分吃惊。只要那位养了它三十多年的善良老太太一出现,它就会立刻蹒跚而又笨拙地朝她爬去,但是对陌生人,却始终都不理不睬。看来不只是"牛认识主人,驴认识主人的槽"[①],连这最卑微的爬行动物、这迟缓的生灵,也懂得感恩之情,能认出那喂养自己的手!

此致
敬礼!

① 《以赛亚书》,第一章,第三节。

又及:在我离开萨塞克斯郡约三天后,那只陆龟躲进了獐耳细辛下的地里。

第十四封

塞耳彭,1773年3月26日

阁下:

关于动物之间的天伦之爱,我越想越觉得惊诧。这种感情的强烈程度,实在不如它的短暂让人费解。每一只母鸡都有成为院中悍妇的时候,其泼辣程度与小鸡崽的无助程度成正比。为了保护自己的鸡崽,它敢硬头扑向一条狗或一头猪。不过要不了几个礼拜,它又会残酷无情地赶走自己的孩子。

这愚钝的生灵,感情因这天伦之爱而变得更加激昂,动作也因此变得更加灵巧,头脑也因之变得更加聪慧。因此,母鸡只要当上妈妈,便不再是以往那个温和的小动物了,而是会支棱着羽毛,扑腾着翅膀,不停地"咕咕"叫,会像着了魔似的跑来跑去。只要能让自己的孩子免于灾祸,这些母鸡们敢迎头直面最危险的境地,毫不顾及自己的安危。因此,山鹑会主动在猎人面前蹦来跳去,吸引

① 此时我们可以举例来证明最小的鸟儿的勇气：林柳莺和知更鸟曾为了保护自己无助的雏鸟异常猛烈地攻击过我们。——基尔顿注

② 我们常看到在环颈鸫巢附近逡巡的红隼被巢穴的主人赶走，甚至有一次还看到一只红隼被一只家燕赶着跑。——基尔顿注

猎狗的注意，以保护自己弱小无助的幼崽。到了筑巢时节，就算是最柔弱的鸟儿也会向最凶猛的食肉鸟发起进攻。①村子里所有的燕子，只要一看到鹰，就会振翅驱逐它，直到它不堪惊扰，离开村子为止。一个擅于观察的人常说，有一对渡鸦在直布罗陀的岩石间筑巢，只要一看见有秃鹫或是雕在它们巢穴附近落脚，就会怒不可遏地把它从自己的山头赶走。到了繁衍的季节，即使是蓝矶鸫也会从岩缝里猛冲出来，赶走红隼或雀鹰。②母鸟是绝不会因爱子心切而疏忽大意的，如果您站在有雏鸟的鸟巢旁，它们宁可叼着肉在远处等上一个小时，也不会轻易靠近暴露鸟巢的位置。

蓝矶鸫
blue rock thrush

为了进一步证实上面的说法，我还得再提一下之前可能已经说过的一些轶事。重复之处，还望您见谅。

《不列颠动物志》中提到的斑鹟（即雷所谓的 stoparola）每年都会在我家墙上的葡萄藤上筑巢。有一年，这对小鸟不慎把巢筑到了一根光秃秃的树枝上。筑巢的时候，那里可能比较阴凉，但它们丝毫没有意识到日后的不便。雏鸟的羽翼还远没有长丰满，那炎热的夏天就要来了。阳光经过墙面反射，鸟巢被炙烤得酷热难当，毫无疑问，那脆弱的雏鸟一定会被这暑气伤到。于是，天伦之爱促使这对父母想出了一个权宜之计。一到天气炎热的时候，这对父母就会展开翅膀，在鸟巢上方盘桓，为自己的孩子遮挡阳光，而自己则又晒又累地大口喘着气。①

鸟类的这种精明劲儿，我在柳莺身上也见到过。那只柳莺在我的田垄上筑了巢。它在巢中抱窝的时候，被我和我的一位朋友看见了。我们十分小心，想尽量不惊扰到它，但它还是看到了我们，眼神里带着几分警惕。几天后，当我们再次从那里经过时，很想看看那窝鸟孵得怎么样了，但却怎么也找不到那个鸟巢了。直到我无意中提起了一大捆长长的绿苔，才发现鸟巢原来就在下面。那绿苔看上去堆得十分随意，实则是刻意为之，为的就是挡住不速之客的眼睛。

我还有一个更能体现出动物智慧和本能的例子。有一天，我的人正拉开温床的挡板要添加新肥料，突然有个东西从这一侧蹿了出来，速度之迅猛，让人觉得是个怪物魅影。费了好大的劲才抓住它，原来是只白腹大田鼠②，身上还挂了三四只幼崽。这几只小田鼠的嘴和爪子紧紧地抓着妈妈的奶头。雌鼠动作又快又放浪形骸，这些又瞎又秃的小幼崽居然没有掉下来，真是让人惊叹！

① 我们看到过很多种鸟儿在这种情况下这么做。它们还会展开双翼来挡雨。——基尔顿注

② 即小林姬鼠（*Apodemus sylvaticus*）。——译者注

那些勤于观察自然的人都会发现，与这些温情的事例相比，每天都能发现盛怒的例子。因为主人待它们太随便，或常常把这些愚钝的生物挪来挪去，有些母亲竟会背弃天伦之爱，残忍地吃掉自己的幼崽。猪以及有些性情稍温和些的狗和猫，会犯下这种可怕而又荒谬的罪行。所以后来再不时听到有被遗弃的母亲杀死了自己的孩子的事，我都不怎么感到惊讶了。伦常颠倒恶念丛生，任何暴行都有可能发生。只是，为何这些生灵的母爱如此浓烈，但有时它们却会做出如此反常的暴行呢？我才疏学浅，这个问题看来只能等头脑更通透的哲学家们来解答了。

此致

敬礼！

第十五封

塞耳彭，1773 年 7 月 8 日

阁下：

最近有一些年轻人来沃尔默御猎场边上的一个水塘边打刚学飞的小禽，即小绿头鸭。他们抓到的战利品中还有一些活着的半大水禽，它们个头虽小，但羽毛却已经很丰满了。仔细观察了一番之后，我发现这些是绿翅鸭。直到那时，我才知道，原来绿翅鸭也是会在英国南部繁衍的。这一个新发现让我很兴奋，它一定能让我在博物志上大书一笔。

据我的记忆，有一对仓鸮常来这座教堂的屋檐下孵卵。整整一个夏天都是它们的繁殖季。在此期间，我仔细观察了这对鸟的生活习性。因此，下面的这些观察还是有几分参考价值的。日落前大约一小时（因为那会儿田鼠才开始外出活动），它俩便出发去寻找猎物。田鼠似乎是它们唯一的口粮。因此为了抓

仓鸮
barn owl

田鼠，它们能找遍草地的树篱和小围场。这里的地势并不平坦，有高有低，只要站在高处，我们就能看见它们如猎狗一样，冲进原野里到处扑腾，还不时猛扎进草地和田地里。我曾经用表给它们计过时，我发现，前后加起来一个小时的时间里，每隔五分钟，它们中便有一只会返巢一次。每当此时，我便会想，在事关自己和后代的安危时，这些动物竟能这般敏捷。但猫头鹰的敏捷更体现在它们返巢时的灵巧上，我觉得这一点是不能不提的。因为它们都是用爪子捉猎物的，所以捉到猎物以后就得用爪子把它们提回家，但回家攀到屋檐下也是必须用爪子的。于是，它们总会先停在高坛的顶上，用嘴叼上田鼠，腾出爪子，好抓住墙上的板子，然后上到屋檐下。

仓鸮似乎不会（不过这一对我还拿不太准）像普通猫头鹰那样叫[①]，我觉得似乎只有生活在林中的猫头鹰才会发出那种吵闹的怪

① 毫无疑问，仓鸮有时也会叫。
——基尔顿注

灰林鸮
tawny owl

叫。这对仓鸮其实也叫，它们会发出巨大的"嘶嘶"声，就像打鼾一样，十分骇人，非常适合用来恐吓人。我知道有一次，就是因为它们发出了这种叫声，让整个村子的人都拿起武器，以为教堂闹鬼了。仓鸮飞行的时候也常常会发出吓人的叫声，让普通人想到鸣角鸮（人们假想的一种动物），并迷信地以为这种鸟会停在将死之人的窗前。据我观察，每种猫头鹰的翅膀都是既十分柔软又很坚韧的。或许正是因为如此，它们的翅膀才不会受到太强的风阻，才能悄无声息地掠过夜空，捉住敏捷而警醒的猎物。

既然谈起猫头鹰，不妨再说一件轶事。这件事是威尔茨的一位绅士告诉我的。他说他们那儿有一棵巨大的空心截头桦树，几百年来都是猫头鹰的府邸。掘树的时候，他发现树底有一大堆东西，乍眼一看还看不出来是什么。一番检查之后才发现，原来是一堆老鼠的骨头（也许是鸟类和蝙蝠的骨头）。多年来，这里的数代居民把不能消化的东西一团团吐出来，都堆在了这里。猫头鹰的这一习性和鹰一样，会吐出吞下肚的骨头、毛皮和羽毛。他跟我说，他估摸这堆东西能有数蒲式耳之多。

灰林鸮鸣叫的时候，喉咙会胀得像一枚鸡蛋那么大。我知道有一只这种猫头鹰，整整一年没有喝过水。或许所有的食肉鸟都这样吧。猫头鹰飞行时腿会向后伸展，好平衡一下那颗大脑袋的重量。因为大多数夜间活动的鸟儿眼睛和耳朵都很大，所以必须要有颗大脑袋才能安得下。我猜，大眼睛是为了捕捉每一道光线，而大且凹陷的耳朵则是为了捕捉每一丝细微的声响。

此致
敬礼！

有件事应预先说明，下面的第十六封、第十八封、第二十封和第二十一封信已经在《哲学学报》上发表过了。不过，我后来又进行了一些更细致的观察，并据此对原信做了一些更正和补充。此番再度出版，希望读者们不会觉得不快。

因为若是缺了这几页，本书就不完整了。而且，这几封信第一次出版时，很多读者都没机会读到。所以，对他们来讲，这部分内容还是第一次见。

燕子算得上是最温和、最无害、最有趣、最合群，且最有用的一类鸟了。它们从不糟蹋我们园子里的果子。只除了一种燕子以外，其他的都喜欢住到人类的房子里。它们春来秋往，歌声甜美，身姿又很灵巧，给我们带来了很多欢乐。它们还会吃排水口处那些烦人的蚊子和其他扰人的昆虫。南太平洋瓜亚基尔①附近的一些地区荒无人烟，那里似乎满是毒蚊子，导致人们根本无法在海岸上生活。有个问题十分值得探究：那里难道就没有什么燕子吗？人们只要想想我们这里夏日傍晚夕阳中的那一群群蚊虫，就会明白，若是没有这些友好的燕群介入，我们的天空中究竟会挤满多少蚊虫。

① 参见乌略亚的《游记》一书。

每种鸟身上都会有虱子，只不过鸟不同，虱子也不同罢了。不过，似乎只有燕子会被双翅昆虫所扰。每一种燕子身上都会有这种昆虫。相对燕子的身型来说，它们的个头还挺大，带来的苦恼和伤害也一定不小。这种昆虫的学名叫燕虱蝇（*Hippoboscae hirundinis*②），长着窄窄的锥形翅，每个燕巢里都有很多这种蝇。它们会借着燕子抱窝时的体温孵化出来，然后在其羽毛下爬来爬去。

② 现学名为 *Crataerina hirundinis*。——译者注

③ 学名为 *Hippobosca equina*。——译者注

它们有个同类，叫马虱蝇③，英国南部养马的人应该很熟悉它们，不过也有人叫它们横行虻，因为它们像螃蟹一样横着走。它们在马尾巴下和腹股沟附近爬来爬去，那些刚到北方来的马总会因瘙痒难耐而变得几近疯狂，而我们这里的马则对这些昆虫毫不在意。

爱观察的雷奥米尔曾找到这种昆虫的卵，或者叫蛹，这种卵个

头很大，跟它们自身的体型差不多，并且会在自己的怀中孵化它们。只要肯花工夫去检查任何一种燕子的老巢，一定能找到这种昆虫那又黑又亮的蛹壳。至于其他细节，鉴于这里篇幅有限，我便不赘述其他细节了。有兴趣的读者，请参阅那位令人钦佩的昆虫学家所著的《昆虫志》，详见第四卷，第十一图。

第十六封

塞耳彭，1773 年 11 月 23 日

阁下：

依您的吩咐，我这就坐下来写一写白腹毛脚燕，也可叫它们圣马丁鸟。我关于这家常小鸟的讲述若是能获得您的认可，那定会激励我继续探究英格兰其他的燕科鸟，譬如家燕、雨燕和崖沙燕。

4 月 16 日左右，几只白腹毛脚燕便开始露头了，家燕也就比它们早不了几天。燕科鸟刚出现的那一段时间里，通常都不会急着筑巢，而是四处嬉闹打闹，若它们是候鸟的话，那这么做便是为了消解一路迁徙的疲劳，若不是的话，便可能是为了活络血脉，舒展一下因寒冬而麻痹的筋骨和肌肉。到了大约五月中旬，若是天气好，白腹毛脚燕便会赶忙开始认真地思考为家人修建宅邸一事。巢的外壳似乎取材于手边的泥土或壤土，再往里边调上一些碎稻草，好让这种建材变得更加坚固和牢靠。因为这种鸟常把巢结在垂直墙面上，下面没有什么支撑物，所以它一定要尽一切努力把第一层巢基打牢靠。只有这样，才能安全地筑好上面的部分。在这种时刻，它不仅得用爪子紧紧抓牢，还得斜着身子，使劲儿用尾巴抵住墙面，好像一个支点一样撑住身子。这样它就能安安稳稳地工作了，把各种材料都糊到砖块或石头上。不过，刚抹上的底基还柔软未干，容易因为自身的重量而脱落，好在这位有远见的建筑师十分谨慎且富有耐心，

并不急着赶工。一天中，它们只在早上筑巢，剩下的时间要么分配给觅食，要么就去嬉戏玩耍，它们会留下足够的时间，让鸟巢变干变硬。一天只新添筑半英寸就足够了。因此，细心的工匠砌泥墙（最初或许就是受了这种小鸟的启发），也是一次只刷不厚不薄的一层，然后就歇工，以免最外一层太厚重，承不了自身的重量而剥落。就这样，大约过了十到十二天，一个小口朝上的半圆形鸟巢就筑好了，看上去既结实紧凑又很温暖，完全能胜任一个鸟巢的职责。但巢刚一完工，家麻雀就会来赶走主人，强行霸占鸟巢，并按照自己的习性把巢填好，不过这也不是什么稀奇事了。

费了这么大劲儿建好的鸟巢，当然也不会白费功夫，造化向来如此，白腹毛脚燕将会连续几年都在这个能遮风挡雨的巢里繁衍后代，免受天气的侵害。这巢的外壳很粗糙，表面全是疙瘩。据我观察，里边也一点都不光滑细腻，里边铺着小根的稻草、草和羽毛，柔软而温暖，适合孵卵；有时里面还配有用羊毛和苔藓编就而成的床。它们就是在这样的巢里交配、产子的，这些活动经常在筑巢期间就会开始，雌燕会在此期间产下三至五枚白色的卵。

起初小燕子刚出壳的时候，身上赤裸且十分无助，事事都靠父母，它们的粪便也都由无微不至的父母运到巢外。如果它们不这样爱清洁的话，鸟巢很快就会被雏鸟的排泄物腐蚀，而雏鸟也会在这又深又空的巢里被活活沤死。四足动物也很爱干净，都是为了以防万一。尤其是猫和狗，幼崽身上若有粪便，母亲会将其舔掉。①不过，鸟类的办法很特别，巢里的粪便都裹在一层坚韧的胶状物里，因此很好运走，也不会弄脏巢。不过，爱清洁是它们自然的本性，所以要不了多久，小燕子便会自己把尾巴伸出巢外排泄了。小燕子们一长成，就很快在巢里待不住了，整日将头探出巢外打望。而雌燕则会从早

---

① 许多鸟，譬如檞鸫、欧歌鸫、环颈鸫、林柳莺、蒲苇莺等，都会把它吞下去。我们曾躲在各种掩护里多次近距离——相距不到几英尺——观察到这一现象。——基尔顿注

欧歌鸫
song thrush

到晚在外捕食，找到食物就用爪子攀在巢边喂给它们。一段时间后，它们的父母就会边飞行边给它们喂食了。不过，这套动作完成得非常快，又很娴熟，让人不易察觉，若是不目不转睛地盯着它们看，断然是观察不到的。一旦这些小燕子可以自己飞行了，雌燕的心思马上就会放在生第二窝小燕子上。第一批能飞行的小燕子都会被父母拒之门外。于是，它们只能自己聚在一起，浩浩荡荡地结伴而行。那些在有阳光的早晨和夜晚，聚集盘桓在尖塔、教堂顶和房子顶上的鸟儿便是它们了。第一批小燕子通常是在八月的第一个星期开始聚集到一起的，因此我们可以推断：到这时，第一批的集体飞翔便基本结束了。这种燕子的幼鸟并不会一起出巢，而是大一点的先出去。看到屋檐那儿有好几只燕子在扑腾，人们会以为一窝小燕子会有好几只老燕子照看着。它们在选择筑巢地点的时候往往很随意，它们会在很多建筑物上开工，但都没建完就放弃了。不过，只要在某个遮阳的地方盖好巢，它们就会连着用上好几年。那些用旧巢的燕子会比筑新巢的燕子早繁殖个十天或两个星期。这些勤劳的能工巧匠们，凌晨四

林柳莺
wood warbler

点便开始了一天漫长的工作。它们把材料糊到墙上以后,就会飞快地晃动脑袋,用下巴把它抹平。若是在大热天,它们飞行中便会不时蘸一下水,或是洗洗身子,不过不如家燕勤。据观察,白腹毛脚燕的巢往往朝东北或西北,这样是为了避免巢因太阳暴晒而崩裂。不过,也是有些例外的。在一家旅馆闷热的庭院里,曾经有很多白腹毛脚燕在那里繁殖了多年。而且,它们的巢还都修在一堵坐北朝南的墙上。

一般来说,鸟类在选择筑巢地方面还是很聪明的。但在本村,每年夏天都能看到一个强有力的反例。在一个四下没有遮蔽物,还没有屋檐的房子外。每年都会有一些白腹毛脚燕在那窗户的角上筑巢。但因为这些窗户角落(都面朝东南方和西南方)都太浅,所以每逢暴雨,巢便会被冲走。但一个夏天接一个夏天,这些鸟仍然执着地在老地方费力地筑着巢,既不换方向,也不换房子。看到它们的鸟巢被冲走一半,忙着衔泥"修补残破的家"的样子,真是我见犹怜。

本能真是一种非常神奇而又不平衡的能力，有时胜过理性，有时又远不及理性。白腹毛脚燕喜欢到城镇里去，尤其是靠近大湖和河流的城镇。即使像伦敦那样空气浑浊的地方，它们也喜欢。我不仅见过它们在伯勒筑巢，还见过它们在斯特兰德街和舰队街上筑巢。但在那儿落户的燕子，羽毛都有些脏，显然是由于环境所致，沾染了灰尘。白腹毛脚燕是四种燕科鸟中最不灵敏的一种。它们的翅膀和尾巴都很短，所以没法儿做出家燕那种急转弯和快速翻飞的动作。因而它们只能平缓地在半空中飞行，鲜少能攀上高空，也从不会展翅一路掠过地面或水面。它们不会为了食物而远行，倒是更喜欢待在有遮蔽物的地方，或飞过湖边，或钻进树枝悬垂的树林里，或飞进空谷中，在大风天里尤是如此。在所有的燕科鸟中，它们的繁殖时间最晚。1772年，都到10月21日了，燕巢里还有没离巢的小鸟。一直到米迦勒节前，都还能看到羽翼未丰的雏鸟。

随着夏日渐消，第二窝小燕子也开始出巢，不断加入群飞的队伍，燕子数目与日俱增。到后来，大群大群的燕子都绕着泰晤士河沿岸的村庄飞来飞去。它们会在河中的小岛上栖息，当它们成群结队飞到岛上的时候，那景象更是遮天蔽日，天空都为之昏暗。约到十月初的时候，它们中的大多数便会结群离开这里。但在最近几年，11月3日至6日之间，我们这儿都还能见到大群白腹毛脚燕。虽然人们都觉得它们两个多礼拜前就该走了的，但11月那会儿它们却还会在这里待上个一两天。因此，它们是最晚离开我们的一种鸟。它们如果不是短命鸟，也不是不回出生地的话，那就一定是在某处因何故遭了大劫。因为这些鸟儿每年返回这里的数量都对不上离开时候的。

白腹毛脚燕跟它们的同属鸟不同，从腿到脚趾上都覆盖着一层柔软的绒毛。它们不是鸣鸟，只会在巢里很小声地鸣叫。在繁殖季节，它们常常会受到跳蚤的迫害。

此致
敬礼！

第十七封

刘易斯河附近的灵默镇，1773 年 12 月 9 日

阁下：

正当我准备出发前往此地时，收到了您的来信。得知您认可了我的小文章，我十分欣慰。我信中所述都源自我多年的观察，我相信大体上还是准确的。当然，我不能说它万无一失、毫无错误，也不能说其他更擅于观察的人不能再补充一二，毕竟对这个主题的探究是永远也无法穷尽的。

假如您觉得我的信还值得贵协会的注意，那么您尽可以拿给他们，悉听尊便。我也希望他们能考虑一下。因为毕竟我写这些，也只是想更细致地研究一下博物志，以及动物的生活与习性。兴许，以后我还会转而去研究家燕，继而研究英国其他的燕科鸟。

尽管我往来萨塞克斯的山冈迄今已经有三十多年了，但我每年考察这片雄伟壮丽的山脉的时候，都能感受到全新的震撼。每年穿越这里的时候，我都能发现新的景色。这片人称"南冈"的区域西起奇切斯特东至伊斯特布恩，长约六十英里，确切地说，它仅绕过刘易斯河这片地区。在其间穿行，入目皆是壮丽的景色，一边是荒野和林地，一边是开阔的丘陵地和大海。雷先生以前还常常拜访山脚下的一户人家[①]，刘易斯河附近的普兰顿平原的景色让他心醉神迷，他还欣喜若狂地在《上帝在造物中的智慧》一书中提到了这些景色，还认为它们不亚于欧洲的任何胜景。

而就我本人而言，比起那些嶙峋、破碎、陡峭而不规整的山石，我更喜欢姿态优美的白垩山，觉得它们有种不可言状的甜美和迷人。

[①] 丹尼的考特索普先生。

我的这种看法或许太怪了，把这一观点说与您听，可能有点不太应该。但每当我想起这些山脉，我总会禁不住觉得那些缓慢隆起的山丘、平滑如真菌的山脉、沟壑纵横的山脊以及齐整的山谷和山坡，都有一种类似植物膨胀、扩大的气息……或者是曾经在某个时期，这些石灰质因受潮发酵，被某种塑造之力抬起、鼓胀。因而它那宽阔的背脊才会隆起，直入云霄，把荒野上那些不那么有活力的黏土甩在身后吧。

基于对我家周围那些小山的测量，我推测这些小山平均高出荒野大约五百英尺。

说起绵羊，有一件事非常不同寻常。阿杜尔河以西的羊都是有角的，脸又白又光滑，腿也是白的，很少会看到没有角的。但一跨过这条河向东行进，登上贝丁山，所有的绵羊就都没了角，或者说成了人们所谓的"秃羊"。而且，它们的脸也变成了黑色，只有额前留着一撮白毛，腿也变成了斑点的。可以把这种现象看成是拉班的羊在河这边吃草，他女婿雅各布那些身上有斑点的羊在另一边吃草。从布兰贝尔山谷和贝丁山往东走，或顺着南冈往西走，所有在山冈两侧放牧的羊，都存在这种差异。如果你跟牧羊人说这件事，那他们一定会说，很久以前就这样了。你要是再问他们，若把这两种羊的位置换一下可不可以的话，他们就会笑你傻。然而，我有一位住在奇切斯特郡附近的朋友，是个聪明人，执意要做做这个实验。今年秋天，冒着被嘲笑的危险，他在自己西边长角的母羊群中，放了一群黑脸的无角公羊。这些黑脸无角羊的腿最短，毛也最好。

因为我此前基本从未在这么晚的季节来此地，所以我决定，要尽可能地在南部海岸附近仔细观察短翅的夏候鸟。我们费了很多心思观察燕子的撤退，但却没有细细观察过为何冬天见不到这种鸟。因为与前者相比，后者的消失更加不可思议，也更难解释。不过这话也就我俩私下说说，不足对外人道。只要燕科鸟愿意，它们肯定是有能力迁徙的。不过，燕子倒是常常冬眠。红尾鸲、欧歌鸫、灰白喉林莺和黑顶林莺等都非常不擅长长途飞行，但就我所知，它们向来也不冬眠。那些好奇又眼尖的人虽然每天都能看见其他小鸟在我们这儿过冬，但上述那些鸟，数量如此之多，却能年复一年地躲过他们的视线。尽管我费力观察，却没看见一只夏候鸟。更奇怪的是，穗鹏这种鸟，本来秋天有很多的，多到可以让牧羊人抓了贴补家用，且据我所知，整个冬季，英格兰南部的很多地方也能见到很多穗鹏，但此时此刻，在这个地方，我却一只都没找到。牧羊人中最聪明的那个告诉我，三月的时候，冈上出现过几只穗鹏，随后它们可能就退到养兔场和石矿场繁衍后代去了。冈上有一块休耕地，犁地的时候还时不时能翻出一窝小鸟来，但这种情况也不常见。到了麦收时节，就能看见大量的穗鹏了。人们会大批大批地捕捉它们，并把它们送到布赖特埃姆斯通和滕布里奇去卖。名流雅士的餐桌上常常能看到它们的影子。穗鹏会在米迦勒节前后离开，直到转年三月才再次现身。尽管这种鸟一到季节，便会大批地出现在刘易斯河周围的南冈，但与伊斯特布恩——即这些山冈的最东边——那儿相比，它们的数量还不算多。有一件事非常值得我们注意，尽管在穗鹏大量出现的季节，人们会捕捉上几百只穗鹏，但它们从不结群。一次碰见三四只穗鹏聚在一起，就实属罕见了。所以一定是有鸟儿不停地离开，又有新鸟儿不停地飞来。不过似乎从来没人越过霍顿桥将穗鹏带到阿伦河以西的地方。

当然我也没有忘记仔细观察一下我新近感兴趣的候鸟——环颈鸫，我想知道到了这个季节，它们是否还会继续待在山冈上。我之前曾说过，十月份，在奇切斯特到刘易斯河这一带，只要有灌木和树丛，就能看到这种鸟。但这会儿，我却一只也没看到。我只看到了一些云雀、草原石䳭、一些秃鼻乌鸦，以及几只鸢和鹭。

大约到了仲夏时节，就会有一群交嘴雀到这户人家附近的松林里，但从不会待很长时间。

我上一封信里提到的那只老陆龟现在还在花园里挖洞。它在11月20日左右钻进了地下，30日又出来待了一天。此时，它正躺在一堵朝南的墙根下，陷在松软湿润的土里，整个身子都裹在泥浆里！

这户人家的房子附近有一个很大的秃鼻乌鸦巢。当天气温和的时候，它们一天中的大半时间就都待在树上的巢里。看来，取食对它们来说不是件难事。到了冬天，这些秃鼻乌鸦便只会顺道来一下巢里，到了晚上就会离开，去树林深处歇息。黎明时分，它们又常常会飞回树上的巢里，但总会有一群寒鸦早它们几分钟先飞过，仿佛为它们开路，预兆着它们的到来。

　　此致
敬礼！

赤鸢
red kite

第十八封

塞耳彭，1774 年 1 月 29 日

阁下：

　　毫无疑问，家燕是英国所有燕科鸟中来得最早的。据我多年观察，它们会在 4 月 13 日左右出现，不时会有一只失群的孤燕来得更早。我孩提时代发生的一件事尤其值得一提。在一个晴朗温暖的忏悔星期二，我看到一只家燕飞了一整天。这种事常发生在二月初，至晚不会超过三月中旬。

　　值得一提的是，这些鸟儿最早见于湖边和磨坊的水池边。很特别的一点是，如果这些早到的鸟儿恰好赶上了霜雪天——譬如 1770 年和 1771 那两个料峭的春天——便会马上撤退，躲一段时间。这种行为只能称为"躲藏"，不能叫"迁徙"。因为比起折返去更温暖的地方待上一两周，它们更有可能只是躲到近旁的越冬巢去了。

　　虽然家燕又叫"烟囱燕"，但它们是绝不会在烟囱里筑巢的，而是常常在谷仓和外屋的橡木上筑巢。从维吉尔时代起，它们便是如此了：

> ……喊喊喳喳的燕子，
> 　　将巢挂到橡木上。

　　瑞典的家燕在谷仓里筑巢，因而又被称为"谷仓燕"。此外，在欧洲较暖和的地区，房屋通常都是没有烟囱的，除非是英国人造的。在这些地方，家燕就把巢筑在门廊、大门口、走廊或是开放的大厅里。

　　不论是在哪儿，都会有鸟儿喜欢上稀奇古怪的地方。据我们所知，就有一只家燕在一口老井的轴木上筑了巢。这口井早前是用来取土作肥的。①但总的来说,我们这儿的这种燕子,还是会在烟囱里繁衍的,并且还喜欢出没在不熄灭的火堆旁,毋庸置疑,这定是为了取暖。不过,它们不会直接待在火堆上的烟囱里,而是会待在与厨房的烟囱连在一起的烟囱里,并且毫不在意从那里不停涌出的滚滚浓烟。我常会看见这种情景,每次看到都会觉得很惊异。

大约五月中旬的时候,这种小鸟便会从烟囱口下个五六英尺深,开始筑自己的巢。它们的巢跟白腹毛脚燕的巢构造相似,都有一个由泥土构成的外壳,里面混上短稻草,以便让外壳更结实和耐用。②不过,这两种巢还是有一点区别的,白腹毛脚燕的巢基本呈半圆形,但家燕的巢顶部却是敞口的,像半只深盘子。家燕的巢内则铺着优质的草和它们在空中飞行时捡到的羽毛。

这种灵巧的鸟儿,整日都在非常狭窄的通道里上下翻飞,从不失手,这技艺真可谓神乎其神。当它们飞到烟囱口附近时,翅膀振动会挤压密封的空气,会发出雷鸣般的隆隆声。雌燕之所以忍着不便在烟囱深处筑巢,很有可能是为了保护自己的孩子不受猛禽的侵害,尤其是猫头鹰,它们常常会钻进烟囱里,或许就是为了抓小鸟。

家燕会产四到六枚带红斑的卵,并在六月的最后一个星期或七月的第一个星期孵出自己的第一窝雏鸟。雏鸟会循序渐进地逐步学习谋生的技巧,这一过程非常有趣。最开始,它们得费九牛二虎之力,才能从烟囱里钻出来,还常常跌落到下面的房子里。在烟囱口上被喂了一两天食以后,它们就会被领到某棵树光秃秃的枯枝上,在那里排排坐,接受父母的悉心照拂。这时候的它们,可以被称为"栖鸟";再过一两天,它们就能成为"飞鸟"了,但仍然还不会自己觅食。因此,雌燕捕虫时,它们只能在附近嬉戏玩耍。等雌燕捕到一嘴虫之后,就会发出某种信号。随后,雌燕和这些小鸟便

① 我们在很多地方都见到过它们,有废弃不用的石灰窑墙壁、木棚外的檐口、卧室里悬挂的画框等各种奇怪的地方。——基尔顿注

② 我们躲在一个牛形玩偶里观察鸟类的时候,常常能看到家燕飞去牛饮水的小水塘边取泥土回来。一般说来,它们都会在喙里衔着一根稻草,啄8到12下泥就飞回自己的巢。——基尔顿注

会飞身而起，迎面飞向彼此，以某种角度在空中相遇。喂食期间，雏鸟会不断发出一种短促而微小的叫声，以示感激和满足。不常见到喂食这项技艺的人，一定不大留心大自然的各种奇观。

——培养完自己的第一批孩子，雌燕就会马上转而孵下一窝。这刚飞出窝的第一批小家燕，很快便会加入第一批小白腹毛脚燕的队伍，跟它们聚在一起，和它们一起围在阳光明媚的屋顶上、教堂的塔上和树上。这种燕子会在八月中下旬带着第二窝雏鸟出巢。

——整个夏天，家燕都在不辞辛苦地劳作，慈爱地养育后代，堪称典范。因为有一大家子要供养，它们从早到晚都在飞来飞去，不时快速掠过地面，忽而急转弯，忽而快速翻飞。林荫大道、树篱下长长的小路、牧场、被修建过还有牛在吃草的草坪，都是它们喜爱的地方，总能看到它们欢快的身影。若是这些地方有树就更好了，家燕的数量会更多，因为这样的地方昆虫多。每捉到一只昆虫，家燕的喙便会"啪"地一声快速合上，那脆响跟扣起怀表壳发出的声音一样。不过，它们合起上下颚的动作非常快，肉眼根本捕捉不到。

每当有食肉鸟靠近，家燕——可能是雄燕——就会像白腹毛脚燕和其他小鸟发出警报，就像它们的哨兵。一发现有鹰出现，家燕就会发出尖锐的叫声，通知附近的所有家燕和白腹毛脚燕，它们会闻声赶来，一起攻击敌人。它们用身体从上方扑向敌人的后背，接着便又起身直冲云霄，安全脱身。它们不停地攻击，直到敌人被赶出村子为止。①当猫爬上屋顶或靠近鸟巢时，家燕看到后也会发出警报，攻击它。②所有的燕属鸟都会边飞边喝水——掠过水面时轻啜一口，但只有家燕能一边飞行一边洗澡，它们会在飞的时候多次扎进池塘里清洗。只有在天气非常炎热的时候，白腹毛脚燕和崖沙燕才会偶尔在水中蘸一蘸，冲一下凉。

家燕是一种叫声动听的鸣鸟。在天气温和而又晴朗的日子里，

---

① 我们曾数次目睹这类空中集体斗殴事件。不过尽管家燕十分警觉，成年的家燕还是会被雀鹰和灰林鸮抓到。一般被灰林鸮抓到的情况都发生在谷仓里。——基尔顿注

② 我们曾看到一只坐在门柱上的猫，因为抓一只家燕而被围攻。——基尔顿注

它们不管是栖落时还是飞行时,都会鸣叫。栖在树上或是烟囱顶时,便会齐鸣合唱。家燕还是一种勇敢的飞鸟,哪怕是碰上大风天,也要去远处的丘陵和公地飞一圈。而其他的燕子则不喜欢这么做。它们甚至还会常常光顾那些临海的港口城镇,在海面上兜几圈。在宽阔的丘陵地上骑马的人,身前身后总会紧跟着一小群家燕,且一跟就是几英里。它们左右翻飞,啄食那些藏在土里被马蹄踩出的昆虫。但一遇上大风天,可就没这种好事儿了。届时,它们便只能自己去地里掘土刨猎物了。③

这种鸟多以小鞘翅目昆虫为食,也会吃蚋蚊和苍蝇。它们还常常会落到刚刨开的土上或小路上,捡食小石子,好辅助磨碎和消化食物。在离开前的几周里,这些鸟儿们都会离开房屋和烟囱,聚到一起,到树林里栖息。它们通常会在十月初左右离开,不过一直到十一月的第一个星期,都还能看到一些失群的燕子。

伦敦那些靠近田野的新开街道上,总能看见几对家燕在逡巡,但它们又不像白腹毛脚燕那样会飞进旁边喧嚣的市区。

不管是雄燕还是雌燕,家燕与其同属鸟都很好区分开,因为家燕的尾巴更长,且呈叉状。毋庸置疑,它们是所有燕子中最敏捷的一类。到了求偶季节,雄燕追逐雌燕的速度会比平时还快,快得肉眼几乎都跟不上。

在详细地描述了家燕的生活习性和它们那极其体贴的天伦之爱后,我想补充一两桩关于家燕不那么聪明的轶事,以博您一笑:

有一只家燕,整整两年都在一柄整饰花园的剪子把上筑巢。这把剪子卡在了外屋的墙板上,因此,它筑完巢后,每次要用这把剪子就得毁掉它的巢。另一桩更怪的事是,还有一只家燕居然在一只猫头鹰的翅膀和身体上做起了窝。这只猫头鹰,是偶然吊死在谷仓橡木上的,还被自然风干了。这一只翅膀上有个鸟巢,巢里还有蛋

③ 在五月的一个寒冷多风天里,我们曾看到它们像鹡鸰一样在有树林掩映的煤渣路上捡食苍蝇。——基尔顿注

家燕
barn swallow

的猫头鹰,可比大不列颠最精美的私人博物馆里的珍奇藏品都更罕见,于是它被人拿走了。但这家主人觉得它这古怪的样子十分吓人,便拿出一个大贝壳,或者说是海螺壳,交给了取那猫头鹰的人,让他把这个壳挂在原本吊猫头鹰的地方。那人照他说的办了。到了第二年,一对家燕——很有可能就是之前在猫头鹰身上做窝的那对,在那个大贝壳里筑起了巢,还产下了卵。

那只猫头鹰和大贝壳固然奇异又古怪,但在艺术和自然博物馆[①]的众多奇妙收藏品中,这一标本也算不得多稀奇。

因此,动物的本能一旦偏离正轨,哪怕只是稍稍偏离,就会变

① 阿什顿·立弗爵士的博物馆。

成一种难以理解也难以发挥作用的能力。对于那些无法立刻帮它们保全自我，无法马上促进它们繁殖生息或维持其种族生存的事，它们一律都视而不见。

此致

敬礼！

第十九封

塞耳彭，1774 年 2 月 14 日

阁下：

八日收到了您的来信，很高兴您读了我的"家燕小传"，并一如既往地直言不讳。就算看到您说不赞同我信中的某些观点，我也丝毫没有觉得不快。

关于那几句引用的维吉尔的诗，确实很难说清指的到底是哪种燕属鸟。因为古人不像现代的博物学家，他们并未对不同种属的生物进行细致的区分。不过，我觉得从我所能搜集到的资料中，足以推测出他那两行诗所写的就是家燕。

首先，"咕咕"这个称呼就很适合家燕，因为它们本就是一种叫声动听的鸣鸟。不像白腹毛脚燕，一个个如哑了般一声不吭。就算偶尔叫一两声，那声音也很低，似是怕被人听了去一般。此外，诗中还说它们把巢挂在了橡木上，而不是横梁上，所以我认为，维吉尔这句诗暗指的一定是家燕，而不是白腹毛脚燕。因为只有前者常在屋顶的橡木上筑巢，而后者，就我所见，则是在屋外的屋檐或檐口处筑巢。

再说那个比喻，虽说不必太在意，但那个"黑"字显然指的就是后背和翅膀都漆黑一片的家燕。再看白腹毛脚燕，它们的尾部是乳白色的，背部和翅膀是蓝色的，整个腹部都是雪白的。白腹毛脚燕动作笨拙（相较其他燕子而言有些笨拙），若用它来形容朱图尔纳送给她兄弟的那辆战车，是不太合适的。因

① "就像一只黑色的燕子,在一个富户的大宅子里穿梭似的飞来飞去,在那厅堂的高处展翅盘旋,啄起食物的碎渣,衔回巢去喂那些叽叽喳喳的雏鸟,它的啾啾的鸣叫声时而在空旷的回廊里,时而在庭院的水池边回响着。"—— 杨周翰译维吉尔《埃涅阿斯纪》第七卷。——译者注

为那辆战车是用来躲开穷追不舍的埃涅阿斯的,速度很快,还能巧妙地上下翻腾和急转弯。而"啾啾"一词,似乎是在暗示这鸟儿十分爱鸣叫。①

那年秋冬两季雨水非常足,导致泉水暴涨,达到了自 1764 年以来的最高点。1764 年是个涝年,水位高涨,洪水肆虐,非常吓人。我们称为"拉万特河"的平地泉,在萨塞克斯郡、汉普郡和威尔特希尔的开阔高地上水量高涨,四下溢出。农人们常说,拉万特河水起则谷贵。就是说,地里的水一涨,就会溢出到开阔高地和丘陵上,谷物便会被淹没。过去的十到十一年无一不在证实这个规律。生活在那一地区的人们,打记事起,就没见过平地泉涨到这种程度。但鉴于现代农业已经取得了很大的进步,所以谷物也没有比以往更加匮乏。我觉得,这样的涝季要是放在一两个世纪前,势必会引起饥荒。因此那些小册子和报纸上的通信,以及对这些内容的讨论,都是为了煽动和误导群众。因为在上帝赐予我们好天气之前,我们是不能指望有丰收年的。

去年,这一带、拉特兰郡和别的几个地方的小麦收成都很差。近来天气变化无常,不是严霜,就是暴雨,因而我们地里小麦的长势都很堪忧。而且芜菁也烂得很快。

第二十封

塞耳彭,1774 年 2 月 26 日

阁下:

崖沙燕是英格兰燕科鸟中个头最小的。而且据我们观察,也是

所有已知燕科鸟中最小的。不过，布里森说还有一种更小的，名叫白腹金丝燕的鸟。

不过，非常遗憾，要想详细精确地描述这种小鸟的生活方式及习性，几乎是不可能。因为它是野鸟，至少在我们这里是这样的。它们从不与人亲近，整日在有大片湖水的石南地和公地游荡。而其他燕科鸟，尤其是家燕和白腹毛脚燕，却出奇地温和与易驯服。而且，似乎对它们来说，只有在人类的庇护下，才会觉得安全。

在本地，只有在沙坑里和沃尔默御猎场的湖岸上，才能看到几群崖沙燕。在村子里，是决计看不到了。就算是那些散落在荒野里的茅舍，它们也不会去光顾。关于这种鸟飞进建筑物中的事，我只记得发生过一例。在本郡的沃尔瑟姆镇上，有很多崖沙燕在威克姆家马厩后墙上脚手架留下的洞眼里筑巢和繁殖。不过，当时这面墙是在一片偏僻而幽静的圈地里，还面朝一片美丽的大湖。确实，这种鸟似乎非常喜欢大片水域，凡是它们聚集的地方，必定是临近辽阔的湖泊或河流的。人们注意到它们还特别喜欢聚在伦敦桥下泰晤士河岸的某些地方。

明显可以看出，同一属的鸟儿，上帝赋予它们的建造技巧却各不相同，但又都切合它们各自的生活方式，这一点也十分有趣。家燕和白腹毛脚燕最大的本事就是搭建结实的黏土壳，好给自己的雏鸟当摇篮。而崖沙燕却擅于在沙地或土里挖一个规整的圆洞。这个洞沿水平方向延伸，蜿蜒曲折，有约两英尺深。洞穴的最深处是一个简陋却很安全的窝，里边胡乱堆着一些优质干草和羽毛——常常都是鹅毛。

只要有毅力，什么事都能成。虽然最开始，没人会相信这种弱小的鸟不受点伤就能用它那柔软脆弱的喙和爪子刨开坚硬的砂坝。我就见过一对这样的鸟，虽然没长什么坚喙硬爪，但挖起土来却飞快。它们刚刨出来、散落在岸上的新沙，与那些被太阳晒褪了色的松软陈沙，颜色是不同的。因而，从新沙的数量便能估算出它们当天的工作量。

基于上述原因，这些小艺术家们究竟要花多长时间才能挖完、修好它们的洞穴，我还不得而知。不过，这个现象还是颇值得博物学家们好好观察记录一番的。在夏末时节，我常能看到一些还未完工的鸟洞，大多深浅不一。若是说它们这样做只是为了今年开个头，来年春天再继续挖，似乎也不太可能。毕竟这种心思单纯的鸟儿，是不太可能有远见制定这么周密的计划的。还是说，这些鸟洞之所以没完工，可能是因为遇到了坚硬难挖的土层，不适合做洞，于是它们便放弃了这儿，另找了一处好挖的地方重新开工？或者，它们去了别处，兴许遇到的土又太松、土质太差，且容易崩塌，有被活埋或是前功尽弃的风险，只得再放弃？

有一件事值得一提，崖沙燕挖完洞以后用不了几年，便会舍弃旧洞，再挖一个新洞。或许是因为在老窝住得久了，里边变得又脏又臭了吧。也可能是因为里面跳蚤实在太多了，已经让它们无法容忍了。这一种燕子尤其受不得跳蚤。

崖沙燕
sand martin

我们曾经在它们的洞口看到过人蚤（*Pulex irritans*）①，密密麻麻的，像蜂巢上的蜜蜂一样。

① 虽然叫人蚤，但实际也会寄生在其他动物身上。——译者注

下面这件事也值得一提。这种鸟并不像人们想的那样，会把洞穴当作越冬巢。因为冬天的时候，人们曾小心地挖过有燕子洞的河岸，但除了空巢，什么也没挖到。

崖沙燕飞来的时间跟家燕差不多。产卵的时间也差不多，还都产四到六枚白卵。但因为这种燕子是隐身燕，筑巢、产卵和哺育后代的时候都是躲起来的，所以我们很难确定它们到底是何时孵的卵。出巢的时间也同样很难确定，据人们观察，似乎是和家燕出巢的时间差不多，或略早一点。小崖沙燕和同属的小燕子们一样，都是以蚋蚊和小昆虫为食的。有时它们还会吃那些身子基本与它们等长的蜻蜓。六月的最后一个星期，我们曾看到过一排崖沙燕像栖在树上的鸟一样，排成一排端坐在一个大池塘附近的横杆上。它们实在是又小又弱，人们一伸手就能轻松抓住。不过，崖沙燕的雌鸟是否也会像家燕和白腹毛脚燕一样，边飞边喂小燕子，我们就无法确定了。同样我们也没观察到它们会不会驱赶和攻击食肉鸟。

它们要是不巧在树篱和围场附近产了卵，那它们繁殖用的鸟洞就会被家麻雀霸占。这种凶猛的鸟也是白腹毛脚燕的死敌。

崖沙燕不算鸣鸟，它们更像是哑鸟。只有当有人靠近它们巢穴的时候，它们才会发出一点刺耳的叫声。它们似乎也不大社交，秋天在我们这儿的时候，从不跟与自己同属的鸟聚在一起。毫无疑问，它们也和白腹毛脚燕和家燕一样，一年产两次卵，并在米迦勒节前后离开。

尽管在某些特定的地方，它们可能比较常见，但总的来说，至少在英国南部，它们是最珍稀的物种之一。凡是有城镇或大村庄的地方，都有很多白腹毛脚燕。有教堂、高楼或尖塔的地方，则有很

多雨燕。就连小村庄或屋顶上茕茕孑立的烟囱上，也常常能看见几只家燕。但崖沙燕却东一只西一只地四下散落着，在陡峭的沙丘和某些河岸上，过着离群索居的生活。①

① 一些鸟类学家并不认同怀特所说的，但我们常常能看到一对对离群索居的崖沙燕独自在某处繁衍后代。而且要知道，虽然崖沙燕的数量可能已经大增，但在怀特所处的时代，还没有铁路能让他四处游历洞察崖沙燕的掘洞习性。——基尔顿注

这种鸟飞行的方式也很特别，总是飞一下抖一下，游移不定，跟蝴蝶一般。毫无疑问，燕科鸟的飞行方式都取决于它们所捕食的昆虫，并且它们会根据这些昆虫的习性调整自己的飞行方式。因此，每一种燕科鸟分别主要以哪种昆虫为食，就是一件很值得考察的事了。

尽管上文说了崖沙燕不亲近人类，但在伦敦郊区，我还是常常能见到几只崖沙燕。它们在圣·乔治领地里的脏水塘，以及白教堂附近飞来飞去。但问题是，那附近既没有河堤，也没有峭岸，它们在哪里筑巢呢？兴许，它们是在某些老建筑或新废弃的建筑的脚手架洞里做的窝吧。它们同白腹毛脚燕和家燕一样，会在飞行途中不时地附身啜一口水，或是清洗身子。

与同属鸟相比，崖沙燕的身型更小巧，毛色也与别的鸟不同，是鼠灰色的。据威洛比说，在西班牙的巴伦西亚附近，它们会被人捉了拿去市场上卖，供人们食用。此外，或许因为它们飞行时飞一下抖一下，游移不定，所以村民们也常称它们为山蝴蝶。

第二十一封

塞耳彭，1774年9月28日

阁下：

雨燕又称黑马丁鸟，是英国最大的燕科鸟，所以，它们无疑也

是来得最晚的。在我的记忆中,它们只有一次是在四月的最后一周前现身的。若是遇到春寒料峭的霜冻天,它们则要到五月初才肯露头。这种鸟通常都是两只一起结伴而至的。

雨燕和崖沙燕一样,也是非常拙劣的建筑师。它们的巢都没有外壳,只用干草和羽毛随意粗糙地铺起来。根据我对这些鸟的观察,我从来没见过它们收集或搬运材料。因此,我怀疑它们有时会霸占家麻雀的巢(因为这两种鸟的巢一模一样),把原主人赶出去,正如家麻雀霸占白腹毛脚燕和崖沙燕的巢一样。我清楚地记得雨燕和家麻雀在雀巢的洞口处争吵不休,家麻雀因遭到入侵而表现得惊慌失措,还挥舞着翅膀进行反抗。不过,有个细心观察过此事的人曾告诉我,在安达卢西亚,雨燕是会收集羽毛筑巢的。他自己就曾打下嘴里还衔着羽毛的雨燕。

和崖沙燕一样,雨燕的筑巢过程也不为人所见。它们的巢大多都筑在城堡、高楼和尖塔的裂缝处,或是教堂屋顶与墙壁的交接处。因此,观察起来不如那些公开筑巢的鸟儿方便。但据我观察,它们大约从五月中旬开始筑巢。从取卵的日期来看,它们至少会抱窝抱到六月九日。它们通常出没在高楼、教堂和尖塔上,并且也只在这些地方繁殖。不过在我们村里,有几对雨燕常常会去光顾那些最低矮、最破败的茅屋,并在茅屋顶上教导自己的子女。雨燕在屋外繁殖后代这样的事,我们记得只发生过一次。就是在本郡奥迪厄姆镇附近一个很深的白垩矿场上,在那儿,我们看见很多对雨燕在四壁的缝隙间飞进飞出,还绕着绝壁翻飞啼鸣。

我费了很多心力来观察这些有趣的鸟儿,所以关于它们的特征和它们与其他鸟的区别,我还是有把握能说出一些新颖独特的见解的。之所以敢这么说,是因为这些结论完全基于我多年来仔细的观察。我想说的一件事是,雨燕是在空中交尾的,即边飞边交配。要是有哪位擅长观察的人对这一说法感到惊讶,那我希望他能亲眼看一看,我想只要他看过,就很快能心悦诚服。在另一类生物——昆虫身上,空中交配是很常见的。对昆虫来说,没有什么比边飞边交配更正常的事了。雨燕几乎一直都在天上飞,正是鉴于它们从不落在地上、树上或屋顶,所以若是在空中也不交配的话,那就真没什么机会燕好了。人们若是在晴朗的五月清晨观察这种鸟的话,就能看到,当它们在高空徜徉时,有一只雨燕会时不时落到另一只的背上。尔后,伴随着一道高声尖叫,两只鸟儿会双双坠落数英寻。以我之见,这便是雨燕繁殖期的交配了。

既然雨燕进食、喝水、收集筑巢材料、甚至繁殖似乎都是在空中完成的,那么比起其他鸟儿,它们在空中飞行的时间应该是最长的。除了睡觉和孵卵,它们的一切都是边飞边完成的。

雨燕每次只产两枚乳白色的卵,卵长且两头稍尖,这一点与其他燕子有很大的区别,它们都是一次产四至六枚卵。雨燕是一种非常警惕的鸟,它们起得很早,睡得又很晚。盛夏时节,一天至少能飞十六个小时。在白天最长的日子里,它们要到晚上八点四十五之后才会回窝安歇,可真算是白天活动的鸟儿中归巢最晚的。在返巢之前,整个燕群会聚到高空,一边尖叫着,一边疾驰而去。不过,雷雨将至的闷热天才是它们最活跃的时候。在那时,它们会抖擞精神用尽全身力气在空中敏捷地穿行。在某些炎热的早晨,它们会三五成群地聚在一起,叽叽喳喳地叫着,一边闹腾一边绕着尖塔和教堂疾飞。擅长观察的人说,这一定是雄鸟在对那些栖落的雌鸟奏求欢曲呢。这话说得很在理,因为它们只有在靠近墙壁和屋檐的时候,才会高歌。而那些在里面的雨燕,也会同时低鸣几声,那调子里颇带几分自得之意。

雌鸟孵了一天卵后,往往会在天将黑时冲出巢来,舒展活动一下疲惫的四肢,迅速捕几分钟残食,随后便又回到巢中继续孵卵。在育雏鸟的雨燕若是被肆意残忍打落后,人们可以在它们的嘴里发现一小团虫子。因为它们捉到虫子后,会将其含在舌下。通常,它们取食的地点要远远高于其他种类的鸟。证据就是高空中也有许多蚋蚊和其他昆虫。雨燕也能飞到很远的地方,它们的翅膀生来就非常有力,所以长途旅行对它们来说不是什么难事。鸟类翅膀的力量似乎是与其长度成正比的,而雨燕的翅膀又比大多数鸟的都长。它们不叫或不飞的时候会抬起翅膀，将其收起搭在后背上。

夏天，我有时会看见雨燕贴着池塘和小溪的表面低空飞行捕食，而且一捕就是几个小时，引得我想一探究竟，看看到底是什么东西能引得它们飞下云端。费了一番工夫后，我发现，原来它们是在捕食刚出蛹的石蛾、蜉蝣和蜻蜓。低处有如此丰盛且有营养的美味，也难怪它们愿意冲下云端大快朵颐了。

雨燕会在七月中或七月底左右带雏鸟出巢。但因为这些雏鸟从来不栖落，且据我观察，也从不在空中被母亲喂食。所以，相比于其他燕子，雨燕雏鸟出巢是不太为人们所知的。

去年六月三十日，我掀了一座房子的屋檐，看见里面有很多对雨燕筑的巢，在每个鸟巢里，都只找到了两只光秃秃的没毛雏鸟。七月八日，我又掀开看了看，发现它们还没长什么毛，仍是光秃秃的，弱小又无助。由此，我们可以得出结论：这种基本上一辈子都在天上飞的鸟儿，七月底之前是出不了巢的。家燕和白腹毛脚燕因为子女太多，每两三分钟就得喂一次雏鸟。而雨燕就清闲多了，因为它们只有两个孩子，所以连着几个小时都不用回巢看孩子。

有时它们也会去追赶和攻击来进犯的老鹰，但不及家燕那么凶猛和暴怒。下雨天，它们也整日在外面，四处捕食，对雨水毫不在意。由此，我们或许能得出两个结论：一是即便是下雨天，高空也会有许多昆虫；二是这些鸟的羽毛一定被整理得既整齐又光滑，防水性极好。它们不喜欢大风天，尤其是下着暴雨的大风天，在那样的日子里，它们便会躲起来，很难看见它们的身影。

关于雨燕的颜色，有一件事似乎很值得我们注意。春天，它们刚来的时候，除了下巴是白色的以外，全身都是漆黑油亮的。但由于它们整天都在经受风吹日晒，久而久之，等到它们要离开的时候，毛都已经褪色了，变成一幅饱经风霜的模样。然而，等到来年春天再回来的时候，它们又变得漆黑油亮了。它们若是真如有些人所说，是追着阳光去了低纬度地区，去享受永恒的夏日，那它们回来的时候，毛色为什么没有被晒得更浅呢？还是说，它们走后潜伏了一季，并在那期间换了毛？毕竟据我们所知，其他的鸟儿一过繁殖季，是很快就会换毛的。

雨燕有很多不同寻常的地方。它与同属鸟的区别,不仅在雏鸟的数量上,还在产卵的次数上。雨燕一个夏天只产一次卵,而英国所有其他燕子都会产两次。雨燕只产一次卵这一点是毫无疑问的,因为雏鸟刚出巢没几天,它们就离开了。而那时,它们的同属鸟还没带第二窝雏鸟出巢。因而可以这么说,雨燕一夏只产一次卵,每次只产两枚,而其他燕子一夏产两次卵,每次四至六枚,所以,平均一下,其他燕子的增速是雨燕的五倍。

但雨燕最特别的地方是它们离开得早。大部分雨燕八月十日就都走了,有时还会走得更早。就算是掉队的雨燕也会在二十日全员撤离,而它们的同属鸟

高山雨燕
Alpine swift

则要一直待到十月初才会动身，甚至很多还会过完十月，个别的则会待到十一月初。在一年中，这段时间往往是最好的季节，雨燕撤退得这么早，委实有些神奇和不可思议。然而，更不可思议的是，在更南部的安达卢西亚一带，雨燕走得更早，这总不能说是天气不够温暖或是像有的人猜测的那样是没有足够的食物了吧。它们这样定期飞来飞去，究竟是因为食物短缺，还是因为有换毛的习性或是疾速飞行了一夏之后想要休息，又或者是别的什么原因？这便是博物志研究中常常让我想研究却没办法研究，想猜又没法猜的事了。

雨燕从不会在树上或是屋顶上栖落，也不会跟同属鸟聚在一起。在自己巢穴附近出没时，它们毫不畏首畏尾，就算是有枪对着它，也毫不惧怕。但它们常常在俯身钻进屋檐下时，被人用棍棒打下来。① 雨燕最讨厌的，是一种名叫燕虱蝇的害虫。为了摆脱这些附在自己身上的讨厌鬼，它们常常会边飞行边扭动身子，又抓又挠的想把它们赶下来。

① 奇怪的是塞耳彭地区的男孩子们至今还沉迷这种残忍的消遣方式。我们曾看到格瑞舍斯街上的小男孩去屋里取出扫帚，淘气地试图把雨燕打下来。而且我们还听过老人讲自己小时候打雨燕的技巧，浑然不觉这是一个该斥责的行为。——基尔顿注

雨燕不是鸣鸟，只会发出一种刺耳的尖叫声。但有的人也不觉得这种声音讨厌，而是会愉快地想，它们一开口，夏天最好的时节就到了。

若非遭到了变故，雨燕是绝不沾地的。因为它们腿短翅膀又长，只要着了地，基本上就飞不起来了。偏偏它们还不会走路，便只能在地上爬。不过，它们的爪子却很有劲儿，能攀在墙上不掉下来。② 虽然它们身子扁平，能钻进非常狭窄的缝隙，但到了肚子过不去的地方，它们便会翻过身侧身进去。

② 它们抓得非常牢。我们曾听说当它们被强行从帆缆上——夜里它们精疲力竭的时候会落到船上——拽下来的时候，爪子会断裂。——基尔顿注

雨燕脚的构造也很奇特，和英国其他燕科鸟迥然不同。而且除了高山雨燕，其他所有已知的鸟儿的脚跟它的都不一样。它的脚四

趾全都向前，很适合搬运东西。此外，它们最小的一根脚趾，即后趾，只有一根骨头，其他的三个趾头都有两根骨头。这种构造很少见也很特别，但非常适合它爪子的用途。此外，它的鼻孔和下颚的构造也很与众不同，引得一位很有眼力的博物学家①说，雨燕或许可以自成一属。

① 卡尔尼奥拉的医学博士约翰·安东尼·斯科波利。

在伦敦，有一群雨燕常常出没在伦敦塔上，还在桥下的河面上玩耍和捕食。另有一些则常常光顾近郊伯勒镇的那些教堂，但却不敢像白腹毛脚燕那样，飞到拥挤的闹市里去。

瑞士人给这种燕子取了一个非常贴切的名字——环飞燕。因为它们总是一圈又一圈地环绕着自己筑巢的地点飞。

雨燕吃鞘翅目昆虫或翅膀上覆有硬壳的小甲虫，也吃一些较软的昆虫。它们也会像家燕一样吞食沙砾来辅助磨碎食物②，但它们从不落地，也不知道那些沙砾是从哪儿来的。有时巢里的害虫实在太多了，根本没法久待。雏鸟实在受不了虱蝇了便会扑出鸟巢，一头栽到地面上。村里有几间破落的茅屋，常常有雨燕在那儿出没。尽管它们本不该去那么破败的地方，但它们却年复一年执着地出现在那一片屋檐下。这真是一个证明鸟会重归故巢的绝好例子。因为要想钻进这低矮的屋檐，雨燕们必须得俯身才能进去，所以会有猫趴在一边等着，有时猫能扑住这些低飞的燕子。

② 我们更倾向于认为它们胃里之所以会有沙砾，是因为天气不好它们不得不到地上啄食食物，误吞了沙砾，或者是在筑巢过程中误吞的。——基尔顿注

1775年7月15日，我又掀开了一部分屋檐来观察雨燕的巢。雌燕就坐在巢里，不过，孵卵的它被母爱的天性牢牢束缚住了。它以为自己的孩子遇到了危险，所以完全不顾自己的安危，气冲冲一动不动地坐在那里，任由我们把它拎起来。我们把那些羽翼未丰的雏鸟拿了出来，放在草坪上。它们跌跌撞撞的，像新生儿一样手足无措。等我们细细观察过它们光溜溜的身子之后才发现，它们竟然有个大得不成比例的肚子，头也很重，脖子根本担不住。两周之后，

这些看起来没用的小东西就能冲上天际，速度快得像流星一般，实在让人难以置信，一想到这些我就觉得这一切十分神奇。兴许它们在迁徙途中必须要穿过辽阔的大陆和海洋，甚至要飞到赤道那么远的地方。大自然的力量真是神奇，这么短的时间，就能让弱小的鸟儿长大成熟。而人类和大型四足动物的成长过程却那么缓慢而冗长！

　　此致
敬礼！

第二十二封

塞耳彭，1774 年 9 月 13 日

阁下：

　　今年夏天，因为借助了一所农舍的直筒烟囱，我才得以从容地观察家燕是如何在烟筒里上上下下的。能在这么深的烟囱里自如地起落，真可谓技高胆大。不过，在欣赏它们这项高超技艺的同时，我还时不时会为自己担心，生怕自己的眼睛也会落得和托比特一样[1]。

　　有件事讲给您听，您兴许会觉得有趣。是关于不同的燕子今年春天都是什么时候抵达英国最偏远的三个郡的。我们这儿最早见到家燕是在 4 月 4 日这一天，雨燕是在 4 月 24 日，崖沙燕是 4 月 12 日，而白腹毛脚燕则是 4 月 30 日。在德文希尔郡的南泽勒，家燕要到 4 月 25 日才出现，大批雨燕在 5 月 1 日现身，而白腹毛脚燕则要到五月中旬才会来。在兰开夏郡的布莱克本，4 月 28 日才会

[1] 见《托比特书》2:10。

出现雨燕，家燕要 4 月 29 日才露面，而白腹毛脚燕则要等到 5 月 1 日才能看见。燕子们在这些偏远地区露面的时间差，到底是能证明它们会迁徙呢，还是证明它们不会迁徙呢？

有一个农夫，家住在威希尔附近，他用两队驴耕地。一队上午干活，一队下午干活。干完了一天的活之后，这些驴便会像羊一样，在田垄上的围栏里被圈上一夜。冬天，它们会被圈在院子里喂养，积下很多粪便。

林奈说："在杜鹃啼叫的季节，鹰会和其他鸟休战。"但在我看来，在那段时间，很多小鸟都会被食肉鸟抓住并杀掉。看看路上和树篱下的那些羽毛，就会明白。

孵卵时期的䴗十分凶狠好斗，凡是靠近它巢穴的鸟儿，都会被它暴怒地赶出去很远。①威尔士人管它们叫"灌木丛一霸"。只要是它出没的园子，就容不得任何喜鹊、松鸦或乌鸦与之共享。因而对刚种下的豆荚来说，它倒也不失为一个好看守。一般情况下，它都能成功地保卫自己的居住区。但有一次，我在自家园子里看到了几只喜鹊，它们狠心地糟蹋一只䴗的巢。䴗雌鸟为了保卫自己的家园拼尽了全身气力，为了灶火和家园顽强战斗。但无奈寡不敌众，最后巢还是被喜鹊撕碎了，雏鸟也被它们活吞了。

在孵卵的季节，哪怕是平时最野的鸟，也都会变得温顺一些。因此，斑尾林鸽会在我的地里孵卵，不过其实它们平时也经常来。再看看䴗，尽管在秋冬两季十分胆怯，但到了孵卵季节，就会跑到我的园子里筑巢，而且还非要筑在一条整日都有人经过的小路旁。

今年，我的果树收成很好。但往年早就硕果累累的葡萄，今年却史无前例地晚熟了。不过这还不是最糟的。这不适宜生长发育的天气和阴冷的夏至，不仅伤及了那些更为生活所必需的果蔬，还让麦子也枯萎褪色了。不过，啤酒花却有望能有个好收成。

① 我们做了一个鸣角鸮填充玩偶放在有雏鸟的䴗巢旁边，看着这对䴗夫妇攻击它并把它从树上打下来，十分有趣。——基尔顿注

槲鸫
mistle thrush

　　不断复发的耳疾让我颇为苦恼，导致我没法算是一个完全合格的博物学者了。因为，一犯病，我就没法欣赏自然之声中蕴含的有趣信息和微妙启示了。如此一来，鸟鸣幽幽的五月在我的耳朵里，便和寂静无声的八月没什么区别了。感谢上帝的是，我的视力尚且算得上敏锐。但在其他感官方面，我就时不时是个废人了。

　　智慧被关在了这一道门的外面。

第二十三封

塞耳彭，1775 年 6 月 8 日

阁下：

1741 年 9 月 21 日，我正在别人家做客，因为想去田里溜达一圈，所以，天没亮就起床了。走进围场后，我发现麦茬地和车轴草上都盖了一层厚厚的蜘蛛网。蛛网的缝隙间挂着无数沉甸甸的露珠，一眼看去，仿佛整片田野被两三张拉起的大网层层盖住了一样。猎狗想去追赶猎物，却被蛛网蒙住了眼睛，什么也看不到，也无法动弹。它们只好趴下来，用前爪扒拉着脸上这些烦人的网。我的兴致被面前的景象打断了，只能边想着这件怪事，边打道回府去了。

天色渐亮，阳光也变得明媚而温暖。这样的好天气只有在秋天才能碰上，无云无风，又很安宁。毫不逊色于法国南部。

大约九点，一件不寻常的怪事引起了我们的注意。从地势较高的地方突然刮来了一场"蛛网雨"，洋洋洒洒，一直下了一整天。这些蛛网并不是呈丝线状一股股地在空中四下飘散，而是呈片状或絮状。有的能有一英寸宽，五六英寸长。它们下落的速度很快，明显比空气重不少。

不管朝哪个方向看，都会有新坠落的蛛网片不停地映入眼帘。若是观察者们转而面向太阳，还能看到这些蛛网像星星一样闪闪发亮。

这场神奇的"蛛网雨"到底下了多久，很难断定。但我们知道，这些蛛网一直飘到了布拉德利、塞耳彭和奥尔斯福德。这三地的位置连起来是一个三角形，最短的那条边也有八英里长。

塞耳彭有一位绅士（他既正直又睿智，我们都极其尊敬他），一出门就撞上了这等奇观。他觉得，只要爬上自家后面的那座小山——早晨他总去骑马的

红车轴草
red clover

那座山，就能俯瞰这场"流星"了。当时他以为这片"蛛网雨"如蓟絮一样，是从上边的公地吹下来的。但让他十分震惊的是，等他策马上了那片高地的最高处，站在比自家田地高出三百英尺的地方时，这些蛛网仍和之前一样，接连不断地从上方高高飘落，满眼皆是，还在阳光下闪闪发亮，哪怕是最不爱看热闹的人，也会忍不住驻足观看。

这样的景象，只出现过那一次。那天飘落的蛛网在树上和篱笆上积了厚厚一层，要是有人勤快点出去采集，一定能捡一篮子。

关于这些游丝一样的蜘蛛网，以前还颇有一些怪异而迷信的说法，但现在要我说，人人都应该知道，这其实是小蜘蛛们的杰作。一到天气晴好的秋日，小蜘蛛们便会群聚在田地里。它们会从尾部喷射出蜘蛛网，借此获得浮力，变得比空气还轻。但这些没有翅膀的昆虫为何偏选在那一天集体出游呢？以及为何它们的网突然变得那么重，以致因比空气重了很多而快速下坠呢？这些问题我便不能解答了。如果要我试着猜一猜的话，那我觉得可能是因为那些薄丝一喷出来，就沾上了升腾的露水，于是蜘蛛便和蛛网一起被徐徐上升的蒸汽带到了空中，飞上了云端。如果小蜘蛛们能如利斯特博士所说（见他致雷先生的信），在空中继续盘绕吐丝加厚蛛网的话，那么，当网的重量累积大于空气的浮力之后，必然就会落下。

每逢晴天，主要是秋天，我就会看见那些小蜘蛛喷出蛛网，并飘向天空。你若是用手捉，它们一定会从你的指间飘走。去年夏天，我正在客厅读书的时候，有一只小蜘蛛落到了我的书上。它一直爬到了页眉处，接着喷出一张网，从那里飞走了。但我最难移理解的是，当时空气中没有风，为何它还能飞得那么快呢？我发誓，我绝对没有呼气帮它。所以，这些小爬虫漂浮的时候，虽然没有翅膀可用，但似乎自己也能产生某种动力，让自己移动得比空气还快。

第二十四封

塞耳彭，1775 年 8 月 15 日

阁下：

除了异性相吸的时刻，这些动物平时也很爱社交。那些喜欢群居的鸟儿们冬季聚在一处，便是一个典型的例子。

尽管很多马在有伴的时候都很安静温顺，但若要它们独自待在田里，就会立刻翻脸，哪怕只是一分钟也不行。就算用上最坚固的围栏，也挡不住它们。我邻居家的那匹马，不仅不愿意独自待在外面，还不愿待在陌生的马厩里。一旦发现环境变了，它就会极度狂躁不安，拼命用前蹄踢碎饲草架和马槽。它曾经为了追随同伴，从马厩的出粪口窗户跳了出去。但在其他时候，它又非常的安静。公牛和奶牛若是单独放养的话，是长不了膘的。就算牧场的草再好，只要没伴，它们也会对草不予理睬。羊就更不必说了，它们向来都是成群结队的。

但这种习性似乎并不仅限于同一类动物。我们这儿有一头从小跟一群奶牛一起养大的小鹿，现在还活着。每天这头鹿都会跟着奶牛们一起下地，之后再一起回到院子里。家里的狗早就习惯了它的存在，所以并不会在意它。但是要是有陌生的狗经过，那就免不了要引起一场激烈的追逐了。而这时，主人就会笑眯眯地看着自己心爱的宠物把它的追逐者们引过篱笆、大门或台阶，最后安全地回到母牛群里。而母牛们会凶恶地低下头亮出吓人的牛角，把这些入侵者远远地赶出牧场。

就算种类和体型相差悬殊，有时也并不会妨碍动物们交往，建立共同的友谊。一个非常睿智且擅长观察的人跟我说，他前半生只养过一匹马，同时还养了一只孤零零的母鸡。这两只不同种的动物，在一座荒凉的果园里共度了漫长的时光。在那悠长的岁月里，它们除了彼此，就没有见过任何别的动物。慢慢

① 我们还知道有一匹马和一头驴，另一匹马和一只家禽成了形影不离的伙伴。还有一只和狗做朋友的猫，因为狗瘟症扩散不得不被杀掉而日渐消瘦，最终死去。——基尔顿注

地，两只孤独的动物渐渐互相萌生了好感。那只家禽会知足地叫着，靠近那匹四足动物，温柔地蹭它的腿；而那匹马也会一脸满足地低头看它，小心翼翼地迈着步子，生怕踩着自己的小伴侣。①就这样，这两个生灵相濡以沫，在孤寂的生活中充当彼此的慰藉。所以，弥尔顿借亚当之口说出的这些话，似乎并不正确：

鸟与兽，鱼与禽，
公牛与猿猴，是截然对立无法共处的。

第二十五封

塞耳彭，1775年10月2日

阁下：

有两帮吉普赛人常在英国南部和西部四处游荡。每年，他们都会沿着自己的路线绕上两三圈。其中的一个部落为自己取了一个神圣的名字——斯坦利。关于这个部落，我没什么要说的。但是，另一个部落的名字就有点独特了。他们说的话很难懂，就我的理解，他们部落的名字似乎是Curleople。这个词的词尾显然来自希腊语。麦泽雷和那些重要的历史学家们都认为这些流浪者一定是两三个世纪以前从埃及和东方国家迁出来的，随后才慢慢遍布欧洲各地的。那他们这个名字是不是有可能是从列万特带来的，只是在迁徙的过程中稍被误读了呢？若是好奇的话，倒是可以找到部落里的智者，

问问他们自己人说的话里是否还保留着希腊语词汇。在某些词，如"手"、"脚"、"头"、"水"和"土"等中还能看到希腊语词汇的词根。那么很有可能在他们的黑话和已被讹传的方言中，仍能寻到他们原始语言残存的痕迹。

至于这些古怪的人——吉普赛人，有一件事倒值得一提，尤其是考虑到他们来自较温暖的地区。别的乞丐都是住在谷仓、马厩和牛棚里时，这些强健的野蛮人却不惧冬日的严寒，一年四季都待在户外，对此，他们似乎还颇为自豪。去年九月一如往年，雨水充沛。而在那暴雨不断的日子里，有一位年轻的吉卜赛姑娘就睡在我们的一块啤酒花地里。她把几根榛木条绷成弧状，两头插进地里，上面再搭一块毯子，就这样直接睡在冰冷的地上，除了那个毯子外就没有别的什么东西盖着了。这样的天气条件，就算对牛来说，都是一种挑战。可园子里其实有一个很大的啤酒花棚，她要是想遮风避雨的话，早就去那里面了。可见她就是主动睡在外边的。

这些流浪者们似乎不仅出没在欧洲地区。因为贝尔先生从北京归来的途中，就在鞑靼地区碰上了一伙吉卜赛人。他们正想方设法要穿越那片沙漠，去中国碰碰运气呢。①

① 详见贝尔著《中国游记》。

在法语中，吉卜赛人被叫作"波西米亚人（Bohemian）"，而在意大利语和现代希腊语中，则被称为"津加里人（Zingani）"。

此致
敬礼！

第二十六封

塞耳彭，1775 年 11 月 1 日

阁下：

> 这里……涂满树脂的木块和熊熊不熄的火焰，
> 让门柱积满了烟尘，变得漆黑一片。

鉴于您认为凡是有用的东西，都不能因其微小而忽视掉。我不怕您嫌我烦，跟您细细地讲一件跟持家有关的小事吧。这件事跟用灯芯草替代蜡烛照明有关。我知道，这种做法除了我们这儿，在其他许多地方也很常见。但我也知道，还有其他一些地方并不这样做。鉴于我在此事上颇下了一番功夫观察，所获得的信息还是有一定准确性的，那我就自作主张讲一讲这个小故事，至于是否得体，就交给您来定夺了。

适合拿来照明的灯芯草，是学名为 *Juncus effusus* 的灯芯草。在非常潮湿的牧场、河边或树篱下都能找到它。盛夏时节，灯芯草长势最好，但秋天再采来照明用也是没什么问题的。最好的灯芯草，当然是那种又宽又长的了，这一点自是不必多说。采集和加工灯芯草的一般是年迈的庄稼汉、妇女和小孩。灯芯草一割下来，必须得马上泡在水里，不然的话就会变干萎缩，皮就剥不掉了。首先要剥掉灯芯草的皮或外壳，留下一根粗细均匀、十分规整的细草芯，这项工作对刚做这个事的人来说，可不是个简单的差事。不过，这个技巧跟其他任何技艺一样，熟能生巧，很快，即便是孩子，也能轻松胜任。我们曾见过一位瞎眼老太太剥草芯，动作十分麻利，每根草芯都规规整整的。灯芯草剥完皮之后，必须摊在草地上晒白，沾几夜露水，再在太阳地里晒干。

把灯芯草浸到滚烫的油脂里也是需要一些技巧的。同样，也可以熟能生巧。汉普郡有个勤劳的庄稼汉，他老婆很会过日子，做这种事根本不用大油，腌肉

灯芯草
common rush

锅里的浮渣就够了。若是油渣里盐分太多,她就会把它放到锅里热一热,盐就会马上沉底。猪养得比较少的地方,尤其是海边,可以用更粗糙的动物油脂代替,而且这种油脂还很便宜。一般的油脂大约四便士一磅,浸一磅灯芯草,需要六磅油脂。一磅灯芯草卖一先令。那么,一磅浸好了随时可用的灯芯草,总共花费三先令。若是有人养蜂,可以往油脂里掺一些蜂蜡,可以让灯芯草烧得更久,烟也更干净,火也更稳。羊板油也有同样的功效。[1]

一根长两英尺零四点五英寸、质量不错的灯芯草,经测量,能烧五十七分钟。更长的灯芯草则能烧上一小时零十五分钟。

灯芯草的光很清晰明亮,而涂了动物脂油的值夜灯,发出的光却很黯淡,"昏黑可见",因此这种灯需要用两根灯芯才能维持住

[1] 我们记得以前英格兰北部节俭的小农场主会用死在荒野中的羊的体脂来做灯芯草蜡烛。——基尔顿注

亮度。但浸过油的灯芯草，只要一根就很亮了，之所以会用上两根，是为了减缓燃烧的速度，能多亮一会儿。

根据我的测算，一磅重的干灯芯草有 1600 多根，假设每一根都能烧半个小时，那一个穷人花三先令，就能买到 800 小时的光明，足足 33 个昼夜。用这种算法，每根未浸油的灯芯草，仅花费四分之一便士的 1/33，而浸过油的价格则为四分之一便士的 1/11。因此，一个贫苦的家庭只要花四分之一便士，就可享有五个半小时的光明。一位颇有持家经验的老人跟我说，一磅半的灯芯草，够他们家用上整整一年。况且他们都是劳作的人，日出而作日落而息，大白天里他们是不会点灯的。

在白昼短的日子里，一早一晚，小农夫家的牛棚和厨房多用灯芯草。反而是那些很穷的人往往不懂持家之道，因而也只能穷下去了。他们每晚都要花半便士买蜡烛，但因为屋里透风，所以往往不到两个小时蜡烛就烧完了。也就是说，他们花的钱本可以换来十一个小时的光明，现在却只买了两小时的光明。

既然在说乡下人的持家之道，那就不妨再说一种只有在我们这里才见得到的家什 —— 一种十分精巧的小扫帚。它是我们儿的护林人用一种名叫金发藓的植物的茎做成的。沼泽里有很多这种植物，看林人还管它叫"丝木"。把它表面的苔藓打理好，再剥掉外皮后，就能看到里边鲜亮的栗色内茎了，十分漂亮。它既柔软又有弹性，非常适合掸床、窗帘、地毯和各类挂件上的灰尘。若是镇上的制刷匠知道了这种扫帚的存在，一定会非常惊喜，我迫不及待地要把它们的上述功用发扬光大。[①]

此致

敬礼！

① 在阿什顿·立弗爵士的博物馆里能见到这种扫帚。

第二十七封

塞耳彭，1775 年 12 月 12 日

阁下：

二十多年前，我们村里有一个傻小子。我记得非常清楚，他打小就很痴迷蜂虫。他会吃蜂，玩蜂，心里只有蜂。痴傻之人常常只专注于一件事，别无二心，这个孩子也一样，他把自己仅有的那点儿才智全都放在了蜂虫身上。冬天，他就待在他父亲的房子里，守着火炉打盹，跟在冬眠一样，很少会离开壁炉角。但一到夏天，他就苏醒了，一副十分机警的模样。在田野里，在被阳光烘烤下的河岸上，追寻他的猎物。蜜蜂、熊蜂和黄蜂都是他的目标，只要看到了他就抓。而且他抓蜂虫的时候，毫不在意它们的刺，直接徒手抓，抓住就马上拔掉它们的武器，并张口吮吸它们身上的蜜囊。有时，他会把这些小俘虏塞进怀里，直接贴着胸口，用衣服兜着；有时他也会用瓶子来装。这傻小子真像只黄喉蜂虎，

黄喉蜂虎
European bee-eater

对养蜂人来说，可谓是一大祸患。因为他会溜进养蜂场，坐在蜂架前，用手指敲击蜂房，蜜蜂一钻出来就直接抓住。他特别喜欢喝蜂蜜，常常为了找蜜而掀倒蜂房，贻害乡里。一看到酿蜂蜜酒的地方，他便会绕着酒桶转个不停，央求人家给他一口蜂蜜酒喝。他一边绕，一边用双唇发出蜜蜂的那种"嗡嗡"声。这小子很瘦，气色也不好，形容枯槁。只有在干他喜欢的事情时，他才能显现出些灵巧劲儿，一做别的就冥顽不灵。要是他心智再成熟点，仍专注于蜂虫这一件事，也许能成为专家，让我们不至于对现代养蜂人的技艺感到那么惊奇。我们或许可以这样形容他：

……当你，
这颗最主要的星星顺利发出光芒，
维尔德曼[①]就将……

① 怀特时代一个研究蜜蜂的专家。——基尔顿注

他个子一蹿起来，便离开了这里，去了远方的一个村子。据我所知，他还没成年便英年早逝了。

此致
敬礼！

第二十八封

塞耳彭，1776 年 1 月 8 日

阁下：

这世上最难的事，怕是摆脱迷信和偏见了。这两样东西流淌在

母亲的乳汁里，一旦吮吸了，便融进了我们的血脉，飞速地滋生，在我们的体内烙下最持久的印记。它们与我们的思想交织在一起，难分难舍。若想摆脱它们，需要有最顽强的理智。因而，那些凡夫俗子终其一生都摆脱不掉它们也是正常的。因为他们没受过通识教育，头脑还不开化，所以没有足够的能力来甩掉迷信和偏见。

在这样一个启蒙的时代，似乎不该有迷信这种陋习。我们若要讨论，恐会被怀疑有夸大之嫌。故而在开始讲述本地区的迷信事件之前，先说一番这样的开场白是很有必要的。

赫特福德郡特林城的人应该还清楚地记得，不久前，在1751年，在离首都不到二十英里远的地方，他们捉住了两名年纪很大的作乱者。这两人老得疯疯癫癫的，身体也极其虚弱。人们怀疑她俩在施巫术，为了一探究竟，就把她们抛进了饮马池，最终她们被溺死了。

在靠近该村中心的一个农家院子里，如今还有一排无冠的梣树。从树身侧面的割口和长长的疤痕，便可得知它们以前曾被切开过。这些树当年还没长高还很柔韧时，曾被人割开，并在切口处放了楔子撑着。患疝气的孩子会被剥光衣服，推入这些切开的树缝里。人们相信，这种办法能治好那可怜孩子的病。手术一结束，人们就开始给树的切口敷泥，仔细地将其包好。如果这个切口，这个人们用来妙手回春的手术室，像往常一样长回去了，那么这个孩子也就能痊愈了。如果这个切口没有愈合，那么人们便会认为手术失败了。不久前，因为要扩建园子，我砍了两三棵这种用来做手术的梣树，其中一棵的切口就没长拢。

这种迷信应该是从我们的撒克逊祖先那里传下来的。在他们改信基督教之前，常常会用这种仪式来治病。我们的村子里现在还有一些人，据称小时候就是被这种迷信仪式治好的。①

① 如今我们对这种迷信行为都是一笑带过，不过要知道，这些小孩和树在那时通常都会恢复，而现今那些用占卜杖探水源的把戏却总不能成功。——基尔顿注

欧梣
European ash

大约二十年前，教堂附近那个运动场的南角上长着一棵奇形怪状的空心去冠老桦树，常年被人奉为"蜘蛛桦"来敬拜。之所以管它叫这个名字，是因为把这种树的枝干轻敷在家畜的四肢上后，它们身上因蜘蛛爬过而受伤的部位，便能立刻消痛。人们认为蜘蛛天生带有剧毒，它一上身，不管是马、牛、还是羊，都会剧痛难忍，甚至还可能因此变成残废。而这种事，对于家畜来说又是很难避免的，故而为了应对这种多发事故，我们英明的祖先，身边总会带着蜘蛛桦。而且蜘蛛桦的疗效是持久性的，只要是被它治好过的家畜，以后再遇到蜘蛛，就不用再怕了。蜘蛛桦的制法如下[①]：用钻子在树身上钻一个深洞，再把一只可怜的活蜘蛛塞进去献祭，堵上洞。当然，免不了还得念上几句现今早已被人遗忘了的古怪咒语。因为这种献祭的仪式人们早就不知就里了，所以这种代代相传的习俗也就消亡了。而且，在该领地或百户邑里，也早就没有这种树了。

至于运动场上的那棵，

已故的牧师已经将其拔起焚烧了。

当时，身为公用道路管理人的他全然不顾旁观者的抗议，执意给毁了。他们徒然地哀求他，说这棵树有神奇的能力和功效，恳求他把树留下来。他们说：

我们祖先的敬拜，已保存它许多年。

此致
敬礼！

[①] 普劳特的《斯塔福德郡志》中也提到了类似的做法。英格兰北部的农民普遍相信吃鳟鱼能够使牛怀孕产仔，我们曾看到一个农民为了让一头小母牛怀孕，迫使它生吞了一条鳟鱼。——基尔顿注

第二十九封

塞耳彭，1776 年 2 月 7 日

阁下：

在大雾天，树可谓是完美的蒸馏器，尤其地势高的地方，更是如此。那些不留意这件事的人，是根本无法想象一夜之间一棵树通过冷凝蒸汽能蒸馏出多少水的。这些水滴会顺着树的枝干滴落下来，在地上积一个大水坑。1775 年 10 月的一个雾天，牛顿巷一棵枝叶繁茂的栎树凝了很多水，下滴速度极快，车道上积起了一个又一个小水坑，车辙里也都是水。而平时这条路一般都干得尘土飞扬的。

若是我没弄错的话，我国位于西印度群岛的一些小岛上是既没有泉，也没有河水的。人们仅靠那些高大的树木凝水，满足生活所需。那些高高的树木长在深山里，树冠终年都笼罩在云雾里。正因如此，它们才能持续为居住在附近的人提供水分。而人们之所以居住在这儿，也正是由于它们能凝结液化水汽。

那些有叶子的树比没叶子的树表面积要大得多，所以理论上说，它们凝结的水汽应该远远高于光秃秃的树。但因为前者还会吸入大量的水汽，所以很难说到底哪种树滴的水更多。但据我所知，似乎是那些树身上缠了许多常春藤的落叶树蒸馏量最大。常春藤的叶子光滑又很厚，温度也低，所以水汽凝结的速度也快。而且常绿植物摄入的水汽也少。对于那些想在小池塘边种树、希望水常年不枯的聪明人来说，上述事实应该能给他们启发。至少，可以推断出种什么树最适合，种哪种树比别的树效果更好。

树出汗多，凝结的水汽就多，以遏制蒸发。所以，树林里总是潮湿的。因而，无怪乎人们说树木能帮池塘和溪流蓄水了。

在北美，树木能为湖泊与河流增加水量是众所周知的事。因为树木和森林一旦被砍伐，附近的所有水域水量都会大大减少。因此，那些一个世纪前还水量丰沛的溪流，现在连一座水磨都带不动了。① 我们这儿的很多林地、森林和围场里都有很多个池塘和沼泽，想必也是因为这种原因而形成的。

① 参见维德·卡尔姆的《北美洲游记》。

对于那些爱思考的人来说，最奇怪的事莫过于白垩山山顶上形成的那些小水塘了。即使在最干旱炎热的夏季，许多水塘也不干涸。我之所以说白垩山，是因为多岩石多沙砾的土壤，常会有泉水从高地和山侧喷出来。可熟悉白垩山的人却会说，他们只在山谷和谷底见过泉水，从没在那种土壤层见过。掘井人曾一再跟我说，白垩层中的渗水力极强，存不住水也成不了河。

我们这附近现在有很多这种小的圆形水塘，其中有一个比较特别的，它位于一片高出我家三百英尺的牧羊高地。虽然水塘最深处的深度从未超过三英尺，直径也不超过三十英尺，水量可能也不过两三百大桶，但它从没枯竭过，还一直供三四百头羊和至少二十头体型较大的牛饮水。尽管这口水塘不枯竭肯定是因为上方有两片山毛榉凝结了不少水汽，给它补充了水源的缘故，但我们还见过其他没有树木提供补给的小水塘，尽管终日风吹日晒蒸发了不少水分，不停前来饮水的牲畜也消耗了不少水量，但它们仍留有相当的水量。而且即便在最潮湿的季节，它们也不会溢流，不过要是有泉水汇入，可能就泛滥了。我1775年5月的一篇日记里就这样写道："此时山谷里的水塘都已经干涸了——不管是小水塘还是那些以前水量很充沛的，但山顶上的那些小水塘却没怎么受影响。"这样的差别仅仅是由蒸发造成的吗？就因为谷底的水汽蒸发得更多吗？还是说高处的那些水塘有些未被发现的补给源，一到晚上，就会给它们补充水量，抵消白天消耗掉的？不然的话，仅是牲畜饮水一项，就够把它们耗干了的了。其中的原因十分有必要更加仔细地探究一番。黑尔斯博士在《静态植物学》一书中曾基于实验解释过:"地面越潮湿,夜间降的露水就越多;而水面落的露水的量是落在潮湿地面的两倍多。"因此,我们能看到水因为本身就温度低,所以能在夜间通过冷凝作用吸聚大量的水汽。因而,光是携带了雾气、水蒸气,以及大量露水的空气,就足以成为一个庞大且永不枯竭的水源了。那些常常在早晚出门的人,譬如牧羊人、渔夫等,都知道夜里的高地雾气很重。即便是在夏天最热的时候,也不例外。尽管人们感知不到有什么水汽落到地面上,但都能看得出,所有东西的表面都洇着厚厚一层游动的水汽。

此致
敬礼!

第三十封

塞耳彭,1776年4月3日

阁下:

法国解剖学家埃里桑先生似乎相信自己已经找到了大杜鹃不自己孵卵的原因。他认为,这是一种因身体构造而导致的障碍。这位先生说,大杜鹃的嗉囊不像鸡和鸽子等鸟那样在脖子底部的胸骨前,而是紧挨着后脖子,贴在肠子上方。因而,它们的肚子便鼓起了一部分。[1]

受这一结论的影响,我们捉了一只大杜鹃,剖了它的胸骨,露出内脏,发现大杜鹃嗉囊的位置果然如他所言。它的胃又大又圆,里边塞满了食物,像针线包一般硬硬的。仔细检查一番之后,我们

[1] 参见1752年版《皇家学会史》。

发现它胃里有各种各样的昆虫,譬如小金龟子、蜘蛛和蜻蜓等。我们曾经也见过大杜鹃在空中捕捉蜻蜓,而且是捕捉刚刚从蛹变成幼虫时的蜻蜓。在这一堆大杂烩里,我们还看见了蛆虫和许多种子,有鹅莓的、红茶藨子的、红莓苔子的,还有一些其他类似水果的。显然,大杜鹃是靠吃昆虫和种子来维生的。有传言说大杜鹃是食肉鸟,但它的胃里却没有骨头、羽或毛等东西可以证实这一说法。

在我们看来,这种鸟的胸骨短得出奇。嗉囊就在胸骨和肛门之间,而紧挨在胸骨之后的,就是贴着背骨的肠子了。

红茶藨子
redcurrant

鹅莓
European gooseberry

　　就如这位解剖学家所说,它们的嗉囊就在肠子上方,孵卵的时候肯定会很不舒服,尤其是当它装满了食物的时候,尤为如此。但有一点还有待考证,即那些会孵卵的鸟,其体内的构造是否就与大杜鹃不同呢?我决定等有机会就自己去捉一只欧夜鹰来一探究竟。如果它们体内的构造相同,那就不能简单定论说大杜鹃是因身体构造而不自己孵卵了。

　　不久之后,我们便捉到了一只欧夜鹰。从它的生活习性和体型来看,我们怀疑它体内的构造可能跟大杜鹃相似。我们的猜测不是凭空而来的,因为解剖了欧夜鹰之后,发现它的嗉囊果然也是在胸骨之后,紧贴在内脏上面,即位于内脏和肚皮之间。它的肚子又大又硬,里面塞满了大个的蝶蛾,还有几种蛾子和它们的卵。毫无疑问,这些卵是欧夜鹰在吞咽的时候,从昆虫肚子里挤出来的。

　　众所周知,欧夜鹰是自己孵卵的。而目前来看,它体内的构造又和大杜鹃相似,因而埃里桑先生的推测——大杜鹃不自己孵卵是因为它体内肠子的位置特殊,就站不住脚了。所以为何只有大杜鹃有这种奇特的怪癖,我们仍旧一无所知。

在体内构造方面,我们发现雌白尾鹞也跟大杜鹃一样。而且,据我所知雨燕也是如此,看来很多不食谷类的鸟儿,体内构造大致都是这样的吧。

此致
敬礼!

第三十一封

塞耳彭,1776年4月29日

阁下:

1775年8月4日,我们偶遇了一条极北蝰。它正躺在草地上晒太阳,看起来又重又臃肿。等我们把它剖开以后,发现它肚子里居然有十五条小蛇。最

极北蝰
common European adder

短的一条也足足有七英寸长，跟发育完全的蚯蚓差不多长。这些小蛇一出世就显现出与生俱来的毒蛇本性。刚从娘胎里出来，就显现出了极高的警惕性。它们边扭边蠕动，一被棍子碰到，就刷地立起身子，张大嘴，做出恐吓和反抗的样子。不过，它们还没长出毒牙，我们还拿了镜子好好找了一番，也没看到。

对于那些爱思考的人来说，没有什么比小动物们的本能更神奇的了。即便它们打娘胎里继承来的武器还没长出来或发育好，本能也会告诉它们这些武器长在哪儿，该如何正确地使用进行自我防卫。因而，小公鸡在长出鸡距前，便会用脚去攻击遇到的敌人；小牛或小羊在长出角前，就知道用头去顶对手。同样，这些小极北蝰在长出毒牙前，就会试图张口去咬人了。不过，那条母蛇的毒牙还是非常可怕的，但我们已经将它们扳起来（因为毒牙不用的时候是放倒了收在嘴里的）用剪子剪断了。

说这些小蛇此前在娘胎外面，因母蛇感觉到有危险，而复又把它们吞进嘴里保护它们，是不太可能的。因为如果是这样的话，这些小蛇就应该是待在母蛇的脖子处，而不是在肚子里了。

第三十二封

去势会产生很奇怪的效果，它会削弱人、兽或鸟的气势，让其变得更加阴柔，似其异性。因此，阉人有光滑细嫩的胳膊、腿，有宽大的臀部、光洁无须的下巴，以及尖细的嗓音。阉割过的雄鹿与雌鹿一样，头上都没有角。阉割过的公羊角很小，像母羊一样。阉割过的公牛角大而弯曲，当它们低吼时，声音粗粝，跟母牛似的。而未去势的公牛，角则短且直，尽管它们哼哼时调子低沉，隆隆作响，但哞叫时，声音却尖锐清亮。阉割过的鸡，冠和垂肉都很小，脑袋看起来就跟小母鸡一样苍白无力。它们走起路来也不再大摇大摆，还会像母鸡一样招呼和孵养小鸡。阉割过的猪，长牙也小得跟母猪的一样。

由此可见，雄性生物的雄性器官一旦被摘除，那些被视为雄性标志的器官或附属器官就会停止生长。聪明的莱尔先生则在其论农事的书中，更为深入地探讨了这一问题。他说，有时光是失去这些标志，就能对动物的能力造成奇怪的影响。他曾经养过一头又凶猛又好色的公猪，为防止它为非作歹，他命人拔去了它的长牙。这头公猪的牙一被拔掉，就很快丧失了元气。以前它对那些母猪总是格外热情，哪怕有围栏围着，它都能冲过去。而去了势以后，再见到母猪，它就不理不睬了。

第三十三封

猪在自然状态下到底能活多久，人们对此几乎一无所知，原因很简单——让这种暴烈的动物自然老死既不划算又不省事。然而，我却有这样一位邻居，他家境殷实，虽无心格物致知钻研真理，但却常年养着一头杂交的母矮脚猪。这头猪很肥，身子都长成了圆柱状，肚子也都拖到了地上，已经活了十七年了。在这般高龄时，它显现出了猪的老态——牙齿开始腐烂，生育能力也下降了。

在大约十年的时间里，这头高产的母猪每年能产两次崽，一次约十头，有一次甚至生了二十多头。但由于奶头的数量是小猪数量的一半，所以很多小猪都饿死了。因为活的年头久了，所以这头母猪也变得非常精明和狡猾。过去，每当有与公猪交配的机会，它便会拱开所有碍事的门，独自跑去一个养了一头公猪的遥远农场。目的达成后，它便会再拱开所有的门，按原法返回。大约从它十五岁那年起，她的产崽量便开始下降了，一次只能生四五头。它圈里的小猪也都膀大腰圆的。它膘肥体壮时，肉质肥美鲜嫩，皮也出奇地薄。保守估计，这只多产的母猪已经生了三百多头小猪了。在大的四足动物中，算是生育能力强得惊人的了！它于 1775 年春天被宰杀。

此致
敬礼！

第三十四封

塞耳彭，1776年5月9日

阁下：

"……母老虎一定哺育过你。"

在前面的信中，我们曾说过，在孤独的环境中即便是霄壤不同的动物也有可能因朝夕相伴而彼此依赖。如此一来，就不得不说说动物之间出于另一种动机而萌生的类似的奇特爱恋。

有人给我的朋友送去了一只可怜的小野兔，他叫仆人们用勺子喂它牛奶。恰好那时，他家的猫刚产了崽，而那些小猫却被弄死并埋葬了。没过多久，那只兔子就失踪了。人们以为它多半是跟大多数宠物一样，被某只狗或猫吃掉了。然而，大约过了两周以后，某天黄昏，当这家主人坐在自家花园的时候，看见自己的猫竖着尾巴朝他小跑了过来。它一边跑，还一边发出欢快的叫声，又短促又轻柔，就像叫猫崽一样。它身后跟着一只蹦蹦跳跳的小动物，居然是之前跑了的那只野兔。原来这只母猫在用自己的奶养那只兔子，后来还一直养着它，把自己的母爱全释放到了它身上。

这只食草动物竟然由一只食肉并以掠食为生的动物哺育长大，太让人惊叹了！

猫是猛兽，属于猫属，即林奈所说的"鼠狮"。但为什么像猫这样残忍凶猛的动物，在面对自己天然的猎物时，却会表现出这般深情呢？原因可真是难以揣摩。

这种奇怪的情感可能是源于对失去的东西的渴望。这只母猫因失去自己的猫崽，而被唤醒了心中的母爱。同时也因为自己的乳头被吮吸而感到快慰和满足。因为乳头会因饱胀奶水而难受，所以出于天性它非常乐意哺育这个弃儿，视它如己出。①

有时，无助的弃儿被失去了幼崽的母兽收养，对养育双方来说，并不是什么坏事。对于这种奇怪的现象，诗人们和严肃的历史学家们都有过记载。不过，一只可怜的小野兔被残忍的老母猫哺育这种事，还是没有从婴儿时便由母狼抚育长大的罗慕路斯和瑞摩斯的故事离奇。

> ……盾上雕着那只母狼，产崽之后卧在战神玛尔斯的青葱的洞窟里，一对孪生的男婴围绕着它累累的乳头嬉戏，吸吮着他们的狼乳母的奶汁，毫无惧怕之意，母狼转动着她光滑的头颈轮流抚弄着他们，还用舌头舔他们的身体。②

① 我们曾见到一只猫试图做一群小鸭子的养母，并极其疼爱它们。但这种疼爱并非出于感激它们缓解了它的乳头胀痛。——基尔顿注

② 选自杨周翰译本《埃涅阿斯纪》。——译者注

第三十五封

塞耳彭，1777 年 5 月 20 日

阁下：

常发洪水的地方，土壤一般都很贫瘠，可能是因为地里的虫子都被淹死了。在大自然的算法中，即便是最不起眼的昆虫和爬虫，也能对周围的环境产生极大的影响、起到极大的作用，但它们却容易被人忽视。它们个头小却作用大，数量和繁殖力也很惊人，所以应该好好地重视它们。譬如蚯蚓，尽管在自然的链条上，它似乎只是微不足道的一小环，但假使没了这一环，便会造成可悲的缺口。先撇开以它为食的鸟儿和四足动物不说——要知道几乎半数的鸟类和一些四足动物都完全靠吃它们维生，它们自己似乎就是植物生长

的一大助力。没了蚯蚓钻孔、打洞和松土，雨水就不能充分渗透进土壤，植物的根须便不能充分生长了。没了它们拖进土壤里的稻草、叶茎和树枝，尤其是没了它们留下的被人们称为"蚯蚓粪"的无数排泄物小土块作为上好的肥料，庄稼和草便会长不好。当雨水将小山和斜坡上的泥土冲走以后，很可能是蚯蚓带来的新土壤。它们喜欢斜坡，可能是害怕在平地会被水淹。园丁和农夫们都厌恶蚯蚓，前者不喜欢它们可能是觉得它们躺在小径上有碍观瞻，还会增加他们的工作量；而后者不喜欢，则可能是以为蚯蚓会吃掉他们的嫩玉米。但他们应该明白，若是没了蚯蚓，土地马上就会变得寒冷，还会结块，失去疏松物，土壤最终会变得贫瘠。此外，我们应该为蚯蚓正名，其实，它们对嫩玉米、植物或花朵造成的那点伤害，远不及那些各种各样处于幼虫期的金龟子和大蚊，以及那些数不胜数还不引人注意的无壳小蜗牛。这些小蜗牛也叫蛞蝓，它们常常悄无声息、不动声色地大肆破坏庄稼和花园。①

我们上边所说的这些内容，或许能起到抛砖引玉的作用，让那些生性喜欢探索、又对蚯蚓感兴趣的人，去从事相关的研究。

一篇关于蚯蚓的好论文，既会让读者感到趣味盎然，又能给读者增长见识，还能在博物志上开辟一片广阔的新天地。蚯蚓在春天最活跃，但它们在深冬并不会冬眠。每到温暖的冬夜，它们便会出来活动。只要不怕辛苦，端上蜡烛到草地里寻找一番，就会发现此言不虚。并且蚯蚓是雌雄同体的，性欲极强，因此十分高产，子嗣颇多。

此致
敬礼！

① 诺顿农场姓杨的农民说，今年（1777年）春天他一片地里的约四亩小麦全被蛞蝓毁了，它们爬满了麦叶，叶子一长出来就被它们全吃光了。

第三十六封

塞耳彭，1777 年 11 月 22 日

阁下：

您一定记得去年 3 月 26 日和 27 日两天天气十分炎热，人们个个都叫苦连天。毕竟习惯了天气渐渐转暖，这样骤热的天气难免让人感到烦躁不安。

这突然如夏日一般的炎热，也带来了许多夏日才有的景致。在那两天，阴凉地的温度也都升到了 66 度①。许多昆虫都因此苏醒，并爬了出来。我们这儿还聚集了一些蜂虫。萨塞克斯刘易斯附近的那只老陆龟也醒了过来，爬出了它的寝室。但与我眼下的话题最相关的，是很多地方出现了家燕，数量还不少，它们个个都很机警，尤其是在萨里的科巴姆一带。

这种酷寒之中乍现的温暖天气，如昙花一现，很快就过去了。接踵而至的还是恶劣天气，冰霜不断且寒风刺骨。昆虫们躲了起来，老陆龟也钻回了地里。而燕子也是到了 4 月 10 日，春寒消退、天气渐暖之时，才再次出现。

而且，从我多年的日记来看，白腹毛脚燕大约 10 月初开始撤退。因而不善于观察的人就会以为那便是它们的告别之日了。但我的日记却写着，11 月的第一周还能看见大群白腹毛脚燕。而且通常是在 11 月 4 日那一天，不过也仅此一天。而且它们那样子看起来不像是在迁徙，它们悠闲地嬉戏翻飞，静静地捕食，好似没什么事能拨动它们的心弦一样。本月初它们就是这种状态。因为在 11 月 4 日这天，那些看起来在 10 月 7 日就全部隐退了的白腹毛脚燕，又

① 18 世纪初期，温度计被发明，标准不一。书中吉尔伯特·怀特使用了多支不同制作者制作的温度计，因此，温度换算标准不一。——译者注

白腹毛脚燕
common house martin

出现了 20 多只,但也只有那一上午。它们在我的田地和林地里飞来飞去,捕食那些群聚在阴凉处的昆虫。11 月 3 日那天还狂风暴雨,可到了 11 月 4 日就温和起来了,天阴沉沉的,但刮着西南风,温度也到了 58.5 度。这么高的温度,在这个季节还是不常见的。此外,还有一件事或也值得一提,那便是无论秋冬只要气温超过了 50 度,就会有蝙蝠飞出来。①

综上所述,只要天气稍一反常地变暖,那些还在冬眠的昆虫、爬虫和四足动物就会从沉睡中醒来。因此,正是这低温天气,促使着动物们如此死寂地冬眠。而且更进一步说,我们可以推测英国燕科鸟中有两种全部或至少有一部分是终年不离开本岛的,只是会进入蛰伏状态。因为要说这些白腹毛脚燕离开一个月后,又从南方回来,只为在 11 月的某一天露一早晨的面,或者说家燕在 3 月离开

① 我们曾对冬眠中的黄蜂、刺猬和睡鼠做过一系列实验,发现温度到达 48 度的时候就会唤醒它们。——基尔顿注

非洲，只为回来过几天短暂的夏日，也实在太让人难以信服了。

此致

敬礼！

第三十七封

塞耳彭，1778年1月8日

阁下：

几年前，我们村里有一个可怜的穷人，他自打出生起，便患上了麻风病。我们都觉得他患的病很奇特，因为只在手掌和脚掌处发病。这种鳞状的麻风疹每年发作两次，春季一次，秋季一次。而且，疹子揭去以后会露出细嫩的皮肉，导致手脚都不能正常活动。因而这个可怜的人，半生都拄着拐杖，无法工作，只能闲散度日，他不能剧烈活动，整日郁郁不乐。他身材瘦削形容枯槁，生活困苦悲惨，只能苟延残喘地度日。生活对他和他所在的村子而言，都是一种负担，他的村子还必须得供养他。直到三十多岁，死亡才解脱了他的苦难。

那些喜欢把孩子的身体缺陷都归结于孩子母亲"嗜好"的善良妇女们说，他之所以患这种病，是因为他母亲非常喜欢吃牡蛎，怎么吃都吃不够。所以，他手脚上长的那些又黑又硬的皮屑，就是牡蛎的壳。我们认识他的父母，两人都没有麻风病，而且他父亲还很长寿。

从古至今，麻风病都在为祸人间。似乎在远古时代，以色列人就深受其害了。对此，利未人还专门在法典中制定了相关戒律，并再三重申。[①]一直到他们共和国晚期，人们对这一邪恶病症的憎恶

① 参见《圣经·利未记》第13章和第14章。

也没消减多少,《新约》的许多段落都能反映这一点。

几个世纪前,这一可怕的疾病曾席卷整个欧洲。从为治疗这一疾病而准备的大量设施可以看出,我们的先辈们也没有幸免于难。林肯教区便有一所专门收治女麻风病人的医院,德拉姆附近有一所专门收治贵族的,伦敦和索思沃克有三所。那些规模大一点的镇子和城市市内以及周边,可能还有更多治疗麻风病的医院。此外,一些贵族领主以及富裕且乐善好施的名流显贵们也留下了大笔遗产,救助那些受这个病折磨的可怜人。

因此,那些仁慈且好思考的人只要细想一下就一定会觉得既惊奇又欣慰,因为这个疾病现在基本根绝了,患麻风病已经变成了一件很罕见的事。他要是接着往下想,一定会想探究一下其中的缘由。之所以出现这一可喜的变化,可能是因为这些国家的人们都开始吃鱼而很少吃腌肉了,且这一习惯还延续了下去。与此同时,人们开始穿亚麻布制成的贴身衣物。此外,家家户户还都吃上了大量的好面包、水果、根菜、豆类和绿叶蔬菜。三四个世纪以前,还不存在围场、草场、芜菁地、胡萝卜地和干草场,所有在夏季长满膘、又没被杀掉供人们过冬的牲畜,都会在米迦勒节后不久被赶出去各显神通地度过寒冬。因而在冬春两季人们是吃不上鲜肉的。爱德华二世在位期间,老斯潘塞家食物储藏室里之所以会堆放海量的腌肉①,一直吃到5月3日暮春时节,原因就在此。

那些不安分的贵族们正是靠这些储藏,才豢养了一大群放纵的侍从,这些侍从目无法纪,整日为非作歹。但农业如今已经日趋完善,冬季也有最好、最肥的牲畜可以宰杀。人人都有钱买新鲜的肉吃,再也不用吃腌肉了,不过好这口的就另当别论了。

毫无疑问,导致老百姓们患上这种疾病的原因之一可能就是大量食用糟肉和咸鱼。人们日常吃,四旬斋也吃。而现在,就连穷人

① 即六百头熏猪肉、八十头牛肉和六百头羊肉。

都不怎么碰这些东西了。

以前，人们贴身穿的衬衣或内衣都是用毛织成的，穿得久了，变得又脏又臭。后改用亚麻，还是相对较为晚近的事了。这种变化，肯定能防止皮肤病。目前，较穷的威尔士人还在穿羊毛制品，没换成亚麻的，所以他们更容易长疹子。

南部地区各阶层的人的餐桌上如今都不缺好的小麦面包，它们已经取代了以前那些用大麦或豆子做的难吃面包。小麦面包可能有助于大大降低血液的酸度并调和体液。如今，那些住在山里的人仍然容易患上瘙痒症等皮肤病，就是因为食物匮乏和食材差。

至于园子里果蔬的产量，任何善于观察的中年人，只要回头仔细想一下就能发现，不管是城镇还是乡村蔬菜的消耗量都已经大大增加。现在，城里的菜摊让人们都吃上了蔬菜，生活变得舒适了起来，也让菜农们发了财。每个体面的劳动者都有自己的园子，一半是为了种点菜自己吃，一半是为了消遣。那些普通的农民还会给自己的雇工准备大量黄豆、豌豆和绿色蔬菜，让他们就着腌肉吃。少数不这么做的人，是会遭人鄙视的，会被骂作贪婪吝啬、不顾底下人的人。近二十年来，因为有额外补贴，这片地区到处都在种土豆。如今，这里的穷人们非常喜欢吃土豆，而在前一个王朝，这可是他们尝都不敢尝的东西。

我们的撒克逊祖先一定种过某种甘蓝，因为他们管二月叫"萌芽月"。但那之后的很长一段时间里，人们很少会去园子里栽培果蔬。教士们生活得都很悠闲，还一直和意大利那边保持书信往来，他们是我们这儿最早致力于园艺的人。他们在大大小小的修道院①里开辟了菜园、种上了果树，园艺技术已较完美。而贵族们却只关心与战争或狩猎有关的事，其他一概不闻不问。

① "修道院里，知识之灯还亮着，尽管有些昏暗。在这里，实业家们被培育成了国家支柱。学问则由僧侣们传承，他们是唯一精通机械、园艺和建筑的人。"——参见达尔林普尔的《苏格兰编年史》。

旱芹
celery

直到绅士们开始研习园艺学，此项技艺才得以飞速发展。科巴姆勋爵、伊拉勋爵和比肯斯菲尔德的沃勒先生是最早一批既促进了庭院装饰学的发展，又不小瞧厨房一角和果墙管理的贵族。

了不起的雷先生在其欧洲游记里曾写过一番话，既让我们感到吃惊，又证实了上面的说法。尽管已经晚至他那个时代了，但我们发现他在书里说："意大利人常用几种香草做沙拉，但英国人却不，就算有英国人做，也是最近才开始的。譬如说，旱芹就只是一种带甜味的野芹菜而已，但他们却会将其带一点根一起割下来，蘸着油和胡椒生吃它的嫩茎。"后来，他还进一步补充道："离海边比较远的地方，人们常常会吃用沸水焯过的苦苣。而把它当沙拉生吃的味道似乎比莴苣还好。"雷先生的这趟旅程，最迟不晚于 1663 年。

此致
敬礼！

第三十八封

也是机会凑巧，这青年和他的猎友正好走散了，因此他便喊道："这儿可有人？"有回声答道："有人！"他吃了一惊，向四面看，又大声喊道："来呀！"又有人答道："来呀！" ①

① 选自奥维德《变形记》第三章，杨周翰译。——译者注

塞耳彭，1778 年 2 月 12 日

阁下：

这一片区域地形十分多变，到处都是空谷和垂林，因而也就无

怪乎我们这里很容易产生回声了。我们常常发现，狗群吠叫的回声、狩猎号角的回声、悦耳铃声的回声以及鸟儿歌唱的回声，都很好听，只是我们还缺少一种清晰连贯的多音节回声。直到在一个夏日黄昏，一位年轻的绅士在散步时与朋友们走散后，意外填补了这个空白。他不停呼喊着自己的朋友们，然而却在一个最意想不到的地方听到了一种很奇妙的回声。起初，他还很吃惊，以为是哪个小男孩在捉弄他。于是，他便用几种不同的语言反复试着喊了几遍，结果发现他的回应者居然也通晓数种语言。这时，他才明白自己上当了。

傍晚，在乡间的嘈杂声还没消寂之时，这里的回声可以异常清晰而准确地重复十个音节，并且非常清晰。尤其是当选择"扬抑抑"格时，效果最为明显。

> 提泰鲁斯，你倚靠着枝叶缤纷的……

这句诗最后几个音节的回声，与最前面几个音节的回声一样清晰可闻。毫无疑问，若是在半夜空气弹性很大且一片死寂的时候做这个实验，回声应该还能再多上一两个音节。但因为那地方太远了，这么晚去做实验非常不方便。

我们观察到，轻快的"扬抑抑"格的回声效果最好。因为当我们用缓慢、低沉、又拗口的"扬扬"格做试验时，发现同样数量音节的诗句，

> 一个可怕、丑陋、巨大的怪物……

返回的回声却只有四五个音节。

听回声会发现，总有地方的回声比其他地方更洪亮更清晰。这种地方通常与回音物呈90°，且二者距离既不能太远，也不能太近。建筑物或光裸岩石的回声效果比垂林或山谷更清晰。因为在垂林或山谷中声音会被层层叠叠的遮挡物缠住、困住，所以声音难免会被消减掉一些，在回传的过程中还会再被削弱一点。

我们做了各种实验，发现返回这种回声的东西原来是一座石砌的忽布窑。这个窑位于加利街，顶上盖的瓦，正面长 40 英尺，地面到窑檐高 12 英尺。听回声音程最短的地方是国王田中的一处，即在通往诺尔山的路上，在车道上方一道陡峭田埂的边缘处。本来听回声是不用卡着音程的，但在这条路上，恰好在那个位置能幸运地听到回声，因为它路面起伏不断，所以说话者走路时一进一退，嘴巴就会高于回音物或低于回音物。

我们精确地测量了一下这多音节回声，发现合适的距离比用普洛特博士的远处回声定律算出来的短很多。在《牛津郡郡志》一书中，普洛特博士说为了得到清晰的回声，每多一个音节，就要增加 120 英尺的距离。根据这个定律，要想收到 10 个音节的清晰回声，每个音节又需要 120 英尺，那么声源需要与回音物相隔 400 码的距离。然而我们做测量时，两者之间的距离却只要 258 码就够了，即每个音节 75 英尺。因此，我们测算的距离要比根据博士的定律算出来的短，两者的比例为 5∶8。但必须说明的是，这位诚实的哲学家后来也承认了，产生回声的距离，也会因时间和地点的变化而变化。

当做这类实验时，我们必须时刻谨记：实验当时的天气和时间会对回声产生很大的影响。阴沉潮湿的空气会减弱和阻碍声音的传播；炙热的阳光又会让空气变得稀薄，削弱空气的弹性；狂风则会打散所有的声音。只有在平静、清新且多露水的夜晚，空气才最有弹性。而且，可能天色越晚，空气越有弹性。

回声总是会激起人们无限的遐想，所以诗人常常将它们拟人化。在他们笔下，回声幻化成各种形象，衍生出美丽的故事。所以即使是那些最严肃认真的人，也不必因自己沉迷于回声而感觉羞愧，因为它也可以成为哲学界或数学界探讨的主题。

即便回声没什么趣味，人们也不能否认它至少是无害且不讨人厌的。不过，维吉尔却提出了一个奇怪的说法，即他觉得回声对蜂类有害。他先是列举了一些可能存在，且看上去十分合理的干扰，即谨慎的养蜂人都希望自己的养蜂场能避开的那些干扰因素。随后他又补充道：

>　……还有声音击打穹石，
>
>　　发出鼓荡的回声。

如今的哲学家们是不会承认这种古怪又不着边际的说法的。尤其是他们似乎都认为昆虫根本没有听觉器官。[①]不过，要是有人反驳说昆虫尽管听不到声音，但是能感受到声音回弹时产生的波动，那我觉得这点还是很有可能的。但要是说这些声波是有害的，会让它们觉得难受，那我就不赞成了。因为在晴朗的夏日我屋外的那一众蜂类都活得很好，而那里的回声可着实不小。毕竟我们这个村子可是另一个亚拿突，一个多回声之地。另外，从实验看来，蜂类丝毫没有表现出受声音干扰的迹象。因为我常常拿一个说话用的大喇叭贴着它们的蜂房大喊——那声音大得连一英里外的船都听得到，但那些昆虫仍各司其职，丝毫不为所动，也没表现出一丁点的生气或愤怒。

发现这一回声后没过多久，它就彻底消失了，尽管那个回音物——忽布窑还在。不过这种变化也不是由什么神秘现象引起的。因为这两地之间是一片忽布田，说话者的声音会被田里的忽布杆和互相纠缠的忽布叶吸收掉。但秋天收割完忽布以后，我们还是失望地发现回声并没有回来。不过，这是因为出于保护忽布的目的，田地的边界被种上了高大树篱，完全阻断了声音的传递和回弹。所以，在清除掉这些障碍之前，是听不到回声的。

若有哪位富裕的绅士觉得能在自己的园子或屋外听到回声是件有趣的事，那他不妨花点小钱或不花钱造一面回音壁出来。他只需在修建谷仓、马厩、狗棚或其他类似建筑的时候，把它们建到一座对面几百码处有一面斜坡的小山的缓坡上就行了。要是二者中间还

[①] 我们曾多次看到蚱蜢仅凭听觉找到彼此。——基尔顿注

隔着运河、湖泊或溪流，那就更容易成功了。到了傍晚，他就可以和朋友们选个合适的距离坐下，和这能说会道的仙女闲聊了。说到骄傲和矜持，一跟这位仙女比，所有的女性怕是都要甘拜下风了。因为她：

……有问才答的厄科，别人有话，她不会沉默，

别人不开口，她也不先说。

此致
敬礼！

又及：我相信喜欢古典文学的读者是不会介意我引用下面这些可爱的诗句的。它们把回声描写得如此美妙，还借用流行的迷信把它产生的原因用富有诗意的语言表述了出来：

当你清楚地认识了这一点的时候，
你就能对自己和别人说明为什么
在静寂的地方大石能够把语言
以同样的形状和同样的次序送回来，
当我们找寻着那些在昏暗的山谷里
迷了路的我们的同伴，大声地
向分散了的他们发出呼叫的时候。
我曾见过一些地方送回六七个回声，
当你仅仅叫出一个声音的时候；
因为一个山把声音抛向另一个山，
这样就重复发出它们的回音。
附近的居民想象这些地方

> 有着长着羊脚的半人半兽
>
> 和林间女神们出没其间；
>
> 并且说那里有许多林野牧神，
>
> 由于他们夜里的闹声和滑稽的狂欢，
>
> 那里的无声的寂静就常常被破坏，
>
> 琴调被弹出了，还有甜蜜的怨诉
>
> 由乐师的指尖按触萧笛而倾流出来；
>
> 周围远近许多农民都开始听到音乐：
>
> 当潘神常常一面摆动着那半人半兽的
>
> 头上的松枝松叶，一面用鼓起的嘴唇
>
> 不停地在开口的芦笛上吹奏的时候——
>
> 以免笛子停止送出林间的音乐。
>
> ——卢克莱修《物性论》第四卷[①]

[①] 选自方书春译本《物性论》。——译者注

第三十九封

塞耳彭，1778 年 5 月 13 日

阁下：

　　雨燕是一种非常有趣的鸟，它们身上有许多特性。如今，我能肯定的一个特性是，每年成双入对飞到我们这儿来的雨燕，数量都是不变的。至少在我观察的这些年里是不变的。家燕和白腹毛脚燕的数量太多，在村里分布得也散，很难弄清它们的数量。虽然说雨燕也不是全在教堂筑巢，但它们经常集体在那儿出没，聚在一起嬉戏玩耍，所以数起来还是很容易的。每年都有八对，大约有一半住

在教堂内，剩下的则在一些最低矮简陋的茅屋里筑巢。即便算上所有可能出现的意外情况，那这八对雨燕每年所产下的幼鸟也应该不止八对。可是这些每年新增的燕子都去哪儿了呢？又是什么决定了每年春天是哪几对燕子该回到我们这儿重返故居，而其他的燕子则不用来呢？

自打开始留心鸟类学，我就常常想，鸟儿们之所以在陆地上分布得这么均匀，是因为它们的情感会突然逆转，即在溺爱了孩子一段时间后马上翻脸。若是鸟类在情感上没有这种逆转，那它们最钟情的地方恐怕就会鸟满为患，而它们不喜欢的地方就会空无一鸟，惨遭嫌弃。不过在抢占故居上，父母似乎比子女要强势得多，于是小鸟们就不得不另择新的住所了。对很多种鸟来说，雄鸟之间的竞争往往也是防止它们都挤在一处的因素。鉴于上述的原因，很难搞清每年回到我们这儿来的家燕和白腹毛脚燕数量是否年年相同。不过，就像我之前在一篇论著中所写的那样，燕子们返回时的数量与离开时的显然不成比例。

第四十封

塞耳彭，1778 年 6 月 2 日

阁下：

人们对植物学的嫌恶可谓是由来已久，他们觉得这门学问只是用来消遣娱乐和锻炼记忆的，并不能提高心智或增长真才实学。如果这一学科仅仅是用来系统分类的，那这样的指控的确无可厚非。所以，希望消除这一诽谤的植物学家绝不能仅仅满足于整理植物的名录，而是应该研究植物之理，探究其生长法则，检验有效药草的功能和效力，促进植物的栽培，还要兼具植物学家、园丁、耕作者和农夫四项职责，但也不能全然舍弃分类的任务。因为如果没有分类，自然就会变成让人毫无头绪的荒野。但分类不应该成为研究的主要目的，它应从属于植物学研究的本业。

　　植物非常值得我们关注,它们对人类至关重要。我们生活的舒适和雅致都依赖植物。有了植物,我们才能有木材、面包、啤酒、蜂蜜、红酒、油、亚麻和棉花等。植物不仅强健我们的心,振奋我们的精神,还能使我们免受严酷天气的摧残,让我们有所可居,有衣可穿。本原状态下的人,似乎是靠自生植物维生的。在草长得茂盛的温带地区,人们会以动物的肉和田间、花园里长出的植物为食。只有在极地地区生活的人才会跟熊和狼一样,只食肉。在极度饥饿的时候甚至会捕食自己的同类,简直就是凶残的野兽。①

① 详见新出版的《南太平洋游记》。

蒌叶
betel

植物的生产对各国的经济贸易有重大影响，同时也是航海业的一大助力。这一点从糖、茶叶、烟草、鸦片、人参、蒌叶和纸等商品上即可看出。一方风土有一方特产，互通有无为人类带来了贸易。因而通过贸易往来，即便是偏远地区都能得到其他各地的物产。不过，要是缺少植物及其栽种方法的知识，那我们就只能吃自己产的蔷薇果和山楂，而没法享受美味的印度水果和秘鲁良药了。

植物学家不能拘泥于研究不为人知的种属只为区分其各亚种之间的细微差别，而应该尽力去了解那些对人类有用的种属。你可能会看到这样的人：他熟知田里的每一种药草，却几乎无法分辨小麦和大麦，至少分不清不同种类的小麦或大麦。

不过最被人忽视的植物似乎是牧草。但不管是种田的人还是放牧的人，似乎都无法区分一年生牧草和常年生牧草，耐寒牧草和不耐寒牧草，多汁有营养的牧草和干燥无汁的牧草。

对于北方以畜牧业为主的国家来说，对草的研究至关重要。能改良自己居住之地草皮质量的植物学家，便是有用的社会成员。若他能在光裸的土地上培植出厚厚的草皮，那他就比了解浩瀚的分类学知识的人还有价值。如果他能使"之前只有一叶草的地方长出两叶草来"，那他就是最优秀的国民了。

第四十一封

塞耳彭，1778 年 7 月 3 日

阁下：

一个有山有谷、风光各异、土质不一的地方，植物的种类多就不足为奇了。白垩、黏土、沙土、牧羊的草场和高地、沼泽、石南地、林地和原野都可以孕育出丰富的植物群。那些多岩石且下陷的小道上长满了蕨类植物，而牧场和潮湿的林地里则盛产菌类。若说我们这里还缺了哪种植物的话，那就是大型水生植物了。因为这里不仅远离河流，而且还处在泉源所在的山区。虽说没有必要把所有在本地发现的植物都列举出来，但稍微列举一些较为稀少的植物以及它们的发现地，应该还是不会不被接受，或是让人觉得无趣的吧。

	学名	一般出现的地点
臭铁筷子	Helleborus foetidus	又名"熊脚"，在海伊林地和科尼小垂林里随处可见。这种植物多枝丫，冬季也不凋零，花期在一月左右，适合种在林荫道和灌木林旁做观赏植物。手巧的妇人常会把它们的叶子磨成粉，给被虫子咬过的孩子当药敷。不过，这种粉末的药性很强，使用时要多加注意。
绿铁筷子	Helleborus viridis	生长于一条深陷地面以下的多石路的左手边，即在快到通向诺顿农场的那个拐弯处的位置；亦见于树篱下中多顿的顶上。在初秋时节，这种植物便会萎在地上，要到来年二月左右才会再次发芽，且刚一破土便会开花。
红莓苔子	Vaccinium oxycoccos	见于宾斯塘的沼泽中。
黑果越橘	Vaccinium myrtillus	见于沃尔默御猎场的干燥小丘上。
圆叶茅膏菜	Drosera rotundifolia	见于宾斯塘的沼泽。
长叶茅膏菜	Drosera longifolia	见于宾斯塘的沼泽。
沼委陵菜	Comarum palustre	见于宾斯塘的沼泽。
浆果金丝桃	Hypericum androsaemum	见于下陷的多石路上。
小蔓长春花	Vinca minor	见于塞耳彭垂林和灌木林。

致戴恩斯·巴林顿先生的信

四叶重楼
herb-paris

浆果金丝桃
sweet-amber

锡杖花	*Monotropa hypopithys*	又名"鸟巢花"。见于山毛榉树荫下的塞耳彭垂林，似乎寄生在树根上；亦见于垂林的西北角。
绮莲花	*Chlora perfoliata* 或 *Blackstonia perfoliata*	常见于国王田的田埂上。
四叶重楼	*Paris quadrifolia*	又名"真爱草"，见于丘奇利滕灌木林。
对叶金腰	*Chrysosplenium oppositifolium*	常见于幽暗、下陷的多石路上。
秋花假龙胆	*Gentiana amarella*	见于Z字形路上和垂林中。
欧洲齿鳞草	*Lathraea squamaria*	见于人行桥附近一些榛树下的丘奇利滕灌木林、特里明花园的篱笆上和格兰奇庭院对面的干墙上。

毛川续断	*Dipsacus pilosus*	见于肖特利特和朗利特。
林生山黧豆	*Lathyrus sylvestris*	见于路旁肖特利特脚下的灌木丛中。
欧亚绶草	*Ophrys spiralis* ①	见于朗利特，靠近公地的南端。
鸟巢兰	*Ophrys nidus avis* ②	见于朗利特山毛榉树荫下的枯叶中和大多顿灌木丛中，垂林里也有很多。
火烧兰	*Serapias latifolia* ③	见于海伊林地的山毛榉树荫下。
月桂瑞香	*Daphne laureola*	见于塞耳彭垂林和海伊林地。
欧亚瑞香	*Daphne mezereum*	见于农舍上方塞耳彭垂林东南角的灌木丛中。
黑松露	*Lycoperdon tuber*	见于垂林和海伊林地。
矮接骨木	*Sambucus ebulus*	见于普莱奥利的垃圾堆和废地基中。

① 现学名为 *Spiranthes spiralis*。——译者注

② 现学名为 *Ophrys nidus-avis*。——译者注

③ 现学名为 *Epipactis helleborine*。——译者注

　　植物的所有习性中，最奇怪的就是花期的不同了。有些在冬季或早春开花，有些在仲夏开花，还有些则是要等到秋季才开始绽放，而大部队则是在春暖之后开花。当我们看到臭铁筷子和暗叶铁筷子在圣诞节之际开花，冬菟葵一月开花，绿铁筷子冒出地面就开花的时候并不会感到惊奇，因为它们都是同属的植物④，所以花期挨着也是意料之中的事。然而，其他同属植物花期却迥然不同，这就不能不觉得惊奇了。此处我仅举番红花，即春番红花和秋番红花为例。这两种花非常像，即便是最优秀的植物学家都会把它们归进同一种属，也就是说把它们当成是同一种花的变种，毕竟它们的花冠和内部构造都没什么区别。然而，春番红花常常在春寒料峭的时候开花，最迟也会在三月初开，除非是遇上

④ 冬菟葵（*Eranthis hyemalis*）原学名 *Helleborus hyemalis*，铁筷子属。——译者注

了极端恶劣的天气。然而秋番红花却丝毫不受春夏的诱惑，一直等到大多数植物都开始凋谢结籽了才会开花。这一现象真可谓是造物主的神奇之一，但却因为太过常见而被人忽视了，但这实在是很不应该，因为它虽然常见，但解释起来，难度却堪比自然界中最壮观的现象。

是谁，在皑皑白雪中，

让那火红的番红花绽放出花蕾？

是谁，生生让番红花从炎炎夏日，

等到草木衰退的秋天才开花？

是四季之神！是他那无边的力量，

控制了太阳，洒下毛毛细雨，

他让每一朵花，遵从他的号令开花，

或听他的吩咐推迟花期。

第四十二封

"所有的造物，都有其各自的规津，从一而终；只有鸟类，本多才多艺，既能在地上走，也能在天上飞。"——普林尼《自然史》10.38

塞耳彭，1778年8月7日

阁下：

不论鸟儿是在天上还是地下，在篱笆上还是在人手里，一个优秀的鸟类学家都要有能力从飞行姿态、颜色和体型上把它们区分开来。因为虽然说不是每种鸟都有与众不同的特征，但至少大部分鸟，都多多少少有些自己的特色，能

让人一眼就看出其中的差别。眼力好的观察者,便可据此分辨出是什么鸟。让一只鸟腾空飞起:

……即可知它是哪种鸟……

鸢和鵟在空中盘桓时,翅膀是展开不动的。正是因为这种滑翔习惯,鸢在英国北部又被称为滑行鸟(glead),该词源于撒克逊语中的滑翔(glidan)一词。红隼有一种独特的飞行方式,它可以快速拍打翅膀把身子悬在空中。白尾鹞低低地掠过石南地或玉米地,不时像指示犬那样扑打地面。猫头鹰飞起来十分轻快,仿佛比空气还轻,就像缺少配重一样。渡鸦有一种奇特的习

白尾鹞
hen harrier

小嘴乌鸦
carrion crow

性,能让那些最没有好奇心的人也忍不住注意到它们。一闲下来,渡鸦就会在空中你追我打,尽管是在嬉戏,但不知道的还以为它们是在打群架。而且,当它们从一处飞往另一处的时候,还常常要"嘎"的大叫一声,翻过身子,背部冲地,看起来就像是要从空中掉下来一样。每当它们有这个古怪的动作,都是因为它们要抬起一只脚来挠自己,失了重心。秃鼻乌鸦有时会嬉闹翻滚着直坠地面。小嘴乌鸦和寒鸦则走起路来摇摇摆摆的。啄木鸟每飞一下,翅膀就会一开一合,那样子看起来就像水波一样一起一伏呈曲线状。当这些鸟上树的时候,都会放下尾羽来支撑身体。与其他有钩状爪的鸟一样,鹦鹉走起路来也很笨拙,爬上爬下的时候,还会用喙做第三条腿,小心翼翼的样子十分滑稽可笑。所有鸡形目的鸟都爱招摇过市，走起路来姿态十分优雅，跑起步来也快速敏捷，但飞起来却很吃力，呼呼地扑棱着飞起来，只能飞成一条直线。喜鹊和松鸦拍打着无力的翅膀，总是飞不远。而鹭鸟身子又太轻，似乎也非常不利于长途飞行。但这种大而空的翅膀要是用来运大鱼之类的东西就显得非常有必要了。鸽子，尤其是被称为"打击者"的那一种，双翼常常会在后背上对击，发出响亮的"啪啪"声；而另一种被称为"不倒翁"的鸽子，则会在空中翻滚。到了求偶季节，有些鸟还会做出一些特殊的动作：比如那些平时强壮疾速的斑尾林鸽，一到春天就会晃晃荡荡地四处飞，闲散又顽皮。而雄沙锥一到繁殖季节，便忘了自己先前是怎么飞的了，只会猛扇翅膀，仿佛能御风似的。金翅雀尤是如此。每到这会儿，它们都会飞得无精打采、跌跌撞撞的，就像是受伤垂死的鸟一样。翠鸟则飞得像离弦之箭，欧夜鹰在黄昏时会像流星一样掠过树梢。紫翅椋鸟飞起来的样子就像是在游泳，而槲鸫则既狂野又散漫。家燕附身掠过地面和水面，从那些迅疾转弯翻飞的身影中，人们很容

小䴙䴘
little grebe

易认出它们来。雨燕则会迅疾地转着圈，崖沙燕会像蝴蝶一样飘摇。大多数个头小的鸟儿，都是突然起飞，往前走的时候总是一高一低的，且它们大多都会双脚蹦着前行。不过，鹡鸰和云雀却会两脚交替向前迈着走。云雀叫的时候飞，会直上直下地蹿。林百灵能悬在半空中，林鹨则是一起一落划一个大弧，并在下落时鸣叫。灰白喉林莺会在树篱和灌木丛上一蹦一跳，举止怪异。所有鸭科鸟走起路来都是一摇一摆的。潜鸟和海雀走起路来就像是戴了镣铐，停下来的时候，便立起尾羽，站得笔直。这些鸟儿都被林奈归为 compedes①。鹅、鹤和大多数野禽飞行时都会按照某一个图形，并时常变化位置。矶鹞、绿头鸭和其他一些鸟的第二飞羽都长得很长，导致飞起来的时候，翅膀看起来就是一个钩状的。②小䴙䴘、黑水鸡和白骨顶都是直立飞行的，双脚向下垂着，所以飞不远。它们之所以这样飞原因很简单，翅膀太靠前，偏离了重心。而海雀和潜鸟的腿则又太靠后了。

① 来自compēs，有镣铐之意。——译者注

② 正如哈丁先生所说，这是第三飞羽而不是第二飞羽所产生的效果。——基尔顿注

第四十三封

塞耳彭，1778 年 9 月 9 日

阁下：

讲完鸟的行动方式，自然该接着说说它们的歌声和语言，关于这个我倒也还能说个一二。我不敢说自己能像维吉尔一样，通晓鸟类的语言，能通过复述两只猫头鹰的对话来感化一名穷兵黩武的苏丹③。我只是想说，在羽族中，有很多成员能发出各种不同的声音，用以表达它们不同的情绪、需求和感觉，譬如愤怒、恐惧、爱恨、

③ 见《旁观者》第7卷第512号。

饥饿等。不是所有的鸟都能说会道,有些鸟能言善辩,擅长啼鸣,有的则要言不烦,只能发出少数重要的音。尽管有些鸟沉默寡言,但和鱼不一样,没有任何一种鸟是彻底的哑巴。鸟类的语言非常古老,故跟其他的古语一样,多有省略的地方。即便只是寥寥数语,也能传达出丰富的意蕴。

雕的叫声既尖利又刺耳,且一到繁殖期前后,调子就会有诸多变化。一位长期住在直布罗陀热爱观察大自然的朋友常对我说起这点,他那里有很多雕。我国境内鹰的叫声很像百鸟之王的声音。猫头鹰的叫声很有表现力,它们的叫声很别致,宛若人声。用律管还原后,那叫声就如音阶一般。这种调子似乎是雄性猫头鹰之间用以表达自得和敌意的。它们还会发出一种短促的叫声和可怕的尖鸣。当要威胁别的鸟时,就会发出"呼呼"声和"嘘嘘"声。渡鸦除了会大声"呱呱"叫外,还能发出一种低沉庄重的声音,回音会久久

雕鸮
Eurasian eagle-owl

回荡在林子里。①小嘴乌鸦求偶时发出的声音既古怪又可笑。到了繁殖季，秃鼻乌鸦有时会兴高采烈地想试着歌唱，但却总以失败而告终。鹦鹉类的鸟则能发出很多种调子，这一点从它们擅长模仿人说话上便可得知。鸽子"咕咕"的叫声既深情又凄伤，常用来象征绝望的情侣。啄木鸟的叫声则像是开怀大笑。欧夜鹰，会从黄昏到破晓不停地演奏求爱的小夜曲，那声音就如打响板一样。所有声调优美的鸣禽，都会用甜美的调子和变幻的旋律来表达自己的自得。如上一封信中提到的，家燕常常会尖声鸣叫警告别的燕科鸟，让它们提防附近的鹰。喜欢群居的水生鸟，尤其是那些喜欢在夜间迁巢的，都十分吵闹多嘴。鹤、灰雁和绿头鸭等都这样。它们无休无止的聒噪可以防止它们与同伴走散或是失群。

　　羽族太多庞大，鸟儿品种万千，是很难尽述的。故而这样一个广泛的话题，更适合简单地概括一下。因此，接下来我将用余下的篇幅，专门谈谈我们院子里的几种家禽，都是人们最熟知最了解的。先说孔雀。孔雀那华丽的尾巴总能吸引我们的眼球，但和大多数花哨的鸟一样，它们的叫声也十分粗粝难听，比猫叫和驴叫都不堪入耳。鹅的叫声则铿锵有力，像喇叭一样。按照严肃的历史学家所载，这种叫声还曾救过罗马的朱庇特神庙呢。公鹅的嘶叫声让人十分害怕，满含着威胁之意，用以"保护它的子女"。公鸭和母鸭的叫声迥乎不同，母鸭的声音又大又洪亮，而公鸭的则低沉粗糙又微弱，几不可闻。雄火鸡走起路来趾高气扬的，常冲着自己的情人"咯咯"叫，样子极其粗鲁。当它攻击敌人的时候，则会发出无礼而暴躁的叫声。带着雏儿的雌火鸡通常要时刻留心周围的情况，一旦出现食肉鸟，即便它还在高空，这警惕的母亲也会发出低沉的哀鸣，宣布敌人来了，并死死地盯住它。但如果敌人靠近了，雌火鸡的叫声也会随之变得急切而惊恐，音量也会增加一倍。

① 我们观察到，在一个晴朗的秋日早晨，这种声音会让柳雷鸟在日出时迅速无声无息。——基尔顿注

院子里的居民似乎都不像普通的家禽那样善于表达,语言也没家禽丰富。仅以一只仅四五天大的小鸡为例。如果将它拿到有苍蝇的窗前,它会立刻抓住猎物,并自鸣得意地叫上几声。但若是把它举到一只黄蜂或蜜蜂面前,它的叫声马上就会变得尖锐,充满抗拒和恐惧。一岁大的小母鸡在快下蛋的时候,总会愉快地轻叫几声,宣布自己要下蛋了。它们一生中,下蛋似乎是头等大事。母鸡一卸下重担,就会立刻冲出来,四处欢呼,公鸡和它其他的情人们也会马上跟着叫起来附和它。且这种骚动会从一家蔓延到另一家,各个院子里的鸡都会跟着叫起来,遍及能听见叫声的所有人家。最后,整个村子的鸡都在叫。母鸡一旦做了妈妈,这种新身份就会催生出一种新的语言。这时,它会一边激动地高声尖叫,一边四处乱跑,就像魔怔了一般。而作为父亲的公鸡,词汇量也不容小觑。如果找到食物,它就会呼唤自己最得宠的情人来一起吃。要是有食肉鸟经过,它也就会发出警告声,提醒自己的家人要当心。这只英勇的公鸡不

雀鹰
Eurasian sparrowhawk

仅能含情脉脉地说情话，还能下战书。但它最著名的，还是报晓声。也正因此，它才成了村里人的闹钟，成了宣布晨昏更替的守夜人。因此，诗人曾这些风雅地写它：

……戴冠的雄鸡，吹响号角
划破寂静的时辰。

某年夏天，有一只雀鹰从我邻居家柴堆和房间后的空隙里钻进了鸡舍，把这位绅士家的小鸡掳走了大半。看着自家鸡的数量日渐减少，主人心里很气愤，于是在柴垛和房屋之间巧妙地布了一张大网。那个偷鸡贼再来的时候，果然被缠住了。仇恨让他想到了一个报复的方法。他剪掉了那只雀鹰的翅膀和爪子，往它的喙里塞了个软木塞，再把它扔进抱窝的鸡群里。接下来的画面简直让人难以想象。母鸡们大肆宣泄着自己的恐惧、愤怒和仇恨，这种景象可不多见，至少人们从前从未留意过。这些盛怒之下的母鸡们谴责、诅咒和羞辱着它，最终母鸡们大获全胜。简言之，它们手脚并用，不停地猛击敌人，直到把它碎尸万段为止。

第四十四封

塞耳彭

……缪斯
……
冬季的太阳，为何仅为扎入大海，就那么急；
阻碍冬夜缓行的，又是什么？

房子外面有空地的绅士，不妨设法造一个有实用价值的装饰物，既能赏心悦目，又能促进科学的进步。譬如在园子里竖一块方尖碑状的东西，既能做装饰，又能做日晷。

凡是有好奇心又喜欢开阔视野的人，其实不用费什么工夫，就能造出两个日晷。一个冬季用，一个夏至用。竖起这两根桩子，花不了多少钱。因为只要找两根约十至十二英尺长、底部约四英尺宽的木料，四周再贴一圈木板，就够用了。

如果可能的话，把那根冬天用的日晷放到透过客厅窗户就能看见的地方。毕竟在那酷寒时节，日暮时分的人们通常都待在屋里。夏至用的那个，则可以不考虑这些，立在园子的任何地方都可以。只要是在晴朗的夏日傍晚，主人不论坐在外面的什么地方，都可以测量太阳在一年中白日最长的时候，日影最北能到哪里。要立起这两块桩子，唯一需要的是准确度，以便在白日最短的那天，在日落时分太阳西偏的时节，日影刚好能擦过冬天用的日晷，落在它的西边。而在白日最长的那天，落日的整个光轮，也正好能落在夏至用的日晷的北边。

通过这种简单的办法，人们很快就会明白，严格说来，至日是根本不存在的。因为从白日最短的那天起，人们便可观察到，一到晴朗的傍晚，落日的光轮就会逐渐移到日晷的西面，且一日比一日偏西。而从白日最长的那天开始，又能看到太阳每天都在朝日晷的西面退，直到几天后，彻底落到它后面为止。所以说，太阳是一点一点往西走的。因为在临近夏至日时，太阳的整个光轮会先落到日晷的后边。一段时间之后，它的北偏会首次露头，且每天都会多露出来一点，直到最后，大约有三夜，整个太阳都会出现在日晷北面。不过，中间那一夜，太阳的位置明显要比前后两夜远。当太阳开始从夏至的位置往回退的时候，就会慢慢藏起身影，每夜都藏起一点，直到最后再次落到日晷后面为止。就这样，它一夜一夜渐渐往西移。

第四十五封

塞耳彭

……我们脚下的大地
在吼叫，它将移动。

小的时候，我曾读过贝克的《编年史》。书中写山川会移动和迁移，对此，我既感到惊诧，又深信不疑。约翰·菲利普斯在《苹果酒》中也侧面提到了人们对这类故事的盲信。他的笔法既细腻，又有种《灿烂的先令》一书的作者所有的那种古怪的幽默感。

> 我不建议，也不斥责马利山这一选择；
> 这里苹果的品质最好；
> 但信任这片不诚实的土地却很危险的。
> 谁知道这座山会不会又一次抛下这里出走，
> 把你的好果树，移进你邻居的领土，
> 这样的怪事法津都难断！

但认真考虑了一番之后，我开始怀疑。尽管我们这里的小山从未远行过，但从远古时代起，很多山边的土石就塌落了，只留下了光秃又陡峭的悬崖。诺尔和惠瑟姆的山似乎便是如此，哈特利园林和沃德勒哈姆之间的山冈也是这样，且尤甚。那里的地面在不知不觉间不是隆起变做了山丘就是下陷成了沟壑。这么怪异的地形，除了这个原因，别的都解释不通。不久前发生的一件怪事，也证实了我们的猜测。尽管这件事不是发生在我们区的地界内，但也没出塞耳彭方圆百里的范围。这件事颇为奇特，因而在这样一本描写自然的书中，理应提一下。

　　1774年1月和2月，不仅雪大量融化，雨也下得很凶。因而，2月末的时候，地泉即拉万特河，便开始泛滥了。水涨得很高，几乎赶上1764年那个让人难忘的冬季了。3月初依旧如此。在3月8日到9日的那个晚上，霍克利相当大一片垂林轰然倒塌，留下一片光秃秃的毛石悬崖，就像白垩矿场的峭壁一般。这片巨大的断层看上去似乎是在水的侵蚀和冲刷下，垂直塌落的。山顶的田里原本还有一个木门，也随着山体滑落了三四十英尺，但依然保持着原本矗立的姿势，开合自如，一如之前一样严丝合缝。一起坠落的还有几棵栎树，也站得稳稳的，还很苍翠。这一大块土方被吸进了下面的深沟，但仍可从山脚的斜坡上——光秃秃且没有阻碍——看到它。但那落下的土方要是再往前一点，可就要被埋在垃圾里了。在离这个灌木林斜坡的坡底约一百码的路边，有一间小屋。再往下走两百码，在路的另一边还有一间农舍，里边住着一家农户，房子旁边紧挨着一个矮矮的新谷仓。头一间小屋里则住着一位老太太和她的儿子与儿媳，后一间里住着一户农家，这家人的隔壁是一座结实的新谷仓。在那个狂风暴雨的黑夜里，这两户人家看到自己厨房的砖石地面隆起，断裂开，墙面和屋顶似乎也都开裂了。不过，他们一致觉得地面并没有震动，所以不是发生了地震。不过狂风还在咆哮，在树林和垂林里嘶吼，那声音简直惊天动地。吓得这几个可怜人根本不敢上床睡觉，又惊恐又不知所措，觉得房子随时会倒下来，把自己埋在废墟里。直到天明，他们才从容地检查夜里的损坏情况。他们发现房子底下有一条很深的裂缝，仿佛要把屋子拆成两半。谷仓的一头也出现了相同的情况。小屋旁边的池塘奇怪地颠倒了位置，水深的一头变浅了，浅的一头却变深了。许多高大的栎树也不再直立着，有的倒下了，有的则扑进了旁边树的怀里。有一扇门带着篱笆往前移了整整6英尺，导致人们需要另辟一条新路。悬崖脚下那一片用作牧羊场的平地，缓缓倾斜而下，有半英里长，其间散布的一些小丘也出现了裂痕。裂痕向四面八方伸展开去，有的朝着那一大片垂林，也有的是从垂林里延伸出来的。这些深深的裂痕起于第一片牧场，它们横贯了整个路面,延伸到房屋地下,两边地面一上一下,一段时间内,道路都不能通行了。裂缝还贯穿了路那边的一块耕地,把它弄得一片狼藉。第二片牧场因土质更柔软且多水分,所以只是前移了一些,草皮上并未出现多少裂痕,但隆起了一道长埂,就像坟墓一般,与地表移动的方向成直角。这片圈地的底部,泥土与草皮被几棵栎树挡住了去路,贴着树干隆起了数英尺,结束了这场可怕的地动。

悬崖的垂直高度总的说来有 23 码,塌落到下方田地里的那块土方长度有 181 码,还有一部分塌下来的山体扑进了灌木丛里,延伸了 70 多码,故塌陷的这部分山体总长有 251 码。有约 50 英亩的土地因这场地动遭殃,两间屋舍倒塌了,新谷仓的一头成了废墟,墙上的石头也没能幸免,每一块都有裂痕。好好一片垂林也顷刻间变成了光裸的岩石,一些草地和耕地也全是裂缝,一段半会儿都不能耕种,没法下犁,也不适合放牧。村民们费了很大的功夫又花了巨资,才平整好地面,填上了这些张牙舞爪的缝隙。

第四十六封

塞耳彭

"……树林里回荡着……"

这个村子的后面紧挨着一片拔地而起的牧场,其间点缀着无数荆豆花,人们管这片地叫"短石田"。这片地干燥多石,往午后斜阳的方向倾斜,里面有许多野生的田蟋蟀。这种虫子在我们这里很常见,但在别的地方却很罕见。

作为一个博物学者,我当然不能对它们那欢快的夏日序曲置若罔闻。故而我常常去田里考察它们的持家之道,研究它们的生活习性。不过它们太害羞,行事小心谨慎,很难见到。它们一感觉到有人走过来,就会马上停止歌唱,飞快退回洞里,直到觉得危险过去了才会出来。

开始，我们试着用铁锹把它们挖出来，却没成功。不是因为挖着大石头，没法挖到底，就是铲开地面的时候，不小心挤死了这可怜的虫子。从一只受伤的蟋蟀体内我们取出了很多卵。它们呈黄色的窄长条状，外面覆盖了一层十分坚硬的皮。这一意外事故倒让我们学会了如何分辨公母。公蟋蟀的身体又黑又亮，肩上还绕了一条金色的纹路。母蟋蟀则颜色稍暗，肚子大得多，尾巴上还拖着一根长剑一样的武器——这可能是它借以把卵产到缝隙里或是某个安全之地的工具吧。

粗暴的办法看来是无济于事的，但怀柔政策却往往能成功。眼下这一例便能证明这一点。铁锹这种工具太过野蛮粗暴，但取一根柔韧的青草轻轻探进洞里，就可以顺着洞口的通道触到洞底，且很快就能引出里面的居民。这样，人道的探究者便可以满足自己的好奇心，而那被研究的对象，也不至于受到伤害。值得一提的是，这些昆虫虽然长着一双长腿，大腿也像蚱蜢一般强健适于跳跃，但被赶出洞后，却懒懒地趴在地上往前爬，没什么活力，很好捉。而且，它们身上还长着一对古怪的翅膀，但同样，即使到了最紧要的关头，它们似乎也从来不用翅膀。公蟋蟀或许只有在争强好胜的时候才会发出尖锐的叫声，这一点跟许多动物是一样的，一到繁殖季节就会发出欢快的叫声。蟋蟀的叫声是由翅

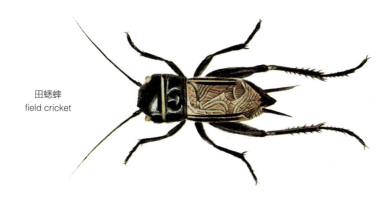

田蟋蟀
field cricket

膀摩擦引起的。它们是独居生物，公蟋蟀和母蟋蟀分开生活，各过各的。当然了，它们也有交配的时候。这时，翅膀在夜里或许才会被派上用场。公蟋蟀们一见面，就会引发一场恶斗。这从我放进干燥石墙缝隙里的那几只蟋蟀身上便能看出。我本意是想让它们在那安家，谁能想到它们却开了战。尽管离开了自己熟悉的环境，它们都很沮丧，但那先被放进墙缝里的，却忘了忧伤，转头张开锯齿状的尖牙，全力对付后来者。它们的颚很有劲，牙齿就像龙虾的螯。因而，它们尽管没有蝼蛄那种用来挖土的前爪，但凭这个大螯，也能挖出又圆又规整的洞。把它们拿在手里时，我总会感到纳闷，既然它们身上有这么可怕的武器，但为什么从不用来自卫。不管是什么草，只要是长在洞口的，它们都一视同仁，全都吃。而且，它们还会在自己的洞口边上造一个小平台，堆放自己的粪便。就算白天出门，它们似乎也只会在离家两三英寸远的地方活动。五月中旬到七月中旬，它们就会坐在洞口，整日整夜的歌唱。天热的时候，也是它们精力最旺盛的时候，那叫声能引起群山跟着回响。在寂静的黑夜里，叫声则会传到很远的地方。但在夏春时节，它们的叫声却很微弱低沉，越到盛夏声音越大，之后又会日渐式微。

　　甜美动听的声音并不总会让我们感到愉悦，同样，刺耳的声音也并不总会让人不快。我们之所以迷恋或讨厌某种声音，更多的是因为它们所让我们引起的联想，而非声音本身。因而，蟋蟀的尖叫虽然刺耳，但有的人却会觉得极为动听，会在他们心里唤起乡间夏日生机盎然而又欢乐无限的景象。

　　3月10日左右，蟋蟀们便开始出现在自己的洞口了。它们会在自己亲手开凿的优雅洞穴前徘徊。这时能见到的蟋蟀都处于幼虫阶段，翅膀刚长出来，整个身子都裹在一层皮里，在成年之前它们就会脱掉这层皮。① 所以，我猜并非所有上一年的老蟋蟀都能熬过

① 我们观察到，它们会在四月脱皮。到时候在它们的洞口能看见脱掉的皮。

冬天。八月的时候，它们的洞便开始消失不见了。一直到来年春天，才能再次见到它们的身影。

几年前的夏天，我曾设法在园子一个平台的草坪上钻几眼深洞，给蟋蟀们开发一片"殖民地"。那些新居民在这里住了一段时间，也吃也唱。但不久之后，它们每天便慢慢迁走了，每天清晨，我都能听见它们的声音变远了。由此可见，它们是动用了翅膀，企图离开这里返回自己被捕时住的故居。

要是把一只这种蟋蟀放到纸盒里，挂在阳光下，再喂它沾了水的植物，它们就会长胖，茁壮成长，还会欢快地大叫，跟它待在一个屋里的人对此不胜其烦。但若是喂食的植物没沾水，它们就会被养死。

第四十七封

塞耳彭

阁下：

> 远离所有欢乐之地
> 只剩蟋蟀诗在炉边。
>
> ——弥尔顿《沉思的人》

许多别的昆虫，或住在田野上，或住在树林里、水塘边，但家蟋蟀却只住在人们家中。不管你愿不愿意，它们都会闯入你的视线。这种昆虫跟蜘蛛一样，喜欢新房子，喜欢潮湿的墙。此外，柔软的灰泥也方便它们在砖缝和石缝中打洞，并打通各个房间。它们尤其喜欢厨房和面包师的烤炉，因为那儿终年都很温暖。

生活在外面的脆弱的虫子只能享受很短暂的夏日时光，到了寒冷难熬的月份，只能睡过去。但这些住在"热带"的家蟋蟀就不同了，它们总是又活跃又快乐。对它们来说，圣诞时节的温暖炉火，一如三伏天的天气。虽然白天也常能听到家蟋蟀的叫声，但晚上才是它们一天中正常活动的时间。天色一暗下来，"唧唧"声便跟着响起来，夜越深，叫得越响，从跳蚤般的大的小蟋蟀到成年蟋蟀，都跑出来活动。从它们居住的炎热环境不难推断，这种昆虫应该经常会口渴。它们喜欢液体，常能在盛水、盛牛奶或盛肉汤的盘子里看到淹死的家蟋蟀。凡是潮湿的东西，它们都喜欢。因而，挂在炉边的湿羊毛袜和围裙，常常会被它们咬出洞来。它们能预报雨天，是家庭主妇的晴雨表。有时候，主妇们还认为它们能预知吉凶，譬如它们知道某位近亲即将过世，或知道远行爱人的归期。因为这些小虫总伴在她们左右，陪她们一起度过孤独的时光，所以自然而然也就成了她们迷信的对象。蟋蟀们不仅常口渴，还十分贪吃。锅里的浮渣、酵母、盐、面包屑和厨房里的下水和垃圾，它们都不挑剔，全都吃。到了夏日黄昏，人们就会看到它们飞出窗户，落到邻居家的屋顶上。这灵巧的身手，足以解释它们为何会经常突然离开自己的居所，又如何跑到别人家去了。让人惊奇的是，许多昆虫若不是起了搬家的念头，是断不会用自己的翅膀的。它们飞起来的时候，都像啄木鸟一样，每飞一下，翅膀就会一开一合，那样子看起来就像水波一样一起一伏呈曲线状。

家蟋蟀若是大量繁殖，就会变成恼人的害虫。它们会扑向蜡烛，撞到人脸上。我此时写作的这间屋子，便闹过一次虫害。不过，只要往它们栖身的裂缝里灌点火药，燎一下便能解除这一祸患。那些蟋蟀成了灾的家庭，就跟受蛙灾的法老一样，"上来进你的宫殿和你的卧房，上你的床榻，进你臣仆的房屋，上你百姓的身上，进你的炉灶，和你的抟面盆"。① 它们的尖叫声是翅膀刮擦发出来的。猫会抓家蟋蟀玩，就跟对待老鼠一样，玩够了再吃。或许，可以用灭黄蜂的方法来消灭家蟋蟀，往小玻璃瓶内灌上半瓶啤酒或其他液

① 《圣经》出埃及记8:3。

体，然后把瓶子放到它们常出没的地方。因为它们总是口渴，一定会爬进瓶子里喝水，直到把瓶子塞满为止。

第四十八封

塞耳彭

不仅是异科动物，就连同属动物，生活方式也迥然不同。但在这些特性方面的差异，并不及在喜好上的差异多。譬如，田蟋蟀喜欢阳光下的干土埂，家蟋蟀则贪恋厨房里的热灶台或烤炉，而欧洲蝼蛄却常出没于潮湿的草地、池塘和小溪边，不管干什么都要去松软的湿土里。它们的前足非常适合挖土，故而它们在地下就跟鼹鼠一样，挖土打洞样样行。它们挖土的时候常会隆起土埂，但很少会弄出小土包来。

欧洲蝼蛄
European mole cricket

运河边的园子常会有很多蝼蛄，园丁们可是很不待见这类客人的。因为它们在地下打洞会使园中小径拱起的一道道土埂，十分有碍观瞻。它们要是去了菜地，那甘蓝、小豆荚和花朵的苗床就得全毁，植物的根茎也会惨遭祸害。可一旦被挖出来，它们又是一副迟缓而无助的模样。它们白天不用翅膀，但晚上钻出来后，就会飞得老远。清晨，我常会在某些它们不该出现的地方看到几只迷路的蝼蛄。四月中旬，天气若是晴好，那么到了日暮时分，它们便会开始发出低沉又刺耳的叫声，经久不歇，怡然自乐。它们的叫声与欧夜鹰的很像，只是略低沉了些。

蝼蛄大约五月初产卵，我曾亲眼见过一次。5月6日我去一户人家拜访，当时他们家的园丁正好在运河边除草。他一镰刀下去，因为切得太深，带起了一大片草皮。一幅奇妙的家政图景就这样展现在了我们眼前：

　　……把窗边砍出一个巨大的缺口，
　　露出了王宫的内部，露出了长长的走廊，
　　和……内室。

很多洞穴和蜿蜒曲折的走廊，都通向了一个类似内室的地方，它是一个四壁光滑的圆形洞穴，约有普通的鼻烟盒那么大。这个隐秘的育婴室里有近百枚土黄色、外表覆着坚硬表皮的卵。但因为是新近才产的卵，所以还没有幼虫的胎基，只是一大团黏质物。这些卵排得位置较浅，还能感受到阳光。这个洞的正上方是一个新堆起来的小土丘，就像蚂蚁堆的那种一样。

蝼蛄飞行的样子也跟前面提到的几种动物一样，也是如水波般一起一伏呈曲线状。在英国不同地方，人们对它的称呼也各不相同，有叫沼泽蟋蟀的、颤鸣虫的，还有叫日暮虫的，总之，这些名字都很形象。

检查过这种昆虫内脏的解剖学家们把他们的观察记录了下来，这些叙述让我颇为震惊。他们说，从它们胃的构造、位置和数量来看，足以推断蝼蛄和前面两种蟋蟀似乎都像许多四足动物一样有反刍的习惯。

第四十九封

塞耳彭，1779 年 5 月 7 日

我研究本地的鸟类学，迄今已四十余年，然而仍未能把这门学问钻研透彻。只要好奇心不灭，就总有新鲜事。

上个月的最后一个星期，有五只最罕见的鸟被人击落在了佛林斯罕水塘边。这些鸟太不寻常了，所以还没有英文名，博物学者们称它们为 *Charadrius*

黑翅长脚鹬
black-winged stilt

himantopus①。而那个大水塘是温切斯特主教的,它位于沃尔默御猎场和萨里郡的法纳姆镇之间。据守塘人说,这种鸟本来是有三对的,不过他满足了好奇心以后,便决计饶过剩下的第六只。我要了其中的一只做了标本,发现它的腿长得出奇。乍眼一看,还以为有人给它接过胫,专门拿来欺骗看客呢。它们的腿颇像是漫画里画的,我们若是在中国或日本的皮影戏里看到这种比例的腿,会容许画师有这般的想象力,但真发生在现实里,也太让人惊叹了。这种鸟属鸻科,叫它高跷鸻(stilt plover)倒是非常贴切。布里森也正是基于这一点,给它们取了一个非常恰当的名字——l'échasse②。我把标本去了内脏,填上了胡椒粉,尽管它大腿光裸的部分足有3.5英寸长,小腿有4.5英寸长,而称了之后我发现,它仅重4.25盎司。因而,我们可以很把握地说,这种鸟是已知鸟类中,体重与身长比例最大的一种鸟。红鹳是腿最长的鸟类之一,但从比例上来说,它仍逊于高跷鸻。因为一只雄红鹳平均重约4磅,大腿与小腿的长度通常约为20英寸。但4磅是4.25盎司的15倍,所以如果4.25盎司的重量对应的是8英寸长的腿,那么4磅的鸟,对应的应该是120英寸的腿,即10英尺多。如此不成比例的怪物,世上当然是不存在的。要是把这一比例放在体型更大的鸟身上,那对应的腿的长度还得增加。要是能看到高跷鸻如何走路,观察它那如此纤弱的大腿肌肉是如何带动那么长的腿的,一定非常有趣。若要人们猜测,顶多会觉得它们只是不擅长走路。但更让人惊讶的是,它们竟然没有后趾。想来没有后趾作有力支撑,它们走起路来一定步子不稳,左摇右晃的很难保持重心。

　　Himantopus是个古名,取自普利尼的作品。作者在那个作品里用了一个拙劣的比喻,暗指它腿纤细且柔韧,犹如从皮带上割下的一缕皮条。威洛比和雷对国内外的鸟类都做过仔细研究,但他们

① 即黑翅长脚鹬(Himantopus himantopus)的曾用学名。原学名是将其放在鸻科鸻属(Charadrius),故下文命名为高跷鸻。——译者注

② 在法语中有高跷之意。

大红鹳
greater flamingo

都不曾见过这种鸟。彭南特先生在英国也不曾见过这种鸟，但在巴黎珍稀鸟类的陈列柜里却常能看到它。哈塞尔奎斯特说，这种鸟秋天会迁徙去埃及。一位精于观察大自然的人曾信誓旦旦地跟我说，他在安达卢西亚境内小河的岸边见过这种鸟。

据英国本土作家记录，这种鸟只在英国出现过两次。从各种记录来看，这些长腿鹳科鸟似乎是南欧的鸟，很少造访英国。那些长途跋涉跑到这么北来的，不是迷路失群，就是出于其他某种我们尚不可知的原因。基于合理的推断，这些鸟的确来自大陆，因为外形如此特殊的鸟若在我国繁衍生息，自然不会无人知晓，更不会从古至今都不被人提及。

第五十封

塞耳彭，1780 年 4 月 21 日

阁下：

我常跟您说的那只萨塞克斯陆龟，现在已经属于我了。三月底的时候，我从它越冬的寝室里把它挖了出来。那会儿，它已经苏醒了，还会冲我"嘶嘶"叫以示愤怒。我把它装在一个铺了泥土的盒子里，乘驿车把它带到了八十英里外。一路疾驰颠簸的吱吱声彻底把它吵清醒了，等我把它放进花坛后，它两次爬到花园边上。然而，一到晚上，它就又会把自己埋进松软的泥土里，继续隐藏起来。

既然现在它已经在我的眼皮底下生活了，那我肯定要抓住这个机会，全面观察一下它的生活方式和爱好。我注意到，它打算探出头的时候，总会先在头部附近的土里开一个通气口，我觉得它应该是为了畅通地呼吸，好让自己更有生气些。它不仅会从 11 月中旬至次年 4 月中旬潜入地下睡觉，夏天的大部分时间也是如此。在白天最长的日子里，它下午 4 点便去安歇了，还要睡到第二天很晚才起来。此外，一有阵雨它就躲起来，若是碰上阴雨天，就蛰伏不出了。

这奇怪生物的生活方式，细想之下总会让人觉得纳闷，上帝赋予它长寿，而它似乎却全把它浪费了。这爬行动物一生中 2/3 的时间都花在了睡觉上，昏昏沉沉毫无乐趣，而且一年中还有数月，都过得毫无知觉。

写信这会儿，正值一个潮湿温暖的下午，气温有 50 度，许多带壳的蜗牛都成群结队爬了出来。同时，这只乌龟也破土而出，探出了头。第二天早上它又犹如死而复生一般爬了出来，四处漫游到下午 4 点。这两种"负房者"——希腊语中对蜗牛和龟的称呼——看上去有相似的感受，这着实是个既奇妙又少见的巧合！

今年春天来得晚，天气也很冷，故而夏鸟也来得格外迟。我迄今为止只见到了一只家燕。它们出现的时间与天气之间的统一性让我越来越确信，它们一定是会冬眠的。

第五十一封

塞耳彭，1781 年 9 月 3 日

我已仔细读罢您的《杂论集》，觉得十分欣喜。您在书里提到了我，还称我为一位"博物学者"，对此我深为感激，希望自己能不负这一名号。

在之前的一些信中，我曾怀疑有许多白腹毛脚燕冬天并不会远离我们的村子。所以，我决定在小山东南端做一些调查，因为我之前觉得它们可能就是在那里度过难熬的冬天的。不过，我想要是春天做这个调查可能效果最好，因为直到今年 4 月 11 日，都没有出现一只白腹毛脚燕。那天，我雇了一些人去搜寻该地那些我怀疑有白腹毛脚燕的灌木和洞穴。他们费了一番工夫，却一无所获。不过，在我们搜寻途中却发生了一件很奇怪的事——当几位工人正干得热火朝天的时候，今年出现的第一只白腹毛脚燕出现了。它飞进了村子里，几个村民看到了它，不过它立刻进了巢。可没待多久，它就飞出来越过房舍不见了。此后，就一直看不到白腹毛脚燕了。直到 4 月 16 日，才又出现了一对。总之，今年白腹毛脚燕来得相当迟。

第五十二封

塞耳彭，1781 年 9 月 9 日

　　我刚刚遇到了一件关于雨燕的事。自打我关注起燕科鸟以来，观察到了许多现象，但这件事与我所观察到的所有结论都相背，可谓是个例外。按常理来说，今年，我们这儿雨燕应该会在 8 月 1 日左右隐退。但有一对没有走，两三天后，就又只剩下了一只。这么晚了它还久久不愿离去，我想应该是出于母爱这种最强烈的感情，它还放不下它的雏鸟。于是，我开始观察它。直到 8 月 24 日我才发现，它是在照看教堂屋檐下的两只雏燕。这对雏燕的羽毛已经丰满，正从洞里伸出白白的下颌。这种情况一直持续到了 8 月 27 日，它们也变得一天比一天机敏，看起来迫不及待想要展翅飞翔。那天之后，它们突然不见了，而且也看不到它们跟着母亲绕着教堂学习飞行的情景了——第一窝出巢的雏燕很显然也经历了这一学习过程。31 日，我找人搜索了屋檐，我们在巢里发现了两只羽毛都没长全的死雏燕，它们都已经发臭了。它们的尸体上建了第二个巢。这双重燕巢里堆满了燕虱蝇黑亮的壳。

　　由这件不寻常的事，显然可以得出以下结论：首先，虽然雨燕主观上不太乐意待到 8 月初，但它们实际上是可以待更久的，这一点毋庸置疑。其次，这件稀奇事起因于第一窝雏燕的夭折，因此，这证实了我此前的结论，即雨燕每年通常只抱一窝。若非如此，上面这件事就既谈不上新奇，也称不上罕见了。

　　又及：1782 年，晚至 9 月 3 日，人们还在拉特兰郡的林登看见了一只雨燕。

第五十三封

我记得您曾经询问过几种昆虫的事,我有幸看到了其中一种——我根本就没想到我国居然也会有这种虫——下面我就给您讲一下吧。我们家的墙上长着一片葡萄藤,每到秋天,一部分枝叶就会蒙上一层黑灰一样的东西,苍蝇很爱吃这种东西。而那些受到影响的枝叶则长势不好,果子也不成熟。我拿放大镜去观察了它,发现跟我一开始想的一样,似乎并不是某种动物搞的鬼。但等我又细看了那些大枝的背后时,吃惊地发现,那上面覆盖着一层硬壳,从里面还淌出一圈棉花状的东西,围住了中间的一大片卵。这东西又奇怪又罕见,让我想起了之前听到的读到的一些话,是关于林奈所说的葡萄介壳虫。他说这种昆虫常见于南欧,寄生在各种藤蔓植物上,是种可怕又讨厌的害虫。在我查阅相关资料的时候,发现我的葡萄藤上业已爬满了这种虫子。前一年的冬天格外寒冷,但似乎却未能阻止它们的生长。

那时,我仍然觉得这东西不是英国土生土长的,应该是来自直布罗陀地区,因为我常收到从那边寄来的各种装着植物和鸟类的包裹。而且我常把那些包裹放在书房的窗边,而那株受虫害的葡萄藤就长在窗下。虽然这几年我确实没有再收到来自那里的东西了。不过毕竟我们都知道,昆虫的生命力很顽强,总能用出人意料的办法从一个国家跑去另一个国家,并在找到适合繁殖生长的地方前,保持生命力。这一特点让我不得不怀疑,这些生长在我家的介壳虫就是来自安达卢西亚的。但本着坦诚的原则,我还得承认,莱特富特先生有次曾写信给我,说他在多塞特郡韦茅斯的一株葡萄藤上也见过这种昆虫。但要说明的是,韦茅斯是一座海港城镇,所以那儿的介壳虫也可能是随船而来的。

鉴于许多读者可能从没听说过这种稀奇的昆虫,下面我就摘抄一段《直布罗陀自然史》中相关描述来介绍一下它。这本书现在还没有出版,作者是备受尊敬的兰开夏郡布莱克本的已故牧师约翰·怀特。

我家东边长着一株葡萄藤,往年都果实丰美,但在 1770 年的时候,所有的枝干上却突然覆盖了大块大块如蜘蛛网或棉花般的白色纤维物。那东西非常有黏性,只要有东西碰到它,就会被它给牢牢黏住。而且,它还能抽出长丝来。一开始我还怀疑这是蜘蛛吐的丝,但却又看不到蜘蛛的踪影。况且除了许多硬硬的褐色椭圆形的壳外,也找不到任何别的和它有关系的东西。这些壳怎么看都不像是昆虫的,反倒像是葡萄藤的干树皮。这种害虫出现的时候,藤上已经结满了葡萄,但如今显然被这些肮脏累赘所污染了。这些虫子在藤上待了一整个夏天,而且还在不断增多,侵占了大部分藤枝和挂了果的藤蔓。我常常把它们一把一把地扯下来,但它们实在太黏了且又很顽强,根本无法彻底清除。最终葡萄都变得味道寡淡没滋没味,没能长成美味的果子。后来,我查阅了 M. 德·雷米尔先生的著作,才发现他对此早已做过了十分完备的描述和解释。我见到的那些硬硬的外壳,原来是雌介壳虫。壳外边淌出来的那层棉花状物质,是用来覆盖和保护卵的。

这段描述我觉得还有可以适当补充的地方,即尽管雌虫静止不动,一旦安定下来就极少挪地方,但雄虫却是有翅膀能到处飞的昆虫。我见到的那片黑尘,无疑是雌虫的粪便——蚂蚁和苍蝇都爱吃这种东西。虽然这里这儿最严酷的寒冬都没有消灭这些虫子,但过了一两个夏天后,由于园丁的悉心经营,我的葡萄藤已经彻底摆脱了这脏东西的侵扰。

正如上文所说,昆虫的确常常能通过难寻究竟的方式,从一个国家去到另一个国家。下面,我要说一种小蚜虫迁徙的事。这件事就发生在 1785 年 8 月 1 日前不久,地点就是塞耳彭。

那天很热,大约下午 3 点的时候,村子里下了一场"蚜虫雨",把村民们都惊到了。当时在外面走着的行人,身上全落满了虫子,树篱和园子里也有,

啤酒花
common hop

所有落了蚜虫的植物都变黑了。我那些一年生的植物也被它们弄变了色。地里的洋葱，直到事发 6 天后，茎秆上都还有虫子。无疑这些蚜虫大军当时正在迁徙，更换它们的营地。据我们所知，它们可能来自肯特或萨塞克斯的大片啤酒花田。那天还一直刮着东风。与此同时，在法纳姆附近以及该城至奥尔顿沿途的山谷中，人们也看到了大片的蚜虫云。①

① 不同的昆虫会采用不同的方式迁营，详见德勒姆的《自然神学》。

第五十四封

阁下：

我去别人家做客时，若是碰上主人在玻璃缸里养了金鱼或银鱼，就会非常高兴。因为若是在野生状态下，是很难观察到这些鱼的行为方式和爱好的，所以若是主人家的鱼缸里养了它们，那无疑是为我提供了一个观察它们的好机会。不久前，我在一个朋友家住了两周，他家就有一个这样的鱼缸。我一有机会就会凑在那狭小的鱼缸前观察里边发生的所有事，可以说颇费了一番心力。在那里，我头一次看到鱼死的样子。这种生物一生病，头就会一直往下沉，头重脚轻，慢慢变成倒立的姿势。直到最后身体越来越衰弱，维持不住平衡了，它们就会尾巴往上一翻，变成肚子朝上仰浮在水面上的姿态。水中的鱼死后会变成那副模样，原因是显而易见的。因为它们一死，肚子上的鳍就无法再保持住身体的平衡，而它们宽阔的后背上因为有肌肉，比较重，便会因此下沉，从而带着较轻的肚子上翻。鱼肚是个空腔，因为里面装的是漂起鱼的鱼鳔。有些喜欢金鱼和银鱼的人认为它们是不用喂食的。的确，就算水中没有食物，它们也能存活很长一段时间，但那是因为它们可以从常换的净水中摄取食物。它们的生命是离不开水中的微生物和其他营养物质的，因为它们尽管看上去不吃东西，但仍会排便。它们很喜欢吃没营养的食物这一说法是完全站不住脚的。因为如果你往鱼缸里扔一把面包屑，它们的确会飞快地凑上来取食，一顿狼吞虎咽。但面包屑也不能撒太多，要悠着点，否则一旦馊了就会污染水质。它们还会吃一种浮萍和各种小鱼苗。

它们若是想稍微动一动，只需轻轻摆摆胸鳍就行了。但若想在水里疾驰，就只能靠强壮的尾巴了，像其他鱼一样。据说鱼的眼睛是不能移动的，但这些鱼的眼睛显然可以根据需要，在眼窝里前后转动。它们感知不到蜡烛的光，就算把蜡烛举到它头跟前，它们也不为所动。但若用手猛击鱼缸的支撑物，它们就会仓皇逃窜，仿佛受了很大的惊吓。当它们一动不动，或是正在睡觉时，这种反应尤为明显。因为鱼没有眼皮，所以眼睛总是睁开的，很难分辨它们到底是不是在睡觉。

没有什么比一个装着这些鱼的缸更让人兴味盎然的了。光线经过玻璃和水面的折射后，让鱼的大小、形状和颜色看上去变幻不定。这两种介质，如果配上一面凸一面凹的鱼缸，那鱼的身形会变大扭曲得更厉害。若是在鱼缸中再添加点别的元素，放在客厅里，那自是赏心悦目，别是一番滋味了。

金鱼和银鱼虽原产于中国和日本，但如今已经适应了我们这里的气候，所以在池塘和鱼池中繁殖得非常快，长得也很肥硕。林奈将这两种鱼归到了鲤属（Cyprinus）里，并命名为 Cyprinus auratus[①]。

① 现学名为 Carassius auratus，划为鲫属。

有些人则会用一种十分奇怪的方式展示这种鱼。他们找人造一个中空的玻璃缸，这个大空腔不与水相通。他们时常会往里面放一只鸟，于是，你便会看到一只仿佛在水中央蹦跳的红额金翅雀或一只赤胸朱顶雀。而它的周围，则是绕着它游来游去的鱼儿。把鱼放在简单的鱼缸里观赏便很宜人了，这么一折腾倒变得很复杂，反而显得十分古怪和不自然。他应该被斥为是一个：

"喜欢在不能穿凿的地方肆意穿凿的人。"

此致

敬礼！

第五十五封

1781 年 10 月 10 日

阁下：

我记得我之前曾提到过，大部分白腹毛脚燕都会在 10 月的第一个星期离开我们这儿。现在我发现，第二窝抱出来的雏燕有的会逗留到 10 月中旬才离开。有时——大概每两三年就有一次——在 11 月的第一周也看到一些白腹毛脚燕。不过，它们只出现一天罢了。

  1780 年 10 月，我留意到最后逗留在这儿的这一批白腹毛脚燕数量庞大，约有 150 只。适逢 10 月温暖无风，我决定仔细观察一下这些晚去的鸟儿，看能不能找出它们的栖息之地并确定它们离去的确切时间。这些晚去者的生活习性非常适合它们这一行程安排。因为整个白天，它们都在一片草木繁盛的地方——介于我家和垂林之间——游荡，平静自如地飞行并大肆捕食那些为了躲避狂风而躲到此处的昆虫。鉴于我此番的主要目是发现它们的栖息地，所以我小心地等候着，待它们归巢休息。我很高兴地发现，一连几个傍晚，5 点刚过一刻，它们便向东南方疾驰而去，一头扎进山脚农舍上方的矮灌木丛里。从各个方面来看，这地方似乎都很适合做它们的过冬之所。这里四周的很多地方都和房子的屋顶一样陡峭，可以让它们免受雨水的侵袭。而且还覆盖了一层山毛榉灌木，它们因常被绵羊啃食所以长不高，但却异常浓密，那纠缠在一起的枝叶，就算是最小的西班牙猎犬也钻不进来。此外，灌木科的山毛榉还有冬日不落叶的特性。因此，地上有叶子，树枝上也有叶子，这里当是最理想的藏身之处了。我一直观察它们到 10 月 13 日和 14 日。我发现，它们总在傍晚的同一时刻一起归巢。但过了那两天，就看不到它们有规律的集体行动了，只能偶尔看见一只失群的燕子。10 月 22 日上午，我看到两只白腹毛脚燕从村子上方飞过，我也随之结束了这一季的观察。

  综上所述，这些到了年底还滞留在此的白腹毛脚燕，冬季不仅仅是有可能不会离开本岛，而是极有可能。如果这些燕子真的能如我所想，在 11 月的秋天出来一展容颜，我想只要能找到几名合适的助手，我一定能彻底解答所有疑问。然而，尽管 11 月 3 日那天天气晴好——看样子正是我所期盼的时刻，但却没有一只白腹毛脚燕露面。于是，我只能不情愿地放弃继续探求。

  我还要补充一点，即这片占地数英亩的灌木丛并不是我的地产，否则我一定会仔细地翻找个遍。那样的话，兴许还能在各个隐秘的地方发现一些晚生的雏燕，或是隐伏着的本地所有的白腹毛脚燕。并由此可知它们并不会退到温暖的地方过冬，而是蛰伏在离村子 300 码的地方。

第五十六封

写博物志的作者经常会提到"本能"。这一神奇的力量虽有局限性，但却能在某些情况下让没有思想的牲畜做出一些超越理性的事，而让别的一些生物，仍十分蒙昧和野蛮。哲学家们将本能定义为一种驱使各个物种去自发追求某种东西的神秘影响力。在这股力量的影响下，所有物种都会自觉地遵循各自一贯的生存方式，不用教也不用做示范。然而，尽管理性缺乏了教导常常会发生变化，难以捉摸，但本能却能始终如一。不过如今这一法则已经不全然普遍适用了，因为本能有时也会随环境和条件的变化而变化。

人们常说每种鸟都有自己独特的筑巢方式，所以就算是小男童，也能一眼就看出鸟巢的种类，田野、林间和荒原里的鸟巢莫不如是。但伦敦周围村庄的情况就不尽然了。村子里几乎见不到苔藓、蛛丝和草本棉花，所以这些地方苍头燕雀的巢都不太雅致，不像乡下那些同族，可以用地衣装饰自己漂亮的巢。鸫鹠只能用麦秆和干草来筑巢，所以这些小建筑师的巢就不如自己那些乡下同族的，一点不浑圆和紧凑。①白腹毛脚燕的巢一般是半圆状，但要是筑巢的地方有椽、托梁或檐口，它们就会顺着这些障碍物改变巢的形状，从而造出扁

---

① 在鸟巢建筑中，鸟类差不多只能使用身边唾手可得的材料。我们曾多次看到同一种属的鸟所筑的巢工艺质量存在显著差异，但是这种差异归因于不同鸟儿筑巢技能和经验的不同，而不是它们与伦敦或其他大城市距离的远近。

第六十一封

一个地区的气候自然也是该地博物志的一部分,所以下面几封信(实际上不是四封,所以弱化为几封)我就将详细谈谈当地的天气,还请您见谅。我将讲述一下一些大霜天还有几个酷暑天的情况,以我多年的观察来看,这些天都颇不寻常。

1768年1月的霜期虽短,但却是多年来最酷寒的一次,对常青植物的损伤巨大。这种天气如此严酷,自然要谈谈它成灾的原因,或许会有助于了解它,那些喜好园艺的人也应该对此做些了解。而且,对它的讨论,或许还能帮助到后人。

地中海荚蒾
laurustinus

月桂
bay laurel

去年年底的两三天下了场大雪，厚厚地积了一层还很均匀，把那些纤弱的植物们裹了起来，成了它们的保护伞。而新年的头 5 天，又下起了雪。但 5 号之后，天便放晴了。正午温暖的阳光，把树荫处也晒得暖暖的。

正是在这种天气下，我的那些常青树上挂的雪白天开始融化了，而一到晚上便又结成冰。如此过了三四天后，我的地中海荚蒾、月桂、桂樱和草莓树个个都一副像被火烧过的样子。而同样这些植物，我邻居把它们种在了高寒之地，因上面的雪一直未融化，所以并没有受到这等伤害。

因此，我觉得对植物造成致命伤害的不是严寒，而是雪不断地解冻与上冻。因而，所有培育植物的人，若是不愿看到自己数年的辛劳与希望在短短的几天就毁于一旦，就应该对此类紧急情况采取相应的措施。若是种植的面积不大，

葡萄牙桂樱
Portugal laurel

就可以用草席、布匹、豆秸、稻草、芦苇之类的东西遮盖一段时间；若是种植的灌木丛太大，可以领着他的工人带上干草耙和草叉仔细地扫除枝条上的积雪。因为对树木们来说，露出枝叶反而要比枝头上有残雪好，可以免去不断化冻上冻而带来的损伤。

下面的话乍眼一看可能觉得矛盾，但较柔弱的树和灌木，确实不该种在气候较热的地区。不仅出于上述原因，也是因为若处于这样的环境，它们春天发芽的时间会比在别处更早，而秋天停止生长的时间又会变得更晚，会更容易因迟去或早到的霜冻而受到伤害。正因如此，来自西伯利亚的植物几乎受不了我们这儿的气候，因为春天一到，它们就会发芽，所以往往熬不过三月和四月的寒夜。

至于养那些来自北美的柔嫩灌木的不便，福瑟吉尔博士等人也都领教过。因此，后来他们把那些灌木都种在了北墙下。不过东边或许也需要筑一道墙，这样才能为它们抵挡住从那个方向刮来的刺骨寒风。

这一观察结论也适用于动物且很恰当。如今连养蜂人也知道了冬天是不能让他们的蜂房暴露在暖阳下的，因为那种有违时令的乍暖会过早地唤醒那些还在酣睡的居民。而蜜蜂们一旦醒来体液开始循环，再碰上回寒的天气，蜂蜜可就不好了。

这段霜冻期虽短，却十分酷寒。马都染上了传染病，其中很多因此呼吸系统受损，还有的丧了命。人则多会感冒和咳嗽。好几晚，人们床下都结上了冰。肉也冻得硬邦邦的，劈都劈不开，只能保存在地下室里。几只白眉歌鸫和欧歌鸫、槲鸫也冻死在了寒霜中。大山雀则还能灵巧地从茅草屋和谷仓屋檐底下往外抽长长的稻草。至于它们这么做的目的，前面已经解释过了。①

1月3日，本杰明·马丁那关得严严实实的客厅没有生火，放在屋里的温度计显示当时夜间的读数降到了20。1月4日，该读数

① 详见《致彭南特先生的第四十一封信》。

降到了 18，1 月 7 日又降到了 17.5。这么低的温度，屋主人此前是从未遇到过的。他还颇为遗憾，当时没有测量到室外的温度。那几天一直刮着北风和东北风，但到了 1 月 8 日那天，沉寂已久的公鸡开始打鸣了，小嘴乌鸦也开始呱呱乱叫，这一切预示着温暖的天气即将来临。此外，鼹鼠也开始出来活动了，这预示着冰雪开始消融了。而且从鼹鼠这一点我们还可以得出如下结论，由于暖蒸汽向上升腾，所以化冻多从地下开始。不然的话，隐匿在地下的动物为何会先得知春暖的消息呢？① 此外，我们常常能观察到，冷气似乎是从上往下降的。因为若在霜夜将温度计挂在室外的话，突然飘来一片云就能让水银柱立刻上升 10 度，而云一散，水银柱马上就会降回到之前的读数。

综上所述，我们大概可以说，尽管霜冻是通过渐渐降温最终才变得严寒的，但解冻却不是一步步地，而是十分迅速，马上就化了，就像病人经常会突然痊愈一样。

葡萄牙桂樱和美国刺柏颇值得称颂一番，它们经历了寒霜天，却毫发无损。所以，人们要学会主要用这类耐得住不时霜寒的树来装饰自己的园子，这样就不至于每十年可能就要经受一次损失——不仅会觉得懊恼，而且可能终身都无法再从这种损失中恢复过来。

从之后的检查来看，柏树所受的伤害是很大的。柏树死了一半，野草莓树虽然苟且偷生着，但终究没能恢复过来。而月桂、地中海荚蒾和桂樱则都萎死在了地上。那些原本生长在炎热地区的野冬青也大受创伤，叶子都掉光了。

直到 1 月 14 日，雪才化完。除了那些长在朝阳地的外，所有芜菁都完好无损地从地里长了出来。小麦冒出新芽，园子里的菜也都保住了，因为雪是最能裹护蔬菜幼苗的体贴斗篷。若是没了雪粒

---

① 关于这一点，一个奇怪的情况是，许多山间溪流的水即使在瀑布的边缘也会从底部冻结，但瀑布边缘水的冲击力本是可以将那些能形成冰的小颗粒冲散的。在严霜夜，水会不断冻结，直到水坝拦起的水涨到 6 到 12 英寸。虽然霜冻可能会持续一整天，但是第二天中午左右，小溪底部的水就会开始融化了。冰化了之后，溪水就会流走，水面上只留下薄薄的一层被寒风冻住的冰。我们经常看到河乌钻进冰面的洞里到冰凌下面捕食。——基尔顿注

柏科刺柏属北美圆柏
eastern redcedar

的友好保护,北方的蔬菜可就都熬不过寒冬了。瑞典四月的时候地上还铺着雪,但两个星期后,整个国家的大地上就会开满鲜花。

第六十二封

  还有几件事也发生在 1776 年 1 月的霜寒天里,因为其格外异常和惊人,所以我打算在此稍微记述一番,想必您也是可以接受的。

  我有写日记的习惯,所以若求精确,最恰当的做法就是转抄我日记里的段落——以前若有需要，我也是这么做的。不过，在摘抄之前，要先说明一点，即1月的第一个星期异常潮湿，各处都在猛下暴雨。我们或许可以由此推断——且十分有理由相信——地面只有在吸满了水并结了冰后才会出现严霜天气。①因此，旱秋之后鲜有寒冬。

① 1768年1月之前的那个秋天非常潮湿，尤其是9月。那个秋天，拉特兰的莱登降雨量达6.5英寸。1739年至1740年那个漫长的霜寒天到来之前，也是刚过了一个降雨丰沛的秋天，泉水也涨得很高。

1月7日，雪下了一整天。此后直到12日期间，不是结霜、下冻雨，就是下雪。厚厚的积雪掩盖住了所有的人迹，大门顶上和凹陷的车道里也全是雪。

14日，我因事出了趟门，但不消说，如此严酷的西伯利亚天气，我可真是平生头一次遇到。许多狭窄小路上的积雪都没过了篱笆顶，雪挤出篱笆，形成千姿百态、千奇百怪的景象，不禁引人遐想，凡见过的人无一不觉得惊异和有趣。家禽都不敢出窝，因为雪太过晃眼，若无人看管，公鸡和母鸡很快便会惶惶至死。野兔也郁郁地待在窝里，不是饿得受不了了绝不动弹。这些可怜的动物们非常清楚，自己的足迹在雪地上无处遁形，定会暴露它们的行踪，有很多动物也确实是因此丧的命。②

② 这个季节的初雪若是恰好发生在白天，那些年幼的野兔则常常因周围环境的改变而感到害怕，以至于它们整晚都不敢挪窝。虽然我们知道它们会狡猾地通过来回踩踏和呈直角跳来跳去来掩盖痕迹，但我们认为它们之所以缩在窝里不动弹，是因为害怕雪，而不是因为担心雪会暴露它们的行踪。——基尔顿注

自14日起雪越下越大，道路被阻隔，运货和载人的车都慢慢无法再通行了，西边的路段尤是如此，因为那里的雪似乎积得比南边还厚。巴思那些想去参加女王生日庆典的人都被堵在了路上。许多从巴思以及遥远的莫尔伯勒去伦敦的驿车，在折腾了一番后，都被困死在了这里。女士们非常焦躁，拿出大笔赏金给工人们，要他们铲出一条通往伦敦的路来。但那雪堆得太实，冻得太死，根本无法移动。因此，18日就这么过去了，这些处境狼狈的人也只能待在城堡和旅馆里了。

20日出了太阳，这是自打霜雪天以来头一次出现阳光。如上文所说，这对植物们来说十分有利。这一段时间天气还不算特别冷，

温度计的读数都在 29、28 和 25 上下。此时鸟儿们开始忍饥挨饿，十分可怜。云雀也因天气而变得温驯起来，都落在了镇子里的街道上，因为它们看到地上已经没有雪了。秃鼻乌鸦常常光顾房屋旁的粪堆，小嘴乌鸦则盯着过往的马，贪婪地吞食马身上掉下来的东西。这会儿，野兔也进了人的菜园，它们刨开积雪找蔬菜吃，好一顿狼吞虎咽。

22 日，我有事去伦敦，沿途经过了一片拉普兰般荒蛮怪异的景致。但伦敦的景色还是比乡下的风光更奇特的。路上都铺着厚厚的雪，车轮和马蹄根本触不到地面，所以马车在行驶过程中不会发出一丝声响。少了那叮叮当当的声音反而显得有点怪，令人有些不悦。还颇有几分令人不安的荒凉之感：

"……这寂静令人恐惧。"

27 日下了一整天的大雪，到了晚上又霜气很重。连续四个晚上南兰贝思的温度都在不断下降，温度计的读数分别是 11、7、6 和 6。塞耳彭则为 7、6 和 10。1 月 31 日日出前，树和温度计的玻璃管上都挂了白霜，水银柱的刻度正好降到了 0，即低于冰点 32 度。然而到了上午 11 点，尽管温度计仍放在背阴处，但读数已经骤升到了 16.5 度[①]——在英国南部这样的严寒天气是极为罕见的！在这四个异常寒冷的夜晚，就连温暖的卧室和床下都结了冰。白天，寒风刺骨，即使是那些体格强健的人也几乎抗不住室外的温度。泰晤士河的桥上、桥下也都结了冰，人们都只能在冰面上行走。此时的街上也不可思议地堆满了雪，被过往的人群踩成土灰，慢慢又变成了灰色，状如海盐。落在屋顶上的雪十分干燥，在城市的房子上整整积了 26 天。不过，一位最年长的管家说，他还见过积得比这时间更长的雪。由目前我们所观察到的情况来看，这酷寒的天气或许还得再持续个几

---

① 就我所听闻的，塞耳彭的气温应该比其他任何地方的都低，但当时却有人说肯特一个村温度计的读数降到了 -2 度，即冰点之下 34 度。我在塞耳彭使用的温度计是由本杰明·马丁制作的。

周，因为夜里的寒气一天比一天重。但谁知到了 2 月 1 日，雪突然就开始融化了，此前毫无迹象，入夜前甚至还下了场雨。由此可见，上文中我的说法还是很有道理的，即霜气总是一步步到来的，而化霜则通常极快。2 月 2 日，雪还在继续融化。到了 3 日，在南兰贝思的庭院里就已经能看到无数蹦跳玩耍、仿佛完全感觉不到霜寒的昆虫了。这些小小的昆虫一个个细胳膊细腿儿的，而体液却居然没有被冻住，倒是颇为奇特，值得好好探究一番。

似乎只有局部地区出现了这严酷的霜寒天气，或者说这霜寒是流动的。因为就在这段时间，有人写信告诉我——数据非常准确——拉特兰的林登城温度计读数为 19，兰开夏郡的布莱克本也在 19，但曼彻斯特的温度计读数却是 21、20 和 18。可见有一些不可知的因素，会抵消纬度的影响，导致我国南方的气温有时反而比北方还低。

寒冬过后便迎来了化雪天，汉普郡的小麦看起来长势不错，芜菁也没受什么损伤。虽然桂樱和地中海荚蒾有的受损了，但也仅限于那些长在温度较高地方的。常青植物没受什么大伤，受创程度不及 1768 年 1 月的一半。桂樱南边向阳的枝叶虽然稍稍有些枯萎，但北面的都毫发无损。我每天都会帮常青植物摇落枝上的雪，看来是起到了作用。邻居种在高处且面朝北的桂樱篱笆则一片苍翠，十分有活力；那些葡萄牙桂樱也没受灾。

至于鸟，欧歌鸫、槲鸫和乌鸫大都死了。因天气原因，外加偷猎者的捕杀，山鹑不仅都很瘦，而且来年也没有几只产卵的。

第六十三封

1784 年 12 月的霜寒天也很严酷，所以，我在此说说那段时间具体发生的事儿，想必您也会乐得一听。而且，我还可以向您保证，写完这封信后，我就不再谈寒冬了。

12月的第一周非常潮湿,气温也很低。7日下了一场大雪,温度计显示为28.5。那场雪下了一整天直到第二天的大半夜才停下来,所以9日一早,人们面临的任务可就异常繁重了。路上积满了雪,完全无法通行,地面上也积了12至15英寸厚的雪——这还不算被风吹散的。9日晚,空气变得十分凛冽,我们十分好奇,不知这种天气会让温度计有怎样的变化。于是,我们挂出了两支温度计,一支是马丁做的,另一支是多隆德造的。很快,我们期望的事情便发生了。10点时,它们降到了21度,11点我们上床睡觉时,降到了4度。10日早晨,多隆德制作的那支读数降到了-0.5度。马丁制作的那支——当初造得很不合理,刻度只标到了-4度——水银柱则缩进了铜球内,可惜了在气温变得最有趣的时候,它却派不上一丁点儿用场。10日晚上11点,尽管空气沉寂无风,但多

枸骨叶冬青
European holly

隆德的温度计读数却降到了 -1 度！如此奇怪的酷寒让我对临近地势颇高的牛顿镇的温度产生了强烈的好奇心，想知道那儿到底有多冷。因此，10 日早晨，我们便写信给了某先生，请他把他那支亚当斯造的温度计挂到屋外，并在早晚看一看读数。我们满心期待着那海拔比我家高了 200 多英尺的地方会出现一些奇妙的现象，可谁知 10 日晚上 11 点，那里的温度只降到了 17 度。第二天早晨，那里的温度有 22 度，可我家这边却只有 10 度。这种气温高低的颠倒，是我们始料未及的。我们非常不甘心，觉得可能是那位先生的错，温度计有问题，便送去了一支我的温度计。然而，两支温度计比对之后，却发现结果完全一致。所以可以说，牛顿的寒气，至少有一夜是比塞耳彭低 18 度的；整个霜寒天里，那比塞耳彭低 10 或 12 度。等我们看到霜寒天过后的情景，就不由得相信这一点却是属实了。因为我所有的地中海荚蒾、月桂、冬青、草莓树、柏树、甚至葡萄牙桂樱①和（一想起来就惋惜不已）那片上好的桂樱篱笆，全都枯萎了。而在牛顿，相同的植物却连片叶子都没掉。

① 米勒先生在《园丁辞典》中肯定地说：1739 年至 1740 年间那场严酷的霜寒天过后，葡萄牙桂樱毫发无损。因此，要么是这位向来观察准确的先生犯了错，要么就是 1784 年 12 月的那场霜寒比上述那场更严酷和有破坏性。

我们这里的霜寒一直持续到 25 日，那天早晨的温度降到了 10 度，而牛顿却只降至 21 度。一直到 31 日，这猛烈的寒霜才消停下来，伴随出现了化冻的迹象。1785 年 1 月 3 日开始明显解冻，天上还飘起了雨。

后来还发生了一件新鲜事儿，必须要提一下。12 月 10 日那天是星期五，阳光明媚，空气里洋洋洒洒的全是冰晶，四下望去那颗粒就像是射入黑屋的阳光中的微尘。起初，我们还以为那是从我高高的篱笆上飘落的霜粒，但后来出门一看便意识到不然，因为那里的霜粒是根本飘不到这儿的。它们是被冻住的水汽吗，还是冻雪融化时升腾起的水蒸气？

荆豆
common gorse

洋常春藤
English ivy

我们得感谢温度计早早地就告诉我了我们天气的变化,让我们得以及时把苹果、梨、洋葱和土豆等搬进地窖和温暖的壁橱里。那些没收到警告或是忽略了预告的人,不仅损失了所有的根菜和水果,连面包和奶酪也全都冻住了。

还有一件事我也必须要告诉你。在那两日——西伯利亚式的严寒天——我客厅里的猫身上带着很强的静电,凡是抚摸过她的人,即使不接触其他人,也能电到周围一圈人。

还有件事我前面忘了说,那就是在天气极冷的那两天,有两个人因在雪地里找野兔而冻伤了脚。①另有两个人则因在谷仓打谷子——虽然工作条件要好一些——被霜寒冻伤了手指,养了好几周才恢复。

① 在寒冷多积雪的冬季,英格兰北部的野兔常会住在雪"洞"里——它们会在积雪中挖个通道,钻到雪堆里。那条通道被挖得很长,只留下薄薄一层积雪。兔子坐在这个小孔里,用一只眼睛透过孔向外看。偷猎者会循着这些"洞"找到这些兔子,有时还会在上面撒网逮它们。——基尔顿注

这场霜寒不仅冻死了所有的荆豆和大部分常春藤,还让很多地方的冬青都掉光了叶子。这场寒流来得委实太早了,当时都不到旧历 11 月底。但从这场霜寒天造成的伤害来说,它比 1739 年至 1740 年以来的任何一次霜降都严重。

第六十四封

英国地处北方,所以鲜少会出现炎热的天气。这里的夏天往往不是很热,阳光也不会如人们期望的那样,能催熟地上的果子。因而,我简要叙述一下夏季的酷热就好,以便留出一些篇幅对我就刚过去的严冬及其带来的不便所做的累牍记叙略做一些修正。

1781 年和 1783 年的夏天异常炎热且很干燥。关于这两年的情况我将直接引述我当时所写的日记,也不再追溯更早前的年份了。1781 年,我的毛桃和油桃树饱受暑气摧残,果皮都晒裂脱落了。自那以后,这些果树就一直在渐渐衰萎。这或许可以提醒勤劳的园丁们,若天气太热,可以稍微花点心思用草席或板子遮挡一下墙边的树,这也不费什么事儿,毕竟这种恼人的天气通常也不会持续太久。那年夏天,我还发现我苹果树上的果子也被晒软了,不仅吃起来不爽脆,而且冬天也存不住。这不禁让我想起旅行家们曾说过的话,他们说自己从未在欧洲南部吃到过好吃的苹果或杏,因为那儿天气太热了,果子都被晒得寡淡无味了。

园子里最大的害虫是黄蜂,所有快成熟的好果子都会被它们毁掉。1781 年没有蜂害,但 1783 年黄蜂却多到成灾。要不是我们找了几个男孩去把蜂巢摘掉了,并用挂了粘鸟网的榛树枝捉了成千上万只黄蜂,恐怕我园子里的果子就要被它们全毁了。从那以后,每到春天,我们就会雇上几个男孩,让他们除掉那些大量繁殖的黄蜂。这一招对付那些偷盗者们成效显著,果真就遏制住了它们的势头。尽管只有在炎热的夏季才会出现很多黄蜂,但也不是每逢酷暑就会闹蜂灾的。由以上两例便可得知。

1783年夏天气候十分闷热，蜜瓜出得太过频繁，让我的园子彻底失了美感。前一周还长相甜美可爱让人赏心悦目的忍冬，一眨眼就变得让人恶心，不仅裹了一层黏糊糊的外衣，身上还爬满了黑色的蚜虫。之所以出现这种黏黏的东西，大概是因为天气一热起来，田里、草场和菜园里的花便会散发出一些气体，白天，这些气体会随着蒸汽迅速挥发，而到了晚上，则又会混着露水落下来。因此，夏天的空气总是馥郁芬芳的，且混有很多花粉，这我们是闻得出来的。这黏稠甜腻的东西是来自植物身上的，这一点可以由蜜蜂钟情于它们得知。我们几乎可以肯定，这些蜜露都是夜晚落下的，因为在温暖安静的早上，人们最先看到的东西往往就是它们。①

① 这已被证明是蚜虫的排泄物。——基尔顿注

在白垩质土壤和沙土上，以及伦敦周围炎热的村庄里，温度计的读数往往攀升至83或84度。但在我们村，因为多山多林，所以几乎很少见上80度的天气，就连正好80度也不常达到。究其原因，我想是因为我们这里的土壤太黏，又有很多树荫，所以不像上面提到的那些地方那样容易热透。而且，我们这里的山还能使空气形成气流和微风，而且林地散发出的大量气体也能中和与调节这里的热气。

第六十五封

1783年夏极其吓人和可怕，发生了很多怪事。除惊扰和吓坏了全国各郡的流星和雷雨外，还出现了一种奇怪的烟雾。一连数周，它都缭绕在本岛、欧洲其他地区，甚至欧洲以外的地方。这种烟雾是人们所见过的最奇特的现象了。从我的日记来看，我是在6月23日至7月20日（包括这日）注意到这一奇异现象的。在这段时

间里，风向一直变个不停，但风力却并无变化。正午的太阳看起来十分模糊，就像被乌云盖住的月亮，铁锈色的阳光洒在地面和房间的地板上。不过，在日出和日落时，太阳发出的却是血红色的耀眼光芒。这段日子里，气温非常高，屠夫当天宰出的肉根本放不过夜。小路和篱笆上苍蝇成群，扰得马儿几近疯狂，骑马的人也跟着难受。村民们开始用迷信且敬畏的眼光打量起那轮阴沉的红太阳，但实际上，在开明的人看来，这事发生的原因很好理解。因为在那段时间，卡拉布里亚和西西里岛部分地区发生了地震，导致天崩地裂。就在那个当口，挪威海岸的一座火山又喷发了。那时我的脑海里，经常会想起弥尔顿在《失乐园》第一卷中对太阳的宏伟比喻。不过，那一卷诗也的确非常适合描述当时的场景，因为诗卷在将近结尾的时候隐隐透出了迷信似的恐惧，当奇怪又少见的现象发生时，人们总免不了会如此。

> ……好像旭日初升时被天边雾气
> 夺去光芒，又如在昏暗的日食时，
> 从月亮的后面洒下惨淡的幽光，
> 投射半个世界，以变天的恐怖
> 使各国的君王惊慌失措。……①

① 选自朱维之译本《失乐园》。——译者注

第六十六封

我们这里很少有雷雨。说起来奇怪但也确是实情，那些起于南方的雷雨，几乎不会到达这座村庄。因为它们在到达这里之前，就会转向东边或西边，再者就是一分为二，一支去东边一支去西边。

1783年夏天即是如此。根据我那年夏天的日记所写，当时周围整个地区都在不停遭受来自南方的暴风雨的侵扰，而我们这里却全都躲过去了。对此，我唯一能想到的解释就是从我们这到大海中间的区域是连绵的群山，譬如诺尔山、巴尼特山、巴斯特山和波茨冈。不知怎的，这些山引开了风暴，让它们转向去了别的地方。据观察，隆起的海岬和高地总会吸引云朵，并卸掉它们的武器，那不安分的云朵只要一触到树梢和山巅，体内的骚动之气便会被消解掉。而山谷，则因为地势低，就躲过了这汹涌的云。

不过尽管我说不记得有来自南方的风暴，但并不意味着我们这儿就从未受过风暴之苦。譬如在1784年6月5日，早上温度计的读数还是64度，中午就变成了70度。气压计的读数在29度又3/10处，风向北。我看见斜坡的树林间漂着一片硫黄味颇浓的蓝色烟雾，仿佛预兆着风暴即将到来。下午2点左右，我被叫进了屋，所以错过目睹流云是如何积聚到北方的场景。当时待在外面的人很肯定地跟我说，那景象十分不同寻常。大约两点一刻的时候，风暴开始从北边的哈特利慢慢向南移动，掠过了该区的诺顿农场和格兰奇农场。起初是大颗大颗的雨滴，很快便下起了圆圆的冰雹，随后是呈凸状的冰块，周长足有3英寸。它波及的范围和持续的时间（实际时间很短）要是跟它的猛烈程度相当，那这周围地区肯定都会跟着遭殃。哈特利区的一个农场略有损失，但处于风暴中心的诺顿和与之毗邻的格兰奇都损失惨重。这场风暴只波及了我们村的中部，冰雹打坏了我家北面的窗户、花园里所有的灯、放大镜，邻居家的窗户也没逃过这一劫。这场风暴波及的范围大约长2英里、宽1英里。当时我们正坐下来准备吃晚饭，突然就听见屋瓦和玻璃叮叮当当地响了起来，引得我们赶忙过去看。在那同时，上面所提的那些农场则下起了倾盆大雨，一时间聚成一片凶猛的洪流，淹没了草场，冲走了休耕地的泥土，所到之处一片狼藉。通往奥尔顿的那条凹道也损得面目全非，修复之前都无法通行了。连重达200英担的岩石，也被冲得移了位。看见大块冰雹落入水塘中的人说，那冰雹溅起的水花足有3英尺高，着实惊人。而冰雹呼啸而下的阵仗，也让人心有余悸。

尽管当时伦敦附近的南兰贝斯的云层仍稀薄透亮，没有丝毫有风暴来袭的迹象，但空气中的电却很足。因为那里有一台电机，上面的铃铛一直响个不停，还不断擦出明亮的电火花。

我当初着手写这本书的时候，本打算加上十二篇关于一年十二个月的博物志，也好补充一下上述信笺中遗漏的事情。不过，鉴于沃灵顿的艾金先生最近刚出版了一本类似的书，而且我的信也够长了，想必您的耐心也快被我磨没了，所以关于博物志的话题，我就此停笔吧。

此致

献上我最诚挚的敬意和问候。

吉尔伯特·怀特

塞耳彭

1787 年 6 月 25 日